文春文庫

メイプル・ストリートの家

スティーヴン・キング
永井 淳 他訳

文藝春秋

目次

メイプル・ストリートの家

本書はスティーヴン・キングの短編集*NIGHTMARES & DREAMSCAPES*の邦訳として二〇〇〇年に刊行された単行本『いかしたバンドのいる街で　ナイトメアズ&ドリームスケープスⅠ』『ヘッド・ダウン　ナイトメアズ&ドリームスケープスⅡ』を、文庫化にあたり四分冊し、改題したものの第三巻です。

（編集部）

かわいい子馬　白石朗〔訳〕

老人は林檎《りんご》の花の香りにつつまれて納屋の戸口にすわり、静かに揺り椅子を揺らしていた。タバコを吸いたくならないよう願っていたのは、医師から禁煙を命じられているせいではなく、このところ心臓の動悸がしじゅう激しくなるからだった。老人の視線の先にいる薄ら馬鹿のオスグッドは一本の木に頭を押しあてていたが、早口で数をかぞえあげるなり、くるりとふりむいて、クライヴィの姿をとらえ、大声でやかましく笑いはじめた。大口をあけて笑っていたため、オスグッドの顔の奥で早くも歯が腐りきっているのが老人にもはっきり見えたし、少年の口臭もたやすく想像がついた——湿った地下室の奥に立ちこめているような悪臭だろう。まったく、十一歳にもなっていないガキのくせに。

老人は、息を切らして下品な馬鹿笑いをつづけるオスグッドを見つめた。少年の笑いはどんどん激しくなり、ついには体をふたつ折りにして両手を膝にあてがった。その声のあまりのけたたましさに、ほかの子どもたちも何事かと隠れ場所から出てきて、笑いの理由を目にとめると、オスグッドと声をあわせて笑いはじめた。子どもたちはみな朝の日ざしを浴びながら、老人の孫を笑いものにしていた。老人は、自分がどれほどタバコを吸いたかったかを忘れた。いまは、孫のクライヴィが泣くかどうかを確かめたかった。気がつくとこの問題にたいして、ここ数カ月どんなことにも――自分の死期が急速に近づきつつあるという事実にさえ――感じなかったほどの強い好奇心を感じていた。

「見つけたぞ！」ほかの子どもたちは笑いながら、囃《はや》したてていた。「見つけた！　見つけた！　見つけたったら、見ぃつけた！」

クライヴィは、畑に突きだした岩の塊よろしく無表情に立ちすくんだまま、嘲笑のひとときがおわるのを待っていた――そうすれば自分を鬼とするゲームがまたはじまり、恥辱が過去のものとなるからだ。ややあって、ゲームが再開した。やがて昼どきになると、少年たちはそれぞれの家に帰っていった。老人は、クライヴィがどのくらい昼食を食べるのかを見まもっていた。それほどの量を食べないことがわかった。クライヴィはただポテトをつつき、玉蜀黍《とうもろこし》や豆を皿の上で動かしているだけで、わずかな数切れの肉もテーブルの下にいた犬に食べさせていた。老人はそのすべてを興味ぶかく見つめていた――他人から話しかけられれば受け答えをしたものの、自分の言葉も他人の言葉もきいてはいなかった。関心のすべてを、少年にむけていたのだ。

パイを食べおわると、老人は――過去には考えられなかったことだが――午睡をとりたくなってその場を辞去したものの、階段を半分ほどあがったところでいったん足をとめた。心臓が、羽根のあいだにトランプのひっかかった扇風機になったように感じられたからだ。老人は立ったまま頭を下げ、いよいよさいごの発作が来たかと待っていた。しかし、さいごの発作でないとわかると、二階まであがっていき、ズボン下以外の服をぜんぶ脱いでから糊のきいた白いシーツに横たわった。老人の骨ばった胸に、四角形の日ざしがラベルのように落ちていた。細い窓枠が落とす黒々とした影で、そのラベルが三等分にされていた。老人は頭のうしろで手を組むと、うとうとしたまま耳をすました。しばらくしてから、廊下の先にある自室で少年が泣いているような声がきこえた気もして、老人は思った――《ちゃんと慰めてやらなくちゃな》一時間ほど眠って目を覚ますと、かたわらにスリップ姿の妻が横たわっていた。そこで老人は服をもって廊下まで出ていくと、その服を身につけて、一階に降りていった。

クライヴィは外にいた――玄関前の階段に腰をおろし、犬を相手に棒を投げていた。棒をくわえて気負いこんで駆けもどってくる犬にくらべ、棒を投げている少年はいかにも気のないようすだった。犬は（名前はない――ただ〝犬〟と呼ばれているだけだ）困惑した顔を見せていた。

老人は少年に声をかけ、果樹園までの散歩に誘った。少年は誘いに乗ってきた。

老人の名前はジョージ・バニング。クライヴ・バニング少年の祖父にあたる人物で、人生で〝かわいい子馬〟をもつことが重要だということをクライヴに教えた人物でもあった。たとえ馬にアレルギーがあっても、〝かわいい子馬〟をもつ必要がある。〝かわいい子馬〟がいなければ、あらゆる部屋に置時計をそれぞれ六つならべたうえに、腕があがらなくなるほど大量の腕時計を両手にはめても、いま何時かがわからなくなるからだ。

この指示（ジョージ・バニングが助言をすることはなかった――ただ指示をするだけの男だった）は、クライヴが隠れんぼ遊びで例の薄ら馬鹿のオスグッドにつかまったその日にくださされた。そのころには、祖父は神よりもなお高齢に思えた。ということは、七十二歳くらいだったのだろう。バニング屋敷があったのはニューヨーク州トロイ市。ちょうどこの一九六一年には、この町がただの田舎町でなくなる方法を学びつつあるところだった。指示がくだされたのは、〈西の果樹園〉でのことだった。

クライヴの祖父はコートも着ないで、ブリザードのなかに立っていた——雪嵐ではなく、早咲きの林檎の花びらが暖かな強い風にあおられてつくりだしたブリザードだ。祖父は、胸当てつきのオーバーオールの下に、襟のついたシャツを着ていた。もともとは緑色だったシャツは、数十回数百回におよぶ洗濯のせいで、いまではすっかり漠然としたオリーブ色になっていた。シャツの下には、丸首のコットン製のシャツ（当然ストラップつきの品だった——当節ではほかの種類の下着が生産されているが、祖父のような人物は死ぬまでストラップつき下着の愛好者だった）——シャツは清潔だったが、もともと白かった布地がいまは象牙色に変わっていた。これは、しじゅう祖母が口にしていたばかりか、（おそらく叡知《えいち》を発揮するべきときに祖母本人が不在という、めったにない機会のためだろうが）刺繍《ししゅう》にして居間の壁に張りだしてもいたモットーの賜物だった。そのモットーとは、《つかって、つかって、つかいまくれ！　つかいたおせ！　着たおせ！　きちんとしまえ！　それができなきゃ最初から買うな》というもの。まだ半分ほどしか白髪になっていない祖父の長い髪に林檎の花びらがひっかかっており、少年には木々のあいだに立つ祖父が美しく見えた。

きょうの午前中、ゲームをしている自分たちのようすを祖父が見ていたことは、クライヴも知っていた。いや、祖父が見ていたのはクライヴだけだった。祖父は納屋の入口に揺り椅子をおいて、そこにすわっていた。祖父が椅子を揺らすたびに、羽目板の一枚が〃きいきい〃とかん高い音をたてていた。祖父はそこでそうやって、膝の上に一冊の本をひらいて伏せ、伏せた本の上に両手をおいて組みあわせ、干し草と林檎と林檎酒のほのかな香りにつつまれてすわっていた。祖父がクライヴ・バニングに時間についての指示をあたえようと思いたったのは、先ほどのゲームがきっかけだった——時間がどれほどとらえにくいものか、時間を手中におさめておこうと思ったら、ほぼ四六時中、人がいかにきびしい戦いを強いられることになるのか。たしかに子馬はかわいいが、裡《うち》にひそむ心根は邪悪だ。しっかり見張っていなければ、かわいい子馬はたちまち垣根を躍り越えて姿を消す。そうなったら馬勒《ばろく》をかかえて追わねばならず、たとえ短時間でおわっても、追跡は人を骨の芯まで疲れさせる小旅行になる。

　祖父は指示を伝えるにあたって、まずオールデン・オスグッドがずるをしたという話からはじめた。本来ならオスグッドは、薪切り用の大きな木の台のそばの枯木に顔を押しあてたまま、たっぷり一分間は目を隠して、一から六十まで数えなくてはならなかった。そうすればクライヴィ（祖父はいつもこの呼び名をつかっていたし、クライヴ本人も気にしていなかったが、自分が十二歳になったあかつきには、相手が少年だろうと一人前の男だろうと、この呼び名をつかう人間とは戦う必要があると考えていた）にもほかの男の子たちにも、隠れるチャンスが公平にあたえられていたはず。ただしオールデン・オスグッドが六十まで数えてふりかえったときには、クライヴィはまだ隠れ場所をさがしていたし、だからこそ——圧搾機小屋の横に危なっかしく積まれていた林檎酒の樽の陰をさいごの逃げ場として、そこに身をねじこませかけている現場を〃見つかった〃のである。ちなみに小屋のなかには、傷物の林檎を潰して林檎酒をつくるための機械が、拷問用具そのままに薄暗いなかでうずくまっていた。

「あの子のやり口はフェアじゃなかった」祖父はいった。「そのことについて、おまえは女々しく文句を垂れたりしなかったな。いいことだ。なぜなら、生まれついての男たるもの、決して女々しい文句を垂れるものじゃないからだ――〃女々しい文句〃と呼ばれてるのには意味がある。一人前の男はもちろんのこと、知恵があって、正しいおこないができる勇敢な心をもった少年なら、ぜったいにしてはいけないことだからだ。それはそれとして、オールデンのやり口はフェアじゃなかった。いまこんな話ができるのも、さっきおまえがなにもいわなかったからだ」

老人の髪の毛に吹き寄せられてくる林檎の花びら。そのひとつが、祖父の喉仏の下にあるくぼみにひっかかり、宝石のように美しく見えていた――世界には美しいものが確実に存在するし、その事実は変えようもないという単純な意味で美しかった。また、花びらには永続性がないがゆえにとびきりの美しさがあるという意味でも美しかった。あと数秒もすれば、花びらは性急な風に吹き飛ばされて地面に落ち仲間たちと溶けあって、個性のさいごの一片までうしなうはずだった。

クライヴは、オールデンがきちんとルールどおり六十まで数えていたと祖父に告げたが、あの少年の肩をもっている理由は、われながらわからなかった。なんといってもオールデンは隠れているクライヴをさがしだしたのではなく、隠れていないクライヴを〃見つける〃ことで辱めた張本人だ。オールデン――癇癪《かんしゃく》を起こしたときには、女の子のように相手を平手打ちすることもある少年――は、ただふりかえってクライヴを見つけたら、さりげなく枯木に手をあてて、例の文句――意味は不明だが、だれもそんなことに頓着していない、見つかった者をゲームから追いだすための決まり文句――を口にすれば、それでよかったのだ。「クライヴ見つけ！　おいらのゴール、一・二・三！」と。

もしかしたらクライヴがオールデンの肩をもったのは、まだ祖父と家に帰りたくなかったからかもしれない。ここにいれば、祖父の鋼鉄のような髪の毛が花びらのブリザードに吹かれるのを見ていられるし、のどのくぼみにひっかかった、儚《はかな》い宝石を見ていられもするからだ。

「たしかに数えてたな」祖父はいった。「あの子はたしかに六十まで数えてた。さあ、こいつを見てみろよ、クライヴィ。よく見て、肝に銘じておくことだ」

祖父のオーバーオールには、本物のポケットがあった――胸当て部分のカンガルーの袋のようなポケットを入れれば、合計で五つのポケット。しかし尻ポケットの横には、ポケットのように見えるだけのものがあった。じっさいにはただの細い切れ込みであり、ここに手を入れれば、オーバーオールの下にはいているズボンに手がとどく仕掛けだった（当時は、オーバーオールの下になにも着ないことが不作法だとはみなされていなかった。笑いものになるだけ――少々おつむの弱い人間のやることと思われていたのだ）。祖父はいうまでもなく、オーバーオールの下にブルージーンズを着用していた。祖父はジーンズのことを、当たり前のような口調で〝ユダヤ・ズボン〟と呼んでいた。クライヴの知っている農民は、みんなこの呼び名をつかっていた。リーバイスは〝ユダヤ・ズボン〟と呼ばれるか、もっと簡単に〝ユダパン〟などと呼ばれていた。

祖父は右側の切れ込みに手を入れ、その下のジーンズの右ポケットをひとしきり手さぐりして、表面が曇った銀の懐中時計をとりだすと、なんの予想もしていなかった少年の手に載せた。時計の重みがあまりにも突然手にかかったことと、時計が金属の肌の下で秒を刻む動きがあまりにも生々しかったせいで、クライヴはあやうく時計をとり落としかけた。

「落とすんじゃないぞ」祖父はいった。「まあ、落としたにしても、とまることはないだろうがな。前にも落としたことはあるし、ユティカの居酒屋では人に踏んづけられもした。それでも、針がとまったことはいちどもないんだ。とまったとしても、おまえが損をするだけのこと――だから、気にするな。というのも、その時計はもうおまえのものだからだ」

「ほんとに？」クライヴは話がわからない、といいたかったが、その言葉をさいごまでいいおえることができなかった――話がわかったからだった。

「その時計はおまえにやるよ」祖父はいった。「前々からそのつもりだったんだが、遺言状に書くほどのものでもないしな。わざわざ書いた日には、時計の値打ち以上の金を法律屋にとられちまう」

「お祖父《じい》ちゃん……ぼく……最高《ジーザス》！」

祖父は笑いだし、やがて咳きこみはじめた。体をふたつに折って笑いながら咳をするうち、祖父の顔はプラムのような紫色に変じてきた。クライヴの喜びと驚嘆の念の一部が、心配にのみこまれた。ここに来る途中、母親が口を酸っぱくしていっていた言葉が思い出された。お祖父ちゃんは病気なのだから、ぜったいに疲れさせるようなことをしてはいけない、という言葉が。二日前に――ほんの好奇心から――祖父になぜ病気になったのかと質問してみた。そのとき祖父のジョージ・バニングは、ただ奇妙なひとつの単語を口にしただけだった。果樹園で会話をしたこの日の夜、温かな手に懐中時計をしっかり握りしめたまま、しだいに眠りの国へとただよい落ちていくそのとき、祖父が口にした〝ティッカ〟という単語が危険きわまる毒虫のことではなく、祖父自身の心臓のことだとようやく思いいたった。すでに医者は祖父にタバコをやめさせていたし、雪かきをするとか畑を耕すとかいった重労働をしたがさいご、雲の上でハープを弾《ひ》かされる羽目にもなりかねない、といっていた。それがどんな意味か、少年もわかりすぎるほどわかっていた。

「落とすんじゃないぞ。まあ、落としたにしても、とまることはないだろうがな」祖父はそういっていたが、クライヴはもう、時計がいずれかならずとまることも、人間も時計とおなじで、いつか動かなくなることも知っている年齢に達していた。

クライヴはその場に立ったまま、いよいよ祖父が動かなくなるのかと見まもっていたが、やがて笑いと咳の発作はおさまり、祖父は体をまたまっすぐに起こして、鼻の穴から流れでた鼻水を左手でふきとると、さりげない手さばきで払い落とした。

「おまえはほんとうにおかしな子だな、クライヴィ」祖父はいった。「わたしには孫が十六人いるが、クソの役にも立たない人間になると思った孫は、たったのふたりだ。おまえはちがう――まあ、候補者リストには名前があがっていたがな。それでも、タマが痛くなるまでわたしを笑わせた孫は、おまえだけだ」

「ぼく、お祖父ちゃんのタマを痛くするつもりじゃなかったんだけど」クライヴがいい、その言葉がまたも笑いの引金を引いた。しかしこんどは祖父も、咳の発作がはじまる前に笑いを抑えこむことができた。

「そのほうが楽な気分になれるなら、鎖を手首に一、二回巻きつけておくがいいさ」祖父がいった。「気分が楽になったほうが、いくらか時計に注意を払うようになるかもしれんしな」

祖父に指示されたとおりにすると、たしかに気分が楽になった。手のひらに載った懐中時計を見ていると、その内部機構の生き生きとした感触や、クリスタルの表面に日ざしが星の形に煌《きら》めくさま、独立した小さな文字盤で秒針が動くようすなどに、たちまち目を奪われた。しかし、これはいまでも祖父の懐中時計である――その点には確信があった。そのとき――クライヴがまさにそんなことを思ったその瞬間――一枚の林檎の花びらがクリスタルの表面をかすめて去っていった。ほんの一秒にも満たない出来ごとだったが、これですべてが一変した。林檎の花びらをさかいに、すべてが真実になった。これはぼくの懐中時計だ、永遠に……そうでなければ、ぼくか時計のどちらかが動かなくなり、なおすこともできなくなって、捨てるほかなくなるそのときまでは。

「よし」祖父がいった。「秒針が自分だけの小さな輪のなかで動いてるのが見えるか？」

「うん」

「いいぞ。しっかり秒針を見ていろ。まっすぐ上を指したら、大きな声で〝いまだ！〟と叫んだ。わかったな？」

クライヴはうなずいた。

「よし。秒針がまっすぐ上を指したら、とにかく大声で合図をするんだぞ、ギャラハー」

クライヴは、きわめて重大な方程式の解をみちびきだす寸前の数学者のように、眉根を寄せた真剣きわまる顔つきで時計の文字盤を見おろした。祖父がなにを見せたがっているのかはすでにわかっていたし、実証が形式にすぎないことも察しがついていた……しかし、それでも実証の必要があることに変わりはない。これは儀式なのだ。歌うべき賛美歌をすべて歌いおえ、説教がようやく――ありがたくも――おわっても、牧師が祝禱《しゅくとう》を述べおえないことには教会を出ていけないが、それとおなじようなものだ。

秒針が（《ぼくの時計だ》いまさらのように感嘆の念がこみあげる。《ぼくの時計についている、ぼくの秒針なんだ》）それ独自の小さな文字盤上でまっすぐ上をむいて十二を指すと、クライヴは声をかぎりにふりしぼって、「いまだ！」と叫んだ。同時に祖父が数をかぞえはじめた――催眠状態から目覚めた客が騙されていただけではなく、徹底的に馬鹿にされていたことを察する前に、なんとしても手もちの怪しげな商品を最高値で厄介払いしようとたくらむ競売人を思わせる、立て板に水の調子だった。

「一‐二‐三、四‐五‐六、七‐八‐九、十‐十一」数をとなえていくにつれて、祖父はしだいに昂奮を高めているのか、両の頬にある不規則な形の染みや鼻に走る紫色の血管などが、またしても目立ちはじめた。やがて祖父は勝ち誇った声で、高らかに終了を宣言した。「五十九‐六十！」

祖父がさいごのひと声をあげたときには、懐中時計の秒針はまだ七番めの黒い線――三十五秒をしめす線を横切っているところだった。

「何秒だった？」祖父は息を切らし、片手で胸をさすりながらたずねた。

クライヴは質問に答えながら、心からの賞賛の表情を祖父にむけた。「あいつ、早口で数をかぞえてたんだね！」

祖父はそれまで胸をさすっていた手を、さも〝あっちに行け！〟というように強くふったが、その顔には笑みが浮かんでいた。「オスグッドの悪ガキにくらべたら、いまのほうがまだ遅い数え方だったけどな。あのこすっからい悪党め、二十七まで数えたと思ったら、つぎはいきなり四十一まで一足飛びに増やしてやがったよ」

祖父はその目、クライヴの地中海人種らしい鳶《とび》色の瞳とはまったく異なる、秋の空のような青い瞳で孫をしっかと見すえると、指のねじくれた手をクライヴの肩においた。手は関節炎でこぶだらけになっていたが、その奥には電源を切られた機械の電気コードのように、いまだまどろむ力の存在がはっきり感じとれた。

「忘れちゃいけないことがある」祖父はいった。「人間がいくら数を早くかぞえようと、そんなものは時間となんの関係もないってことだ」

クライヴはゆっくりとうなずいた。完全に理解できたわけではなかったが、理解の影を感じとることはできた――牧場をゆっくりと横切っていく雲の影に、それは似ていた。

祖父はオーバーオールの胸当てポケットに手を入れると、フィルターなしのクールの箱をとりだした。いくら心臓ががたがたになったといっても、祖父はタバコを完全にやめたわけではなかったのだ。しかし、クライヴには祖父が驚くほどタバコの本数を減らしたように思えた。なぜならそのタバコの箱は、いかにもつらい長旅を経験してきたように見えたからだ。なにせ大半のタバコの箱は朝食のあとに破ってあけられたかと思うと、午後三時にはすっからかんになり、くしゃくしゃに丸められて側溝に捨てられる運命にあるというのに、いま祖父がとりだした箱はその運命を逃れていたからだ。祖父は箱のなかを指でさぐり、その箱とおなじくらいねじ曲がっている一本のタバコを抜きだした。タバコをくわえ、箱を胸当てポケットにもどし、おもむろに木のマッチをとりだすと、習熟を重ねた妙技を発揮して、老人らしく黄色く変色した頑丈な親指の爪にこすりつけ、火をつけた。クライヴは、なにももっていない手から扇形に広げたトランプをとりだす奇術師を見る子どものように、そのようすを夢中で見まもっていた。親指で一回だけはじくようにするその動作には決まって興味を引かれたが、なにより驚異的なのはマッチの火が消えないことだった。いまいる丘のてっぺんには、いっときも熄《や》むことなく風が吹いているというのに、祖父はあわてることはないといいたげな自信に満ちた手つきで、マッチを手のひらのカップにつつみこんでいるだけ。タバコに火をつけたあとは、あろうことかマッチをふって火を消す――意志の力だけで、風の存在を否定しているかのよう。クライヴはタバコに目を凝らしたが、輝く先端部分のすぐ横にある白い紙の部分には、黒い焼け焦げがまったく見つからなかった。それでは、やはり目の錯覚などではなかったのだ。祖父はまっすぐ立ち昇った炎からタバコに火をつけた――ドアも窓も閉めきった部屋で燃えている蠟燭からタバコに火をつける人のように。となれば、これはまぎれもなく魔法そのものではないか。

祖父は口からタバコを抜きとると、かわりに親指と人さし指を口に突き入れた――つかのま、その姿は犬を呼ぶかタクシーをとめるかするために口笛を吹く人のように見えた。ところが祖父は濡れた指を抜きだすと、その二本の指の先にマッチの頭をぎゅっとはさみこんだ。クライヴには、なんの説明も必要ではなかった。祖父やこのあたりの田舎に住む友人たちが突然の強風以上に恐れているものがひとつあるとすれば、それは山火事である。祖父はマッチを地面に落とすと、ブーツの底で土に埋めこんだ。そのあと顔をあげてクライヴから見つめられていることに気がついた祖父は、魅いられた目つきをべつの意味に勘ちがいした。

「わかってるさ、タバコを吸っちゃいけないことくらいね」祖父はいった。「おまえに嘘をつけと命令する気はないし、そんなことを頼むつもりもない。もし祖母《ばあ》さんから、〝うちの人は果樹園でタバコを吸ってた？〟とでもきかれたら、〝吸ってたよ〟と正直に答えればいい」祖父は笑顔を見せなかったが、いかにも抜け目なさそうな横目づかいの目つきに、クライヴは罪のない愉快な陰謀に加担している気分にさせられた。「でも、もしわたしが祖母さんから、〝時計をもらったとき、あの子は神の名前をみだりに口にしたか？〟と質問されたら、ああ、まっすぐ祖母さんの目を見てこう答えるさ——〝まさか、あの子はちゃんと礼儀正しくお礼をいった、それだけだよ〟とね」

　こんどはクライヴが爆笑する番だった。老人は口もとをほころばせ、わずかに数本だけ残った歯をあらわにした。

「いうまでもないが、もし祖母さんがなにも質問してこなかったら……だったら、こっちからわざわざ話す必要もあるまい？　そうだろう、クライヴィ？　それがフェアだとは思わないか？」

「そうだね」クライヴは答えた。決して見た目のいい顔だちの少年ではなかったし、成長しても女たちからハンサムに思われる男にはなりそうもなかったが、いま祖父のたくみな詭弁を完全に理解して笑みを浮かべたときのクライヴは——つかのまではあれ——たしかに美しかった。祖父は、この孫の髪の毛をくしゃくしゃにした。

「いい子だな、クライヴィ」

「ありがとう」

祖父は考えをめぐらせる顔で、その場に立っていた。クールが不自然なほどの速さで灰になっていく（タバコが乾燥しているうえに、祖父がほとんど煙を吸いこまずとも、丘の上を吹く貪欲な風がやすやすとタバコを燃焼させたからだ）。祖父はいうべきことをすべて口にしたのだろう、とクライヴは思った。残念だった。祖父の話をきくのが好きだったからだ。祖父の話にはいつも驚かされっぱなしだった——というのも、ほぼつねにちゃんと意味が通る話だったからだ。母親も父親も、それに祖母やドン叔父さん——だれもが〝忘れてはいけない〟という但し書きつきでいろいろな話をしてくるが、そういった話に意味が通っていることはめったにない。たとえば〝ハンサムというのは、その人がハンサムだということだ〟などという言葉——いったいそんな言葉になんの意味があるのか？

クライヴにはパティという姉がいた。六歳くらい年上の姉だ。姉のことは理解できるが、なんの関心もなかった。姉の話の大部分が馬鹿ばかしいものだったからだ。それ以外の意思疎通を、姉は意地悪くクライヴをつねる行為でおこなっていた。なかでも最悪なのは、パティいうところの〝ちんちんつねり〟だった。さらにパティは、もしだれかに〝ちんちんつねり〟のことを話したら、ぜったい殺し屋にたのんで殺してやる、とまでいってきた。パティはしじゅう、いつか殺し屋にたのんで殺してほしい人たちの話をしていた。どうやら、殺人株式会社に匹敵する〝必殺人物リスト〟があるらしい。思わず笑いたくなる話だが、笑いたい気持ちは姉の痩せこけた陰気な顔つきを見るなり消え失せる。パティの顔にひそむ真実を目にすれば、笑いたい欲求などたちまち失せるはずだ。事実、クライヴはその気をなくした。それに、なんといってもパティには用心している必要がある——口ぶりこそ愚かそのものだが、パティ本人は決して愚かではないからだ。

「わたし、デートなんてしたくないもん」つい先日の夕食の席でパティはそう宣言した——ちょうど伝統的に、男の子が女の子をカントリークラブで開催される〈春のダンス〉や、ハイスクールの卒業記念ダンスパーティーに誘いだす時期だった。「デートなんか、一回もできなくたってかまわないわ」

そういってパティは肉と野菜が湯気を立てている自分の皿ごしに、大きく目を見ひらいて昂然と家族をにらみつけてきた。

そのとき湯気の向こうにのぞいていた、どこか不気味な感じのただよう姉の落ち着きはらった顔を見ながら、クライヴはその二カ月ほど前、まだ地面が雪でおおわれていたころのある出来ごとを思い出していた。あのとき足音を姉にききつけられなかったのは、二階の廊下を裸足で歩いていたせいだろう。そしてクライヴはバスルームをのぞきこんだ。ドアがあいていたからだ——まさか、げろげろパティがバスルームにいるとは思ってもいなかった。そこに見えた光景に、クライヴは瞬時に凍りついた。パティが頭をほんのすこしでも左にむければ、クライヴは見つかっていたはずだった。

しかし、パティは顔を動かさなかった。自分自身の体を調べることで頭がいっぱいだったからだ。バスルームでパティは、フォクシー・ブラニガンがもっている手ずれのしたモデル・ダイジェスト誌に出ているセクシー美女よろしく、裸も同然の姿で立っていた。足もとには、バスタオルが落ちたままになっていた。ただしパティは、セクシー美女ではなかった——クライヴにはわかっていたし、表情から察するにパティ本人にもわかっていたようだった。ニキビだらけの頬に涙が伝い落ちていた。それも大粒の涙がいくつも、いくつも……しかしパティは、まったく声をあげていなかった。やがて我にかえって自己防衛本能がよみがえると、クライヴは抜き足さし足でその場をあとにした。そのあとも、この件については――パティ本人はむろんのこと――だれにも、ひとこともしゃべらなかった。弟にむきだしの尻を見られたことを知った姉が怒り狂うかどうかはわからなかったが、泣いている現場を（といっても、泣き声をいっさい出さない不気味な泣き方ではあったが）見られたことには、なんらかの反応を見せるはずだ――これだけの罪を犯したからには、殺人依頼が出されることだけはまちがいない。

「男の子なんてみんな馬鹿だし、たいていの男の子は賞味期限切れのカテージチーズみたいにくさいんだもの」あの春の夜パティはそういうと、フォークで牛肉をすくって口に入れた。

「そのうち考えも変わるよ、きっとね」父親はローストビーフを食べながら、皿の横においた本から目もあげずに答えた。母親はすでに、この食事中の読書をやめさせようという努力をあきらめていた。

「男の子からデートを申しこまれたら、きっと笑っちゃうわ」

「ぜったい変わらないもん」パティはいい、クライヴはその言葉を信じた。パティがなにかを口にしたら、たいていの場合その言葉は筋が通ったものに感じられた。パティのことでクライヴにはわかっていて、両親にはまったく理解できていない点があるとすれば、まさにこの点だった。〝ちんちんつねり〟のことを人にしゃべったら殺人依頼を出すという言葉が本気の――心の底から本気の――言葉かどうかは見きわめられなかったが、あえて危ない橋をわたる真似はしたくない。ほんとうに殺しはしないにしても、独創性にあふれ、かつ決して足をたどられない方法で姉が自分を痛めつけてくるはずだ、ということがわかっていたからだ。だいたい、〝ちんちんつねり〟といっても、まったくつねられない場合もなくはない。パティの手が、愛犬の半純血の小さなプードル——名前はブランディ——を撫でるときのように動くこともある。もちろん、そんなことをされるのは自分がわるいことをしたからで、そのことはわかっていたが、クライヴにはパティに打ち明けまいと思っている秘密があった。ただの〝ちんちんつねり〟ではなく、そんなふうにそっと撫でられると、なぜだかとても気持ちがいい、ということだ。


祖父が口をひらいたのを見て、クライヴはてっきり〝さあ、家に帰る時間だぞ、クライヴィ〟という言葉が出てくるものと思った。しかし祖父は、こんなことをいった。

「おまえさえよければ、ちょっときかせたい話があるんだ。なに、たいして時間はかからない。ききたいか、クライヴィ?」

「うん、きかせて!」

「ほんとうだな?」祖父は愉快そうな声を出した。

「もちろんだよ」

「たまにおまえを家族のところから盗みだして、永遠に身近においておきたいと思うことがあるよ。おまえがずっとそばにいてくれたら、このいまいましい心臓が病気だろうとなんだろうと関係なく、永遠に生きられるんじゃないか、とね」

祖父はクールを口から抜きとって地面に落とし、ブーツを左右にふり動かしてよく踏みつぶしてから、踵《かかと》で掘りかえした土に吸殻を入念に埋めこんだ。つぎに顔をあげてクライヴを見つめたとき、その目はきらきら輝いていた。

「わたしはもう、ずいぶん昔から、人に助言をすることをやめたんだ」祖父はいった。「かれこれ三十年くらい前からね。助言をするのも馬鹿ばかり、助言をありがたがるのも馬鹿ばかり——そんなことに気づいたのがきっかけさ。だから、いまは指示だ。指示は、助言なんかとはまったくちがう。賢い男はおりにふれて人に指示を出すものだし、賢い男は——あるいは男の子は——おりにふれて人の指示をうけいれるものだ」

クライヴはなにもいわず、精神を集中させた真剣な顔つきで祖父を見ていただけだった。

「時間には三種類ある」祖父がいった。「その三つともが現実の時間ではあるが、ほんとうに現実の時間となると、たったひとつしかない。おまえにとって大事なのは、その三種類ぜんぶを知ることであり、いつでも見わけられるようにすることだ。ここまではわかるか？」

「わかんない」

祖父はうなずいた。「もしおまえが〝わかるよ〟なんぞといおうものなら、そのズボンの上から尻をひっぱたいて、そのまま農場に連れ帰ろうと思っていたよ」

クライヴは祖父が吸ったタバコの汚れきった残骸を見おろしながら、誇らしい気持ちで顔を朱に染めていた。

「おまえみたいに、まだほんの小さな子どものころは、時間が長く感じられるものだ。ひとつ例をあげようか、五月になると、おまえはこのまま学校が永遠につづいて、七月中旬からの夏休みなんて永遠に来ないものと思いこむ。どうだ、図星じゃないか？」

クライヴは、チョークのにおいに満たされた眠気を誘う教室でのさいごの日々の重さを思い起こしながら、うなずいた。

「そして、ようやくほんとうに待望の七月中旬になって、学校の先生が休み中の宿題を出し、おまえたちを自由にする。そのときには、新学期など永遠に来ないんじゃないかと思う。どうだ、これまた図星だろう？」

クライヴは、ハイウェイのようにつづく日々に思いをはせて強く——それこそ首の骨が音をたてるほど——うなずいた。

「うん、そうだよ！　ほんとにそうだ」

数えきれないほどの日々。六月と七月がつくりだす平野を突っきって、地平線の想像すらおよばぬ彼方の八月までつづく、数えきれない日々の織りなすハイウェイ。数えきれないほどの日々、数えきれないほどの夜明け。そして数えきれないほどの昼食は、マスタードと玉葱のスライスのはいったボローニャソーセージのサンドイッチと、グラスにはいった牛乳。横を見やれば、母親がいくら飲んでも空《から》にならないワインのグラスを手にして静かに居間に腰かけ、テレビでソープオペラを見ている。そして、数えきれないほどの、測りきれぬ深みをたたえた午後。短く刈りこんだクルーカットの髪の毛に汗がたまって、頬に伝い落ちてくる午後。自分の影が少年の大きさになっていることに気づき、そのたびに驚かされる午後。そして、数えきれないほどのおわりなき夕方。鬼ごっこやレッドローヴァーや旗とりゲームに興じているあいだに、いつしか汗が冷えてきて、アフターシェイブ・ローションのような香りが頬や前腕に残るだけになる夕方。自転車のチェーンの音。たっぷり油をさした歯車がスロットにはまりこむ金属音。忍冬《すいかずら》と冷えかけたアスファルトの香り、草いきれや刈りとった芝生のにおい。どこかの子の家の玄関に通じる通路に、野球カードが叩きつけられる音。おごそかで真剣きわまりないトレードがおこなわれ、両リーグの選手の顔ぶれが変わる。七月の夕方、ゆっくりとかたむいて翳《かげ》っていく日のなかでひらかれるドラフト会議。会議に終止符を打つのは、「クラァァァァイヴ！　ごはんができたよ！」という呼び声。予期していても、この呼び声にはいつだって驚かされる。それは午後三時前後の自分の影、道路を走る自分の横にいる少年サイズの影に気がついたときとおなじくらいの驚きだ。そしていま、踵にホチキスで縫いつけられているその影は、現実にはありえないくらい細っこいものの、百五十センチほどにまで伸びている。天鵞絨《ビロード》のような夜の時間は、まずテレビ。父親がつぎからつぎに読む本のページをめくる音が、ときおりきこえてくる（父親はおよそ本に飽きることがなかった。言葉、言葉、言葉、父親はおよそ本に飽きることがない。前にクライヴは、そんなに本を読んで、どうして正気をうしなわずにいられるのかと質問しようと思ったことがある）。母親がたまに立ちあがっては、キッチンにはいっていく。それを追うのは姉の心配まじりの怒りをたたえた瞳であり、クライヴ自身の単なる好奇心の視線だ。朝の十一時からこっち、いっときも空《あ》かないグラスに、母がまた中身を注ぎたすときの涼しげなガラスの音（父親はぜったいに顔をあげないが、クライヴは父親がその音をききつけて、すべてを察しているはずだと考えていた。しかし思いきってそのことをパティに告げたときには、愚かな嘘つき呼ばわりをされたうえに〝ちんちんつねり〟を食らい、丸一日その痛みがとれなかった）。網戸に寄ってきて飛びまわる蚊の羽音は、太陽が沈んだあとになると、決まってそれまでよりも大きくなっているように思える。そしてベッドに行く時間だという命令。とんでもなく不公平な命令だが、避けることはぜったいに無理だし、反論は口にする前にすべて封じこめられてしまう。父親の無愛想なキスはタバコのにおい。もっとやさしい母親のキスは、甘ったるさと酸っぱさを同時にたたえたワインのにおい。父親が、ビールを二杯ばかり飲みながら、カウンター上のテレビでレスリングの試合を見に角の居酒屋まで出かけたあとになると、決まって姉が母親にもう寝なさい、という声がきこえる。母親はパティに、あんたは自分のお行儀にもっと気をつけろ、といいかえす。いつもくりかえされるこの会話——中身はたしかに不穏だが、先の展開が予想できる点で、なぜか安らぎをあたえてくれる。闇に薄明かりをともす蛍《ほたる》。遠くで響く車のクラクションの音。そしてクライヴは、眠りという長く暗い水路へとただよっていく。そして、また新しい一日がはじまる。前の日とおなじようでいて、まったくちがった一日。夏。これが夏だ。夏は、ただ長いように思えるだけじゃない。ほんとうに、ほんとうに長いのだ。

祖父はじっとクライヴを見つめ、その思いのすべてを少年の茶色い瞳から読みとり、少年がどう話せばいいのかわからないこと——少年の口が思いの丈をきちんと言葉で表現できないために、決してその口から出ないこと——までも、言葉の形で正確にあまさず読みとっているかのようだった。ついで祖父は、その思いすべてを肯定するようにうなずいた。それを見てクライヴは、急に怖くなった。まさかお祖父さんは、口あたりのいいだけの言葉、ぼくにおもねるだけの無意味な言葉を口にして、すべてをぶち壊しにしてしまうのではなかろうか？　そうだ、そうに決まっている。ああ、ぜんぶ知っているとも、クライヴィ——わたしだって、昔は少年だったんだからね。

しかし祖父はそんなことを口にはせず、クライヴは一瞬でもそんなことを想像して怯《おび》えた自分が愚かしく思えた。いや、それどころか不実な人間に思えた。なぜなら、いま目の前にいるのはお祖父さんで、このお祖父さんはほかの大人が口にするような無意味なことなど、いっぺんだって口にしたことがないからだ。口あたりのいい、おもねるだけの言葉をかけないかわりに、いつでも祖父は極刑を科しうる犯罪をおかした人間に厳罰を宣告する判事にも負けないほど、決定的な言葉を冷ややかに口にするだけ。

「そのすべてが変わるんだよ」祖父はいった。

クライヴは祖父の顔を見あげた――多少話がわかりかけてきたからだったが、それよりも祖父の頭のまわりで風にあおられる髪の毛を見るのが好きだからでもあった。教会で説教をしている人も、ただの自分勝手な想像を口にするだけではなく、神についての真実を知っていれば、いまの祖父のように見えるのではないだろうか。

「変わるって、時間が変わるの？　ほんとうに」

「ああ。いずれある年齢になると――そうだな、十四歳ごろだと思うが、まあ人類のおおむね半分が残り半分の存在、つまり異性とやらの存在に気づくという、とんでもないまちがいをしでかす年齢になると、時間が現実の時間になりはじめるんだ。本物の現実の時間だ。それ以前のように長い時間でもなければ、そのあとみたいに短い時間でもない。ああ、いずれは時間が短くなるんだ。でも、人生のほとんどが、この本物の現実の時間を過ごすことになる。どういった時間かわかるか、クライヴィ？」

「わからないよ」

「だったら、この指示をうけいれることだ——現実の時間というのは、〝ぼくのかわいい子馬《マイ・プリティ・ポニー》〟だと。さあ、いってみろ——〝ぼくのかわいい子馬〟と」

馬鹿になった気分だった。お祖父さんはなにか理由があって（ドン叔父さんなら〝おまえを怒らせたいからだ〟といいそうだ）、ぼくをからかっているのだろうか？ そんなことを思いながら、クライヴは命じられた言葉を口にした。それから祖父が声をあげて笑い、「ほら、とうとうひっかかったな」というのではないかと待ちうけた。しかし祖父はこともなげにうなずき、その動作ひとつで馬鹿になった気分は跡形もなく消え去った。

「ぼくのかわいい子馬。こんな短い言葉なんだから、おまえがわたしのにらんだとおりの賢い少年なら、決して忘れたりはしないはずだな。ぼくのかわいい子馬。それこそが時間の真実なんだ」

祖父はひしゃげたタバコの箱をポケットからとりだし、ほんの一瞬だけタバコを吸うか吸うまいかと考えをめぐらせてから、また箱をポケットにおさめた。

「十四歳から……そうだな、まあ六十歳といっておこうか、そのころまで、時間はだいたい〝ぼくのかわいい子馬〟時間だ。そりゃ、昔の子ども時代みたいに時間がまた長くなることもあるが、もうすてきな時間なんかじゃない。そのときには、もう魂を——短い時間はいうにおよばず——〝ぼくのかわいい子馬〟時間に捧げてるからなんだ。いま話してるようなことをおまえが祖母さんにきかせたら、祖母さんはわたしを罰あたり者と罵って、一週間ばかりは湯たんぽをもってきてくれなくなるな。いや、二週間かもしれん」

そんなことをいいながらも、祖父はいかにも苦々しげに、そして頑固そうに口を突きだしてみせた。

「もしこんな話を、祖母さんが心底信じてるチャドバンド牧師にきかせたら、牧師はすぐさま、おまえたちは物事を邪悪な目で見ているだの、神はその驚異の御業を謎めいたやり方でおこなうとかいう、古くさいお決まりの説教だのをはじめるに決まってる。それでもわたしは、自分なりの考えをおまえにきかせようと思うんだよ、クライヴィ。わたしにいわせれば、神は残酷な老いぼれ野郎だ。だってそうじゃないか、大人に長い時間をあたえるのは、その大人がとんでもない怪我をしたとき——たとえば、あばらを折るだの、内臓がいかれるだの、そんなときだけなんだから。そんな神とくらべれば、ああ、蠅にピンを刺してる子どもなんて、小鳥が舞いおりて全身に巣をつくってもおかしくない聖人君子だ。考えると、藁の山が崩れて下敷きになったあとの数週間は、なんと長かったことか。それで思うんだ。そもそも神はなぜ、考える力のある生き物なんかつくったのか、とね。小便をひっかける相手が欲しかっただけなら、自分専用の漆《うるし》の藪でもつくっておけば用が足りたはずじゃないか。あるいは、癌で長いあいだ苦しみぬいたあと、去年死んだかわいそうなジョニー・ブリンクメイヤーのことを考えるといい」

このさいごの部分をクライヴはほとんどきいていなかったが、あとで街まで車で帰っていく途中に思い出すことになった。ジョニー・ブリンクメイヤーは、クライヴの両親が〝食料品店〟と呼び、祖父と祖母がいまだに〝店屋《みせや》さん〟と呼ぶ商店の主人だった。夕方になって祖父が会いにでかける唯一の人物だったし……夕方になると、祖父に会いにやってくることでも唯一の人物だった。あとになって街に帰る長い道中のあいだ、ジョニー・ブリンクメイヤー——といってもおでこに大きな疣《いぼ》があって、歩きながら股間を掻く癖のあった老人という程度の漠然とした記憶しかなかったが——こそが、祖父のたったひとりの親友だったのだと、クライヴは思いいたった。祖母は、だれかがブリンクメイヤーの名前を口にするたびに鼻をひくつかせていた——そのうえ、〝あの男はくさい〟としじゅう文句を口にしていた——が、それもこの考えの正しさを裏づけるものだった。

ただし、いまこのとき、そんな思いは頭に浮かぶべくもなかった。クライヴは神が一撃のもとに祖父の命を奪うのではないかと、息を殺してその瞬間を待っていたからだ。神をこれほど冒瀆すれば、それに応じた罰がくだされるにちがいない。〝全知全能の父なる神〟を〝残酷な老いぼれ〟呼ばわりしたり、大宇宙を創りたもうた神が、蠅にピンを刺して喜んでいる残虐な三年生にも劣るという意味のことを口にしたりすれば、ただですむはずがない。

クライヴは、オーバーオールを着た老人からあとずさって一歩離れた。いまこの人物は自分の祖父ではなくなり、一本の避雷針となったのだ。いつこの青空からすさまじい稲妻が打ちかかってきて祖父を瞬時に焼き殺し、まわりの林檎の木を松明《たいまつ》代わりに燃やして、この老人への劫罰を天下に知らしめても不思議はない。そうなれば、いままわりを風に吹かれて飛んでいく林檎の花びらは、日曜の夕方遅くに父親が一週間ぶんの新聞を焼いているときに焼却炉から立ち昇る、あの火の粉のようになるだろう。

なにも起こらなかった。

クライヴが待つうちにも、固い確信はしだいに崩れていった。やがて、すぐ近くで駒鳥が

（まるで祖父の言葉が、ちょっとした冗談以上でも以下でもなかったかのように）ほがらかな囀《さえず》りをあげるにおよんで、クライヴにも天から稲妻が降ってくることはないとわかった。わかると同時に、クライヴ・バニングの人生に、ささやかだが根源的な変化がおとずれた。冒瀆的な発言をした祖父が罰せられなかったことで、クライヴが犯罪者や不良少年になることはなかったし、〝問題児〟（つい最近になって流行してきたいいまわしだった）のような、とるに足らない存在になることさえなかった。しかしクライヴの頭のなかで、真の信仰をさし示す羅針盤の針がほんのすこしかたむき、同時に祖父の話をきく姿勢も変化した。それまでは話に耳を貸していたのが、真剣にきいいるようになったのだ。

「怪我をしたときの時間は、永遠に長くつづくように思えるものだ」祖父はそう話していた。「嘘じゃないぞ、クライヴィ。怪我をして過ごす一週間にくらべたら、子ども時代の最高に楽しい夏休みなんか、ほんの週末くらいの長さにしか思えないものだ。いやいや、夏休みがほんの土曜日の午前中だけに思えるくらいだぞ！　ジョニーが病の床に伏せっていたあの七カ月のことを思うと……あれを……あの化物をかかえたジョニー……あの化物はジョニーの体のなかに巣食って、ジョニーのはらわたを食ってやがった……ああ、あんな話をどうやって子どもにきかせればいいやらわからん。おまえの祖母さんのいうとおりだ。わたしには、鶏なみの脳みそしかないみたいだな」

祖父はしばし考えこむ顔つきで、靴を見おろしていた。やがて顔をあげてかぶりをふったが、暗いようすはなく、むしろユーモアさえたたえた機敏な動きで、すべてを一気に頭から払いのけているかのようだった。

「そんなことはどうだっていい。おまえに指示をくだすといったのに、わたしときたら喪家の犬みたいに、めそめそ泣きごとを垂れ流してるだけだった。〝喪家の犬〟というのは知ってるか、クライヴィ？」

少年はかぶりをふった。

「まあいいさ。またの機会に教えてやろう」もちろん、〝またの機会〟は永遠に来なかった。つぎにクライヴが会ったときには、祖父は木の箱におさめられていたからだ。そしてクライヴは、祖父からこの日あたえられた指示のなかで、ここが重要な点だろうと思った。老人には指示をあたえているつもりがなかったという事実はあれ、その重要性は毫《ごう》も減じることがなかった。「年寄りというのは、操車場においてある古い列車みたいなものだ——線路の数があまりにも多すぎるんだよ。だもんで、くそったれな転車台の上で五回もまわってからでなけりゃ、目的の線路に乗り入れられないんだな」

「いいんだよ、お祖父ちゃん」

「つまり、なにか話そうと思っても、そのたびにうっかり横道にそれてしまいがちだ、っていう話だ」

「わかってる。でも、その横道の話がとってもおもしろいんだよ」

祖父はほほえんだ。「おやおや、おまえがお世辞屋さんだとしたら、なかなかの芸達者だな」クライヴがほほえみかえすと、ジョニー・ブリンクメイヤーの思い出がもたらした闇が、いくぶん祖父から去っていったように思われた。ふたたび口をひらいたとき、祖父の口調はこれまでよりも事務的になっていた。

「そんなことはどうだっていい！　よけいな話は忘れろ。苦しんでいる時間が長くなるのは、神が人間にあたえたお荷物なんだから。ローリー・クーポン券を知ってるか？　決まった枚数をためると、居間に吊るす真鍮の気圧計だの新品のステーキナイフのセットだのに交換してくれるクーポン券だよ」

クライヴはうなずいた。

「苦しみの時間は、あれとおんなじだ……ただ本物の賞品とくらべれば、ブービー賞みたいなものというしかないがね。肝心なのは、人間が年をとると、ふつうの時間、つまり〝ぼくのかわいい子馬〟時間が、こんどは短い時間に変わるってことだ。子どものころとおんなじだよ。ただ、逆に変わるだけだ」

「反対になるんだね」

「そうだ」

年をとると時間が速く流れるようになるという概念は、少年の理解を超えていたが、この概念をうけいれるだけの聡明さはもちあわせていた。シーソーの片側があがれば、反対側が下がることはきちんとわきまえている。だから祖父の話も、それとおなじことだろうと理屈を通していたのだ。そう、作用と反作用だ。クライヴの父親なら、《ああ、わかった。それは視点の問題だな》と片づけただろうが。

祖父はまたカンガルーの袋のようなポケットからクールの箱をとりだし、こんどは慎重な手つきでタバコを抜きだした――箱のなかのさいごの一本ではなかったが、少年の目の前で祖父が吸ったさいごの一本だった。老人は箱をつぶして小さくすると、最初にとりだした場所にしまいこんだ。このさいごの一本にも、祖父はいつものように努力のあともうかがわせぬ鮮やかな手ぎわで火をつけた。丘の上に吹く風を無視したのではない——どうやったものか、祖父は風の存在そのものを否定していたのだ。

「いつになったらそうなるの、お祖父ちゃん？」

「なんともいえないな。それに、一気にそうなるわけでもない」祖父はそういいながら、先ほど同様にこんどのマッチも唾で濡らした。「その変化は、そうだな、栗鼠《りす》に近づく猫みたいに、こっそり忍び寄ってくるんだ。さいごには気がつく。で、気がついたそのときには、まったくもってフェアじゃない。あのオスグッドのガキが六十まで数えたぺてんにも負けないくらいな」

「だったら、いつそうなるの？　なんで気がつくわけ？」

祖父はタバコを口から抜きとらずに、先端の灰を落とした——テーブルを軽く叩いて音を出す人のように、親指でタバコを軽く弾いて。この小さな音を、少年は生涯忘れなかった。

「最初に気づくきっかけは、人それぞれ千差万別だと思うな」老人は答えた。「しかし、わたしが最初に気がついたのは四十歳を越えたあたりだった。はっきり何歳だったかはわからないが、そのとき自分がどこにいたかは、はっきり話してやれるよ。わたしは……〈デイヴィス・ドラッグ〉にいたんだ。あの店は知ってるな？」

クライヴはうなずいた。一家で祖父の家にたずねてくると、父親はかならずといっていいほどこのドラッグストアにクライヴとパティを連れていき、アイスクリームの浮いたソーダフロートを飲ませてくれる。父親はこの三人を〝ばにちょこべりー三人組〟と称していた。三人が注文する品が、いつも決まっておなじだったからだ。父親がバニラ・アイスクリーム。パティはチョコレートで、クライヴがストロベリー。そして父親はいつでも姉弟のあいだに腰かけ、子どもたちがこの冷たいごちそうをゆっくり味わっているあいだ、静かに本を読んでいる。パティは父親が本を読んでいるときなら——といって、ほとんどいつものことだったが——なにをしても気づかれないと話していたが、それはほんとうだった。ただし父親が本をおいてあたりを見まわしたなら、ちゃんと背すじを伸ばしてお行儀よくしなくてはいけない。でないと、こつんとぶたれる羽目になる。

「ともかく、あの店にいたときのことだ」祖父は遠くに視線をむけ、空をすばやく動いていく雲——喇叭《らっぱ》を吹く兵士の形をした雲——を見つめながら、回想を口にしはじめた。「おまえの祖母さんの関節炎の薬を買いにいったんだよ。もう一週間も雨つづきで、祖母さんは体じゅうがひどく痛んでたんだ。で、店にはいるなり、店内のディスプレイが変わってることに気づいた。見のがそうったって無理な話だよ。通路のひとつを、ほとんど丸々占領してたんだから。お面があって、紙から切り抜いた黒猫だの箒《ほうき》に乗った魔女だのの飾りがあって、おまけに厚紙製のかぼちゃがおいてあった。厚紙の袋になってて、なかに輪ゴムがはいってるんだ。子どもが厚紙からかぼちゃを切り抜いて色を塗り、おまけに裏っかわに印刷してあるゲームで遊んでくれれば、お母さんは午後をゆっくり過ごせるという仕掛けさ。色を塗りおわったら壁の飾りにしてもいいし、もしその子の家が貧乏でかぼちゃも買えないとか、家族の知恵が足りなくて、そのへんの材料で仮装もできないとなったら、その子はかぼちゃのお面に輪ゴムをつけて、かぶればいいんだ。ハロウィンが来ると、〈デイヴィス・ドラッグ〉のお面をかぶって紙袋をもった子どもたちが、大勢このへんを歩きまわってたもんだよ、クライヴィ！　ああ、もちろん店にはキャンディも売ってた。前はソーダ水売り場のすぐ横に、小銭を入れるとキャンディが出てくる機械があったんだ。わかるだろう？」

クライヴはほほえんだ。話はすっかりわかっていた。

「――でも、こいつはちがってた。いろんなキャンディがはいってたんだ。ワックスボトルとかキャンディコーンとか、ルートビアバレルとか、それにリコリススティックなんかがね。それを見て思ったよ。デイヴィスじいさんは――当時はほんとに、そんな名前の男が店を切りまわしてたし、一九一〇年に店をつくったのはそいつの親父だったっけ――とうとう、頭のネジが一、二本抜けちまったな、とね。そりゃそうだろう、くそったれな夏がまだおわってもいないのに、もう〝お菓子をくれなきゃいたずらするぞ〟の準備をしてるんだから。デイヴィスが陣どってた処方薬のカウンターに行って、思ったとおりのことを話してやろうと思いたったそのとき……ふっと、頭のなかからこんな声がきこえてきた。ちょっと待て、ジョージ。頭のネジが抜けてるのは、おまえさんのほうだぞ、ってな。あながち見当はずれでもなかった。なぜって、まだ夏だっていうのはまちがいだったし、そんなことは百も承知してたからだ――いまおまえとふたりでここに立ってるってことがわかってるようにね。いいか、ここがおまえにわかってもらいたい点だ――わたしには、なにもかもわかっていた、っていう点がね。だいたいそのときには、林檎摘みの人手を見張るために監視所にあがっていたんじゃなかったか？　それに国境の向こう、カナダから人手をかきあつめるため、ちらしを五百枚印刷してくれという注文だって、もう出していたんじゃなかったか？　スケネクタディから仕事の口をもとめてやってきたティム・ウォーバートンという男に、もう目をつけてもいたんじゃなかったか？　ちょっと雰囲気のある男でね、いかにも誠実そうだったから、林檎の収穫シーズンになれば、季節労働者たちのいい取りまとめ役になってくれるだろうと思ったんだよ。で、そのすぐ翌日にもティムに仕事を頼みにいくつもりじゃなかったか？　ティムのほうも、自分が何時ごろどこそこの床屋に髪を切りにいく予定だと話していたんだから、わたしが仕事の依頼にいくのを知っていたんじゃなかったか？　だから、こう思ったね。いったいどうしたんだ、ジョージ？　耄碌《もうろく》するには、ちょっとばかり若すぎるんじゃないか？　そりゃそうだろう、たしかに老いぼれフランクは、ちょっと早めにハロウィン用のキャンディを店にならべたかもしれない。でも、夏にならべるか？　そこまで馬鹿な話があるものか。

そういったことがすっかりわかっちゃいても、ほんの一瞬——いや、ことによったら数秒間だったかもしれないが——季節が夏に思えていたんだ。いや、夏にちがいないと思えていたというべきかな。だってそうだろう、じっさい夏そのものだったんだから。なにをいいたいか、おまえにわかるか？　そのうちすぐ九月のことがすっかり頭によみがえっちゃきたが、それまでは、まるで……あの気分は……あの気持ちは……」

祖父は顔をしかめ、つぎの単語を口に出した。それは祖父が農民仲間の前では決して口にしない単語だった——そんな単語を口にしたがさいご、やたら大げさな男だと非難されるに決まっている（はっきり口にはせず、非難を胸にしまっておいてくれるかもしれないが）。

「あのときの気持ちは……失望だった。ほかにどういう言葉でいえばいいのかもわからん。失望だよ。それが、はじめて気がついたときのことだ」

祖父は少年を見つめた。少年は話に集中してきいっているあまり、うなずきもせず、ただ祖父を見かえしていた。祖父はふたりを代表してひとつうなずくと、また親指の腹をつかってタバコの灰を叩き落とした。祖父はクライヴは、祖父がもの思いに耽《ふけ》っているせいでタバコをろくに吸わず、風がそのほとんどを灰にしたのだと信じた。

「たとえるなら、ひげを剃るだけのつもりでバスルームの鏡の前に立ったら、頭にはじめて白髪を見つけたようなものだな。わかるか、クライヴィ？」

「うん」

「よし。この最初の出来ごとのあとは、あらゆる季節の節目になる行事のたびにおなじことが起こりはじめた。いつも、店がそのシーズン用の商品を店頭にならべるのが、すこし早すぎるんじゃないかと思うようになったんだ。ときには、その思いを他人に話しもしたよ——ただし、店員たちが欲をかきすぎているという意味にきこえるよう、それなりに気をつけてはいたがね。おかしいのは自分たちじゃない、店員のほうだ、とね。このへんのことはわかるか？」

「うん」

「なぜなら」祖父はいった。「欲深な店員なら、どんな人間にも理解できる人種だからだ。なかには、そういう店員を賞賛する向きもある——ま、わたしはその一員ではないがね。で、相手は〝それがこすっからい商売をつづけるこつだ〟とかいう。肉屋のラドウィックは客の目をかすめられるとなると、決まって秤に親指をかけてるが、その手のこすっからいやり口が、不断の努力を必要とする立派なおこないみたいないいぐさだよ。わたしはいちどもそんなふうに考えたことはないが、そう考える人がいるのもわかる話だ。ただし、そんなことをわざわざ口にすれば、頭の調子がおかしくなったと思われるが……それはまたちがう話だ。そこでこっちは、〝まったく、このぶんじゃ来年は納屋に干し草をしまいこむ前から、クリスマスの星やら白い綿やらで店先を飾りたてるようになるぞ〟とかなんとか、そんなことを口にする。そう話せば、どんな相手でも〝まったくそのとおりだ〟と答えてくれる。ところがどっこい、そのとおりなんかじゃない。ちゃんと腰を落ち着けて、よくよく観察してみれば、店が毎年だいたいおなじ時期に飾りつけをしてるってことがわかるんだから。

　そのあと、またべつの出来ごとが起こった。五年、いや、七年後だったかもしれない。とにかく、五十歳になるやならずのころだったはずだ。ともあれ、そのころ陪審義務のお呼びがかかってね。面倒くさい仕事だが、とにかく行ったよ。廷吏からいわれるままに宣誓をすると、神を助けるためにこの義務を果たす気があるか、ときかれた。だから、生まれてからずっと神を助けるためにあれこれ義務を果たしてきた人間みたいに、やらせてもらう、と答えたよ。そのあと廷吏は、ペンをかまえて住所を質問してきた。だから、すらすらと答えてやった。それから年齢をきかれて口をひらいたはいいが……なんとまあ、うっかり三十七歳と答えるところだったよ」

　祖父は顔をうしろにのけぞらせると、兵士の形をした雲に向かって笑い声を噴きあげた。雲は——喇叭《らっぱ》の部分がすっかり長く伸び、いまはトロンボーンの形になっていた——地平線から地平線への道のりの半分まで達していた。

「なんで、そんなふうに答えそうになったの？」クライヴはこれまで、自分が話を正確にきいていた自信があったが、ここが話の要であることもわかっていた。

「そう答えたかったのは、とっさにその答えが頭に浮かんできたからさ！　まったく！　とにかくまちがいだってことに気づいて、ちょっと口を閉じてたよ。廷吏にも、法廷にいたほかの連中にも、まったく気づかれなかったとは思う――どうせ眠りこけてるか、うとうとしてる連中ばっかりだったからね。ブラウンの後家さんに箒でケツを思いっきりひっぱたかれた直後みたいに目を覚ましてるやつがいたとしても、ほんとうのところを見ぬかれていたとは思えない。たいしたことじゃなかった――むずかしい球を打とうというとき、本気でバットをふる前に二度ばかり深く息を吸いこむのと大差なかった。しかし、なんたるざまだ！　相手は年齢をきいただけ――反則のスピットボールを投げてよこしたわけじゃない。自分がとんでもない馬鹿になった気分だった。三十七歳でないのなら、ほんとは何歳なのかが、一瞬まったくわからなくなってたんだから。まあ、そのあとすぐに立ちなおって、四十八歳とか五十一歳とか、とにかく正しい年齢を口にはしたがね。しかし一秒とはいえ自分の年齢を忘れるなんて……いやはや！」

祖父はタバコを地面に落としてブーツの踵で踏みつけると、殺人の依頼をこなして死体を土に埋める例の儀式にとりかかった。

「しかしな、そいつはただのはじまりだったんだよ、わが息子クライヴィ」祖父はときおりアイルランド風の言葉づかいに影響されることがあり、いまもその癖が出ているだけだったが、少年は思った――ほんとにお祖父ちゃんの息子だったらよかったのに。あの男の息子なんかじゃなく。「そのあとすぐ……最初の出来ごとがあって二度めのことがあったと思ったら、こっちが気がつかないうちに、時間のやつはいきなりギアを高くして、たちまち突っ走りはじめた。

ほら、近ごろターンパイクを走ってる車とおんなじさ。やたらにスピードを出して飛ばすもんで、秋だったりすると、走りながら木の葉っぱを吹き飛ばしていく車があるじゃないか」

「どういう意味？」

「最悪なのは、季節の変わり方だな」老人は、孫の言葉も耳にはいっていないようすで、ものうげにつづけた。「それぞれの季節のちがいが、ちがいじゃなくなるんだ。まだ長雨がはじまってもいないのに、母さんが屋根裏からブーツだの手袋だのスカーフだのを出してくるように思えるんだよ。ふつう長雨の季節がおわれば、人は喜ぶものだろう？　ああ、わたしだって昔は喜んでたさ！　しかし、その年最初にできたぬかるみにはまりこんだトラクターはそのまま、まだ引っぱりだしてもいないというのに、長雨の季節がおわっちまうとなると、喜んでなんかいられない。それに、その年最初の屋外コンサートに行くのに麦わら帽子をかぶったと思ったら、たちまちポプラ並木がシュミーズを見せはじめたように思えてもくるんだ」

祖父は皮肉っぽく眉を吊りあげて、クライヴを見つめた。説明をせがまれるものと思ったのだろう。しかしクライヴは笑みをたたえ、この話に喜んでいた――シュミーズなら説明されなくてもわかっていたからだ。というのも、父親が日用雑貨や台所用品、それに可能なら少額の保険を人々に売り歩く出張に出ているときには、母親が午後五時くらいまでシュミーズだけで過ごしていることもあるからだ。父親が出張旅行に出ているあいだ、母親の飲酒はかなり深刻なレベルになるし、その深刻さが昂じると、母親は太陽が沈みはじめる時間まで服もまともに着られないありさまになる。それに、ときどきクライヴの世話をパティにまかせ、病気の友だちを見舞いにいくといって外出することもあった。あるときクライヴは、パティにこういったことがある。

「母さんの友だちは、父さんが出張に出てるときにかぎって病気が重くなるみたいだけど、気がついてた？」

パティは涙が頬にまで流れるほど笑いながら、気がついていた、もちろん気づいてた、気づいてたに決まっている、と答えた。

祖父の言葉でクライヴが思い出したのは、毎日がくだり坂になって学校がはじまる日が近づくころ、ポプラの木のようすが変わってくることだった。風が吹いて葉の裏側がめくれあがると、母親のいちばんとっておきのシュミーズとまったくおなじ色あいがのぞく――その銀色は驚くほど寂しい雰囲気であり、同時にまた美しい色でもあった。なぜならそれは、永遠につづくと思っていたもののおわりを意味していたからだ。

「それから」祖父はつづけた。「こんどは、いろいろ勘ちがいをしでかすようになる。たいしたことじゃない――道の先に住んでるヘイドンの爺さんみたいにすっかり耄碌するわけじゃないぞ、ありがたいことにね。それでも、癪《しゃく》にさわることにちがいはない、勘ちがいってやつはな。ああ、忘れるのとはわけがちがう。ここが肝心なところだ。ちゃんと覚えているのに、筋道がめちゃくちゃになるんだ。たとえば、息子のビリーは五八年に交通事故で死んだんだが、その直後に自分が腕の骨を折ったという、しっかりした記憶があるのはどうしてなのか、ってことだ。それが癪にさわるんだよ、まったく。チャドバンド牧師に教えてほしいくらいだ。ビリーは時速三十キロにも満たないスピードで、砂利トラックのうしろを走ってた。で、その懐中時計の文字盤と大差ない石がトラックの荷台から道路に落っこちて跳ねかえり、あいつが走らせてたうちのフォードのフロントガラスを粉々に割ったんだよ。ガラスの破片がビリーの両目に突き刺さってね。あとで医者が、もし命拾いしたとしても、片一方の目は確実に失明してたし、もう一方の目も危なかったと話してたが……あいにく命拾いなんぞしなかった。やつの車は道路から外に飛びだして、電柱に激突した。電柱が車の上に倒れてきて、あわれビリーは、シンシン刑務所の電気椅子《オールド・スパーキー》でこんがりと焙られた幾多の極悪人どもとおなじ運命をたどったんだ。といっても、あいつの生涯最大の悪事は、うちにまだ豆の畑があったころ、仮病をつかって収穫の手伝いをさぼったことくらいだがね。

ああ、さっきはわたしがくそったれな腕の骨を、なんでその事故のあとで折ったなどと思いこんでいたのか、という話だったな。天地神明に誓ってもいいが、腕を三角巾で吊ってやつの葬式に出た記憶があったんだ！　ところがセーラのやつから最初に、一家の歴史がいろいろ書きこんである家庭用聖書を見せられ、つぎに腕の骨折にまつわる保険の書類を見せられてね、それでようやく、まったく逆のことをいっていたセーラが正しいと納得したんだ。腕を折ったのは、事故のたっぷり二カ月も前のことだった。ビリーを埋葬したときには、もう腕を吊ってはいなかったんだ。セーラから老いぼれの馬鹿と罵られてね、頭をひっぱたいてやろうかと思ったくらい猛烈に腹が立ってならなかった。しかし、腹を立てていたのは、恥ずかしい思いをさせられたからだ。で、すくなくともセーラに手出ししないほうがいいとわきまえるだけの知恵はあった。セーラも怒っていたが、ただビリーのことを思い出したくなかったからだ。あいつはビリーを、目のなかに入れても痛くないほどかわいがっていたからね」

「びっくりだよ！」クライヴはいった。

「気分が楽になることはないんだ。たとえるなら、こういうことだな。ニューヨークに行くと、街角によく男が立って、いくつもの小さな容器の下にＢＢ弾をひとつ隠してるのを見かけるな。あの手あいは、客にはぜったいにＢＢ弾が隠してある容器を当てられないと思いこんでる。こっちは、苦もなく見わけられると思う。ところが連中は、ものすごくすばやい手つきで容器をあっちこっちに動かすものだから、決まって客が一杯食わされるんだ。途中で動きの道筋が見えなくなって、わけがわからなくなる。そうなると、完全にお手上げだ」

祖父はため息を洩らし、自分たちが正確にいまどこにいるのかを思い出すような顔つきで周囲を見まわした。ほんの一瞬だったが祖父の顔が完璧な絶望にいろどられ、それが少年に恐怖と、その恐怖にも負けないほどの嫌悪を味わわせた。そんなふうに感じたくはなかったが、どうしようもなかった。まるで祖父が繃帯《ほうたい》をほどき、なにか恐ろしい病気の兆候である傷口を見せつけてきたかのような気分だった。それも不治の業病の……。

「春になったのは、つい先週のことのように思えるのにな」祖父はいった。「しかし、このまま風が吹いていたら、あしたには林檎の花がすっかり吹き飛ばされていそうだ。そうならないにしても、すぐにそうなる。こんなにめまぐるしく物事が変化するのでは、およそ筋道たてて考えごとをするのは無理な相談だな。〝すぐにちゃんと思い出すから、一分か二分ばかり待ってくれないか〟なんて、とてもじゃないが口にできない。だいたい、そんなことを頼む相手がどこにもいないんだから。いってみりゃ、運転手のいない車に乗せられてるようなもんだ。わかるか？　おまえはどう思う、クライヴィ？」

「うん」少年は答えた。「お祖父ちゃんの話で、ひとつは正解だっていうところがあったよ

――この世界を創ったのは、やっぱりとんでもない馬鹿のひとりだったみたいだね」

クライヴには冗談をいったつもりはなかったが、祖父は声をあげて笑いだし、やがて顔がまたあの不穏な紫色に変わりはじめた。しかも今回はただ体をふたつ折りにして両手を膝につくだけでは足りず、クライヴの首に腕をまわして、倒れそうな体をかろうじてささえている状態だった。笑いの発作で紫色にふくれあがった顔から、いまにも血が一気に噴きだしてくるんじゃないか――クライヴがそう思うと同時に、祖父の咳とぜいぜいという荒い息が静まりはじめたからよかったが、そうでなければふたりとも地面に倒れこんでもおかしくなかった。

「あきれたやつだな、おまえは！」祖父はようやく体を起こしながらいった。「いやはや、ほんとにあきれた子だよ！」

「お祖父ちゃん？　大丈夫？　もううちに帰ったほうが――」

「なにをいってる。大丈夫なもんか。この二年で、心臓が二回も発作を起こしてるんだぞ。この先二年でも生きていられたら、だれよりも自分がいちばん驚くだろうね。しかし、こんな話は人間にとっちゃ目新しくもなんともない。これまでの話でわたしがいいたかったのは、年寄りだろうと若者だろうと、速い時間を過ごしていようと遅い時間を過ごしていようと、〝かわいい子馬〟のことを忘れないかぎり、人はまっすぐな道を歩いていける、ってことだ。数をかぞえるとき、数字をひとつというたびに〝ぼくのかわいい子馬〟と口にすれば、時間がただの時間になることはぜったいにないからな。ちゃんとそうしていれば――ああ、請け負ってやるとも――おまえは時間という馬をきちんと馬屋に入れておける。人間には、時間のすべてを数えることはできん。そんなことは、神の肚《はら》づもりにはないんだ。そのうちわたしは、あの脂ぎった顔のチャドバンドの野郎といっしょに、桜草が咲き乱れる道を行くことになる。だけど、ぜったいに忘れるな。人間が時間を所有しているわけじゃない。逆に、時間こそが人間を所有してるんだ。時間は毎日、毎秒まったくおなじスピードで、おまえの外側を流れていく。時間はおまえに洟《はな》もひっかけない。しかし、おまえが〝かわいい子馬〟を手もとに押さえているかぎり、そんなことは問題にならないんだ。おまえが〝かわいい子馬〟をちゃんと手もとに押さえていれば……このくそ野郎の金玉をぎゅっとつかんで離さず……世の中すべてのオールデン・オスグッドの同類どものことを気にしなければ、な」

それから祖父は、クライヴ・バニングにむかって上体をかがめた。

「わたしの話がわかったかい？」

「わかんない」

「そうだろうと思った。どうだ、覚えていられるか？」

「うん」

祖父にあまり長いこと見つめられていたので、少年は落ち着かず、もじもじしはじめた。しばらくしてようやく、祖父はうなずいた。「ああ、おまえなら覚えていられると思う。そう思えなければ、とんだ見こみちがいになるからな」

少年はなにもいわなかった。というか、いうべき言葉をひとつも思いつかなかった。

「これで、おまえは指示をうけたことになる」祖父はいった。

「でも、なんにもわからなくちゃ、指示をもらったことにはならないよ！」クライヴはやり場のない怒りにまかせて叫んだ。怒りの純粋さと完全さに、クライヴはわれながら驚いた。「話がまったくわかんないんだよ！」

「わかったかどうか、そんなことはどうだっていい」祖父は静かな声でいうと、もういちど片腕をクライヴの首にまわして、少年を近くに引き寄せた——祖父が少年を引き寄せたのは、このときがさいごになった。一カ月後に、祖母がベッドで横たわったまま息を引きとっている祖父を発見したのだ。祖母がふと目覚めると、祖父がそこに横たわっており、祖父の〝かわいい子馬〟はすでに祖父の杭垣を蹴り倒して、この世界のすべての丘の彼方へと走り去ったあとだった。

よこしまな心根、よこしまな心根。姿形はかわいい子馬、けれど心根はよこしま。

「理解と指示は、決してキスをすることのないいとこ同士のような関係なんだよ」この日祖父は、林檎の木立ちのなかでそういった。

「だったら、いったいどういう指示なの？」

「覚えて忘れないことだ」祖父は穏やかな口ぶりで答えた。「子馬の話を覚えてるな？」

「うん」

「あの子馬の名前は？」

少年はいったん間《ま》をおいてから答えた。

「時間……だと思う」

「よし。では、子馬の色は？」

少年はさっきよりも長く考えこんだ。暗い場所にいるときの虹彩のように、クライヴはみずからの心をひらいた。

「わからない」しばらくして、クライヴはそう答えた。

「わたしにもわからん」祖父はそういって、クライヴから手を離した。「あの子馬に色があるとは思えないし、そんなことが大事だとも思えない。じゃ、いちばん大事なのはなにか、おまえにわかるか？」

「うん」クライヴは即座に答えた。

熱っぽく輝く目がホチキスの針となり、少年の精神と感情とをひとつに留めあわせた。

「では、どんな子馬だ？」

「かわいい子馬だよ」クライヴ・バニングは絶対の自信をこめて断言した。

祖父はほほえんだ。「そうとも！　クライヴィはちゃんと指示をうけとった。ほんのちょっと賢くなったし、このわたしに祝福をあたえてもくれた……あるいは、その逆かもしれないな。どうだ、ピーチパイを食べたくはないか？」

「もちろん！」

「だったら、こんなところにぐずぐずしていることはあるまい？　さっそく食べにいこうじゃないか！」

そしてふたりは、その言葉どおりにした。

クライヴ・バニングは〝時間〟という名前を忘れなかったし、子馬に色がないことも忘れなかった。その子馬が美しくもなければ醜くもないことも……ただ、かわいいだけだということも忘れなかった。子馬の心根がよこしまだということも忘れなかったし、丘をくだる道々で祖父が語った言葉——風に吹き飛ばされて、かき消されそうになっていた言葉も忘れなかった。

たとえ嘘をつくかもしれない心根の子馬でも、一頭の子馬もいないより、乗りこなせる子馬がいたほうがずっとましだ、という言葉を。

(*My Pretty Pony*)

電話はどこから……？

永井淳〔訳〕

著者注　脚本で用いられる略語は簡潔であり、わたしにいわせれば、脚本を執筆する人間に仲間意識を感じさせるために存在する。いずれにせよ、読者はCUがクローズアップを、ECUが超クローズアップを、INTが屋内を、EXTが屋外を、BGが背景を、POVが視点を、それぞれ意味することを知っていなければならない。おそらく大部分の読者はそれぐらい先刻ご承知ではないだろうか。

第一幕

フェイド・イン。

ケティ・ウェイダーマンの口、ECU。

彼女は電話で話している。きれいな口もと、間もなく顔全体も口に劣らずきれいなことがわかる。

ケティ　ビルはどうかって？　ええ、あまり調子がよくないっていっていってるけど、本と本の間はいつもそうなの……不眠が続いて、頭痛のたびに脳腫瘍の最初の兆候じゃないかと心配するけど……新作の執筆にとりかかるとすぐによくなるわ。

テレビの音、BG。

カメラが引く。ケティがキッチンの電話コーナーに坐って、なにかのカタログをぱらぱらめくりながら妹とおしゃべりをしている。彼女が使っている電話機に一か所ふつうとは違うところがあることに、われわれは気づくはずである。それは二本の線がつながった電話である。どっちの線が使用中かを示す**ライト・ボタン**が二つついている。今はひとつだけ――ケティのほう――が点灯している。**ケティが話しつづけるうちに、カメラが一方にふれてキッチンを移動、**アーチ型の戸口を通り抜けて居間に入りこむ。

ケティ （声が遠ざかる） そうそう、今日ジェイニー・カールトンに会ったわ……そうなのよ！ まるで家みたいに大きかったわ！……

彼女が消える。テレビの音が大きくなる。三人の子供がいる。ジェフ、八歳。コニー、十歳。デニス、十三歳。《ホイール・オヴ・フォーチュン》が映っているが、子供たちは見ていない。彼らはあのすばらしい楽しみ、〝つぎのチャンネル争い〟の真最中である。

ジェフ お願い！ パパの最初の本なんだから！

コニー パパの最初のひどい本よ。

デニス　《チアーズ》と《ウィングズ》を見るんだよ、ジェフ。毎週見てるじゃないか。

デニスが兄貴風を吹かしてうむをいわさぬ口調で断定する。「文句があるんなら、おまえの痩せっぽちの体を痛い目にあわせるぞ、ジェフ」と、彼の顔がいっている。

ジェフ　じゃ、テープにとらせてくれる？

コニー　ママのためにCNNニュースを録画することになっているのよ。ロイスおばさんとの電話が長くなりそうっていってたから。

ジェフ　CNNニュースをいったい《フォア・ゴッズ・セイク》どうやって録画するんだよ？　いつまでたっても終らないじゃないか！

デニス　だからママはCNNが好きなんだよ。

コニー　神《ゴッド》様なんか持ちださないでよ、ジェフィ——教会以外で神様の話をするにはあんたまだ小さすぎるわ。

ジェフ　じゃぼくをジェフィと呼ぶのもやめてくれよ。

コニー　ジェフィ、ジェフィ、ジェフィ。

ジェフが立ちあがって窓ぎわに歩み寄り、外の暗闇をみつめる。彼はひどく怒っている。デニスとコニーは、兄や姉の偉大な伝統に従って、面白そうにそれを見ている。

デニス かわいそうなジェフィ。
コニー きっと自殺するわよ。
ジェフ （二人を振りかえって） パパの最初の本なんだよ！ それでも平気なの？
コニー そんなに見たかったら、あしたヴィデオ・ショップで借りてくればいいじゃない。
ジェフ R指定の映画は子供には貸してくれないよ。 知ってるくせに！
コニー （うっとりと） うるさいわねえ、絶対ヴァナよ！ ヴァナ大好き！
ジェフ ねえ、デニス――
デニス パパのところへ行って、書斎のヴィデオで録画してもらえよ。 いつまでもぐずぐずうるさいぞ。

ジェフが部屋を横切りながら、ヴァナ・ホワイトに向かって舌を出す。 キッチンへ行く彼を**カメラが追う。**

ケティ ……だから彼がポリーは連鎖球菌陽性テストを受けたのかときいたとき、彼女が大学予備校に入って家にいないことを思いださせなきゃならなかったわ……ああ、ロイス、あの子がいなくてとっても淋しい……

ジェフが階段のほうへ行こうとして通りかかる。

ケティ　あんたたち、静かにしてくれない？

ジェフ　（ふくれっ面で）　静かになるよ。もうすぐ。

彼は少しがっかりした様子で階段をあがる。ケティはいとしさと心配の入りまじった顔で束の間彼のうしろ姿を眺める。

ケティ　また子供たちが喧嘩してるのよ。ポリーがいるときは下の子たちをおとなしくさせていたんだけど、家を出て寮に入ってしまったから……自分でもよくわからないの……あの子をボルトンに入れたのがよかったのかどうか。あの子から電話がかかってくるとき、ときおりひどく悲しそうな声で話すもんだから……

ＩＮＴ。ドラキュラに扮したベラ・ルゴシ、ＣＵ。

ドラキュラはトランシルヴァニアの自分の城の入口に立っている。だれかが彼の口から出たように貼りつけた漫画の吹出しは、「聞け！　わが夜の子等よ！　なんという美しい調べであることか！」とある。このポスターはドアに貼られているのだが、われわれにはジェフがドアをあけて父親の書斎に入りこむときしか見えない。

ＩＮＴ。ケティの写真、ＣＵ。

カメラが静止し、続いてゆっくり右にパンする。もう一枚の写真、学校の寮に入っているポリーの写真を通過する。彼女は十六歳ぐらいのかわいい女の子だ。ポリーのつぎにはデニス……コニー……そしてジェフの写真。

カメラはなおも右にパンし、同時に四十四歳ぐらいの男、ビル・ウェイダーマンの姿が見えてくるまで**ワイドになる。**彼は疲れているように見える。机の上のワード・プロセッサーをのぞきこむが、彼の頭脳の水晶球が今夜は休みらしく、スクリーンにはなにも映っていない。壁には額に入ったブック・ジャケットが飾られている。どれもみな怪奇趣味のものばかり。タイトルのひとつは『幽霊のキス』である。

ジェフがこっそり父親のうしろに近づく。カーペットが足音を吸収する。ビルが溜息をついてワープロのスイッチを切る。その直後にジェフが父親の肩を叩く。

ジェフ　**おばけだぞう！**

ビル　やあ、ジェフ。

彼は椅子を回して息子のほうを向く。息子はがっかりする。

ジェフ　どうしてこわくないの？

ビル　人をこわがらせるのがパパの仕事だからさ。こわがる神経が麻痺しているんだよ。どうかしたのか？

ジェフ　パパ、『幽霊のキス』の初めの一時間をテレビで見て、残りはテープにとってもらってもいいかな？　デニスとコニーが番組をひとりじめにして見せてくれないんだよ。

ビルはぼんやりブック・ジャケットを眺める。

ビル　ほんとにあれを見たいのかい？　あれはとても――

ジェフ　見たいよ！

INT。電話コーナーのケティ。

このショットでは、夫の書斎に通じる階段が彼女の背後にはっきり見える。

ケティ　ジェフは歯列矯正が必要だと思うんだけど、なにしろビルが――

もう一本の電話が鳴る。もうひとつのライトが点滅する。

ケティ　別の電話よ、たぶんビルが――

しかしビルとジェフが彼女の背後の階段をおりてくるのが見える。

ビル　ハニー、空《から》のテープはどこだったかな？　書斎を捜しても見つからないんだが——

ケティ　（ビルに）待って！　（ロイスに）ちょっと待っててね、ロー。

ロイスを待機させる。両方のライトが点滅している。たった今新しい電話が入ってきた上のボタンを押す。

ケティ　もしもし、ウェイダーマンです。

音声。激しく泣きじゃくる声。

泣声　（受話器から洩れてくる）お願い……連れて……か、かえ——

ケティ　ポリー？　あなたなの？　どうかしたの？

音声。悲痛な泣声。

泣声　（電話を通して）お願い——早く——

音声。泣きじゃくる声……続いて**カチッ！**　と電話の切れる音。

ケティ　ポリー、落ちつきなさい！　なにがあったにせよ、それほど――

切れた電話のハム音。

ジェフは空《から》のテープを捜しにテレビ室のほうへ行ってしまう。

ビル　だれから？

ケティが夫のほうを見向きもせず、問いかけに返事もせずにまた下のボタンを押す。

ケティ　ロイス？　こちらからかけなおすわ。ポリーから電話で、ひどく取り乱しているようだったの。いいえ……切ってしまったわ。ええ。そうする。ありがとう。

彼女は電話を切る。

ビル　（心配そうに）ポリーからか？

ケティ　ひどく泣いてたわ。「お願い、家へ連れて帰って」といおうとしているようだった……やっぱりポリーはあの学校に合わなかったのよ……わたしったら、どうしてあなたのいいなりになってしまったのかしら……

彼女は夢中で小さな電話机の上をかきまわしている。カタログ類がスツールのまわりの床にずりおちる。

ケティ　コ、ニ、ー、わ、た、し、の、ア、ド、レ、ス・ブ、ッ、ク、を持、っ、て、行、っ、た、?

コニー（声）　いいえ、ママ。

ビルがズボンの尻ポケットからよれよれの手帳を取りだしてページをめくる。

ビル　あったよ。ただ――

ケティ　わかってるわ、あのいまいましい寮の電話はいつも話し中よ。その手帳を貸して。

ビル　落ちつけよ、ハニー。

ケティ　あの子と話してから落ちつくわ。彼女はまだ十六歳よ、ビル。十六歳の子は落ちこむこともあるわ。ときには自……いいから早く番号を教えてよ!

ビル　６１７－５５５－８６４１だ。

電話番号を押すケティをカメラがＣＵ。

ケティ　お願い……つながって……今度だけは……

音声。カチッという音。ちょっと間をおいて……呼出音が鳴りだす。

ケティ（目をつむって）ああ、助かった。

声（受話器から洩れてくる）ハーツホーン・ホールです、わたしはフリーダ。クリスティーン・ザ・セックス・クイーンにご用なら、彼女はまだシャワーを浴びている最中よ、アーニー。

ケティ　ポリーを電話に呼んでいただけるかしら？　ポリー・ウェイダーマンよ。こちらはケイト・ウェイダーマン、母親です。

声（電話を通して）あらやだ、ごめんなさい！　わたしてっきり——お待ちください、ミセス・ウェイダーマン。

音声。受話器を置く音。

声（電話を通して、かろうじて聞きとれる）ポリー！　ポル……電話よ……お母さんから！

ＩＮＴ。よりワイドでとらえた電話コーナー、ビルがいる。

ビル　どうした？
ケティ　だれかが呼びに行ってくれたようよ。

ジェフがテープを持って戻ってくる。

ジェフ　テープを見つけたよ、パパ。またデニスが隠してたんだ。
ビル　すぐ行くよ、ジェフ。テレビを見てなさい。
ジェフ　でも——
ビル　だいじょうぶ、忘れやしないから。さあ行った。

ジェフ、立ち去る。

ケティ　早く、早く、早く……
ビル　落ちつくんだ、ケティ。
ケティ　（嚙みつくように）あの子の声を聞いたら、落ちつけなんていってられないはずよ！
あの声——
ポリー　（電話を通して、元気な声で）ハーイ、ママ！
ケティ　ポル？　あなたなの？　だいじょうぶ？
ポリー　（しあわせそうな、浮きうきした声で）だい、じょ、う、ぶかって？　生物の試験ではAを、フランス語の会話体作文ではBをとったし、ロニー・ハンセンにハーヴェスト・ボールに誘われたのよ。あんまりだいじょうぶで、今日じゅうにもうひとついいことがあったら、ヒンデンブルグ号みたいに爆発しちゃいそう。

ケティ　さっき泣きながら電話してこなかった？

ケイトの表情から、彼女がすでにその質問の答を知っていることが読みとれる。

ポリー　(電話を通して)　まさか！

ケティ　あなたのテストの成績とデートのニュースを聞いて、ママもうれしいわ。たぶんだれかほかの人からの電話だったのね。また電話するわ、いいわね？

ポリー　(電話を通して)　いいわ！　パパによろしくね！

ケティ　はいはい。

ＩＮＴ。電話コーナー、よりワイドで。

ビル　ポリーはだいじょうぶか？

ケティ　元気だったわ。間違いない、間違いなくポリーだと思ったけど、彼女は浮かれっぱなしよ。

ビル　じゃあきっといたずら電話だよ。さもなきゃだれかがあんまり激しく泣きじゃくったんで間違い電話をかけてしまったかだ……「涙でかすんだ目で」と、われわれ年季の入った物書きなら書くところだ。

ケティ　いたずら電話でも間違い電話でもなかったわ。身内のだれかよ！

ビル　ハニー、そんなことわかるはずがないじゃないか。

ケティ　そうかしら？　もしもジェフィが泣きながら電話をかけてきたら、彼だってわかるんじゃない？

ビル（どぎまぎしながら）　ああ、たぶんね。わかると思うよ。

彼女は聞いていない。すばやく数字を押している。

ビル　どこへかけてるんだ？

彼女は答えない。**音声。電話の呼出音が二度鳴る。**続いて、

年とった女性の声（電話を通して）　もしもし。

ケティ　ママ？　調子は……（間をおいて）　ちょっと前に電話をくれた？

声（電話を通して）　いいえ……なぜ？

ケティ　なぜって……うちの電話を知ってるでしょう。さっきロイスと話していて、もうひとつの電話に出そこなったの。

声（電話を通して）　わたしじゃないわ。ねえ、ケイト、今日ラ・ブティックでそれはそれは

きれいなドレスを見つけたの――
ケティ　その話はあとにして、ママ、いいわね？
声（電話を通して）　ケイト、あなた、だいじょうぶなの？
ケティ　あのね……ママ、じつはわたし、下痢してるの。もう我慢できないわ。じゃあね。

彼女は電話を切る。ビルがそれを待って大声で笑いだす。

ビル　いやはや……下痢とはね……このつぎエージェントから電話がかかってきたときに使わせてもらおう……ケイト、きみはほんとに気が利くよ――
ケティ（ほとんど金切り声で）　なにがおかしいのよ！

ビルが笑いやむ。

INT。テレビ室。

ジェフとデニスが取っ組合いをしている。彼らの動きが止まる。子供たち三人がキッチンのほうを見る。

INT。電話コーナーにビルとケティがいる。

ケティ　たしかに身内のだれかだったし、あの声ときたら――いいえ、あなたにはわからないのよ。あれは知ってる声だったわ。

ビル　しかしポリーもきみのママも無事だとしたら……

ケティ（断定口調で）　そうだ、ドーンよ。

ビル　おいおい、ついさっきは間違いなくポリーだったといったじゃないか。

ケティ　ドーンにちがいないわ。ロイスとは電話で話していたし、ママはなんでもないとしたら、残るはドーンだけよ。彼女は末の妹だから……ポリーと間違えたのかもしれない……それにドーンはあの農家に赤ちゃんと二人っきりでいるのよ！

ビル（驚いて）　二人っきりってどういうことだ？

ケティ　ジェリーはバーリントンだわ。ドーンよ！　ドーンの身になにかあったのよ！

　コニーが心配そうな顔をしてキッチンにやってくる。

コニー　ママ、ドーンおばさんがどうかしたの？

ビル　今のところはまだなんでもない。落ちつくんだ。取り越し苦労はよしなさい。

　ケティが番号を押して耳をすます。**音声、話し中の信号音。**ケティが受話器を置く。ビルが眉をひそめて目で彼女に問いかける。

ケティ　話し中だわ。

ビル　ケティ、たしかなのか——

ケティ　残るは彼女だけだから——きっと彼女よ。ビル、わたし心配だわ。車で連れてってくれる？

ビルが彼女から受話器を取る。

ビル　ドーンの番号は？

ケティ　５５５－６１６９よ。

ビルが番号を押す。話し中の信号。受話器を置いて0を押す。

交換手（電話を通して）交換です。

ビル　交換手さん、義妹のところにかけているんだが話し中なんです。なにか問題があるのかもしれません。通話に割りこんでもらえますか？

ＩＮＴ。テレビ室に通じるドア。

子供たちが三人とも戸口に立って、無言で心配そうにみつめている。

INT。電話コーナーのビルとケティ。

交換手 (電話を通して) お名前は?
ビル ウィリアム・ウェイダーマンです。番号は——
交換手 (電話を通して)『蜘蛛の災厄』を書いたウィリアム・ウェイダーマンさんじゃありません?
ビル ええ、あれはぼくの作品ですよ。
交換手 (電話を通して) まあ、わたしあの本が大好き! あなたの本はみんな大好きですわ! わたし——
ビル どうもありがとう。ところで今はぼくの妻が妹の身になにかあったんじゃないかと心配してるんです。もしできたら——
交換手 (電話を通して) ええ、できますよ。おたくの番号を教えてください、ウェイダーマンさん、記念にね。(笑い声) だれにも教えないって約束しますから。
ビル 555-4408です。
交換手 (電話を通して) 先方の番号は?
ビル (ケティのほうを見て) えーと……
ケティ 555-6169よ。
ビル 555-6169です。
交換手 (電話を通して) ちょっと待ってくださいな、ウェイダーマンさん……そうそう、『野獣の夜』も傑作でしたわ。そのまま切らずにお待ちください。

音声。電話のカチッという音。

ケティ　交換手は――

ビル　うん。ちょっと……

最後の**カチッ**という音。

交換手（電話を通して）残念ながら話し中じゃないですわ、ウェイダーマンさん。受話器がはずれているんです。『蜘蛛の災厄』をおたくへ送ったら――

ビルが電話を切る。

ケティ　なぜ切っちゃったの？

ビル　割りこめないんだ。話し中じゃない。受話器がはずれているんだよ。

二人は暗然として顔を見合わせる。

EXT。車体の低いスポーツ・カーがカメラの前を通りすぎる。夜。

車内。ケティとビル。

ケティがおびえている。ハンドルを握るビルも冷静には見えない。

ケティ ねえ、ビル――彼女は心配ないわよね。

ビル だいじょうぶ、心配ないよ。

ケティ ほんとはどう思ってるの？

ビル 今夜ジェフがうしろからこっそり近づいてきて、おばけだぞとおどかしたんだ。あいつはぼくが驚かないんでひどくがっかりしていた。こわがる神経が麻痺しているからだと説明してやった。（間）でも嘘だったんだよ。

ケティ ジェリーはどっちみち半分は留守なのに、なんで引っ越さなきゃならなかったのかしら？　ドーンと赤ん坊だけを残して。なんでかしら？

ビル しいっ、もうすぐだよ、ケイト。

ケイト もっと急いで。

EXT。走る車。

ビルがスピードをあげる。車が煙を吐いている。

INT。ウェイダーマン家のテレビ室。

まだテレビがついていて、子供たちもいるが、悪ふざけはおさまっている。

コニー　デニス、ドーンおばさんはだいじょうぶだと思う？

デニス　（おばさんは殺人鬼に首を切られて死んだと思っているが）　もちろん。だいじょうぶさ。

INT。電話、テレビ室からのPOV。

電話コーナーの壁の電話は、ライトが二つとも消えて、まさに獲物に跳びかかろうとする蛇のように見えている。

フェイド・アウト。

第二幕

EXT。一軒家の農家。

長い私道がその家に通じている。居間にひとつだけライトがついている。車のライトが私道を照らして近づく。ウェイダーマンの車が車庫に近づいて停まる。

EXT。車のなかのビルとケティ。

ケティ こわいわ。

ビルが頭を下げてシートの下に手をのばし、ピストルを取りだす。

ビル （まじめくさって）おばけだぞう。

ケティ （びっくりして）いつからそんなものを持ってるの？

ビル 去年からだよ。きみや子供たちをこわがらせたくないから黙ってたんだ。携帯許可証は持ってるよ。さあ、行こう。

EXT。ビルとケティ。

車からおりる。ケティは車の前に立ち、ビルは車庫へ行ってなかをのぞく。

ビル 彼女の車はあるよ。

カメラは二人と一緒に玄関へ移動する。テレビの音が大きく聞える。ビルが呼鈴を押す。家のなかでベルの鳴る音が聞える。二人は待つ。今度はケティがボタンを押す。依然として答なし。彼女がもう一度ボタンを押し、押しっぱなしにする。ビルの視線が移動して、

EXT。錠、ビルのPOV。
錠に大きな引っかき傷がついている。

EXT。ビルとケティ。

ビル（小声で）錠がこわされている。

ケティが錠を見て泣声をだす。ビルがドアを引くと、すっとあく。テレビの音が大きくなる。

ビル　きみはぼくのうしろにいろ。なにかあったら逃げるんじゃなかったよ、ケイト。

彼が家のなかに入る。ケイトが今にも泣きそうな顔をして、こわごわあとに続く。

INT。ドーンとジェリーの居間。
このアングルからは部屋のごく一部しか見えない。テレビの音はますます大きく聞える。ビルが銃を構えて部屋に入ってくる。彼が右を向く……とたんに緊張がゆるみ、彼は銃をおろす。

ケティ （夫のそばに近づいて） ビル……これはいったい……

彼が指さす。

INT。ワイドでとらえた居間、ビルとケティのPOV。

その部屋は竜巻に襲われたように見える……しかしその惨状は強盗と殺人のせいではなく、生後十八か月の元気な赤ん坊に荒らされたにすぎない。まる一日居間を精力的に荒らしまわったあと、赤ん坊も母親もともに疲れきって、一緒にカウチで眠ってしまったのだ。赤ちゃんはドーンの膝で眠っている。母親は耳にウォークマンのイヤホンをつけている。おもちゃ――大部分は硬いプラスチック製のセサミ・ストリートやプレイスクールのたぐい――がいたるところに散らばっている。赤ん坊はまた本棚から本をあらかた引きだしてしまっている。見たところそのなかの一冊をむしゃむしゃ食べてしまったようだ。ビルが近づいてその本を手に取る。『幽霊のキス』である。

ビル ぼくの本に夢中《イート・アップ》だという読者がいるが、いくらなんでもこいつはばかげてるよ。

彼は面白がっているが、ケティは違う。今にも怒りだしそうなこわい顔をして妹に近づくが、ドーンが疲れきって眠っているのを見て軟化する。

INT。ドーンと赤ん坊、ケティのPOV。
二人はラファエロの聖母子像のように、熟睡して穏やかな寝息をたてている。カメラがパンしてウォークマンを映しだす。ヒューイ・ルイス・アンド・ザ・ニューズのメロディがかすかに聞える。カメラはさらにパンして、椅子の横のテーブルのプリンセス電話機を映しだす。受話器がはずれている。わずかにずれただけだが、不通になって死ぬほど人を心配させるのには充分である。

INT。ケティ。
彼女はほっと溜息をついて、身をかがめ、受話器を戻す。それからウォークマンのストップ・ボタンを押す。

INT。ドーン、ビル、ケティ。
音楽がやむとドーンが目をさます。けげんそうな顔でビルとケティを見る。

ドーン（ねぼけた声で）　あら……ハーイ。
ウォークマンのイヤホンをつけたままであることに気がついて、それをはずす。

ビル ハーイ、ドーン。

ドーン （まだねぼけ声で） くるんなら電話してくれればよかったのに。ひどく散らかっているでしょう。

そういってにっこりする。笑うと晴ればれとした顔になる。

ケティ したわよ。交換手がビルに受話器がはずれていると教えてくれたわ。わたし、なにかあったんじゃないかって心配しちゃった。音楽ががんがん鳴っているのによく眠っていられるわね。

ドーン 気持がなごむのよ。

（ビルが手に持っている赤ん坊が嚙んだ本を見て）

あら大変、ごめんなさい、ビル！ ジャスティンの歯がはえかかっているので——

ビル ジャスティンは嚙むのに適切な本を選んだという批評家もいそうだな。おどかすつもりはないけど、だれかドライヴァーかなにかで玄関の錠をこじあけたやつがいるぞ。

ドーン いいえ、違うわ！ 先週ジェリーがやったのよ。わたしがうっかり鍵をかけてしまったんだけど、彼は自分の鍵を持っていなかったし、スペアがいつものドアの上になかったの。彼はおしっこが我慢できなくてかんかんに腹を立て、ドライヴァーでこじあけようとした。でもうまくいかなかった——なにしろ頑丈な錠だから。（間） わたしが自分の鍵でドアをあけたときには、彼は茂みのなかにとびこんでいたわ。

ビル　だれかがこじあけたんじゃないとしたら、ドアがあいてぼくがなかに入れたのはどうしてなんだ？

ドーン　（疚《やま》しそうに）それが……わたしときどき鍵をかけ忘れるのよ。

ケティ　今夜わたしに電話をくれなかった、ドーン？

ドーン　電話なんかしなかったわよ！　だれにも！　ジャスティンを追っかけまわすのに忙しくて！　あの子ったら繊維軟化剤を食べようとするんだもの！　それからジャスティンが眠くなったので、わたしもここに坐って音楽を聴きながら、テレビでビルの映画が始まるのを待つつもりだったんだけど、そのうち眠ってしまって——

　映画と聞いてビルがはっとして自分の本を眺め、それから時計を見る。

ビル　ジェフにその映画を録画してやる約束をしていた。行こう、ケティ。今帰ればまだ間に合う。

ケティ　ちょっと待って。

　彼女は受話器を取って電話をかける。

ドーン　ねえ、ビル、ジェフの年でああいう映画を見せていいのかしら？

ビル　ネットワーク放送なんだ。残虐シーンはカットしてあるよ。

ドーン（よくわからないけれども愛想よく）　そう。それならいいけど。

INT。ケティのCU。

デニス（電話を通して）　もしもし。
ケティ　ドーンおばさんは無事だってことを知らせたかったの。
デニス（電話を通して）　あ、そう。気が利くのね。ありがとう、ママ。

INT。電話コーナー、デニスとほかの二人。
デニスは心から安心した様子。

デニス　ドーンおばさんは無事だよ。

INT。車のなか、ビルとケティ。
彼らはしばらく無言で車を走らせる。

ケティ　わたしのこと、ばかなヒステリー女だと思っているんでしょう？
ビル　そんなことはない！　ぼくだって心配したよ。
ケティ　ほんとに怒ってない？

ビル　怒るよりほっとしてるさ。（笑い）ドーンはちょっとおっちょこちょいだけど、ぼくは好きだよ。

ケティ　（彼にもたれかかってキスをする）わたしはあなたが好きよ。とってもやさしいから。

ビル　おれはおばけだぞう！

ケティ　だまされないわよ。

EXT。車。

カメラの前を通過してつぎのシーンに**オーヴァーラップ**する。

INT。ベッドに入っているジェフ。

部屋のなかは暗い。ベッド・カヴァーを顎まで引きあげている。

ジェフ　続きを録画すると約束してくれる？

カメラがワイドになり、ベッドに腰かけたビルの姿が見えてくる。

ビル　約束するとも。

ジェフ　死んだ男がパンク・ロッカーの首を引っこ抜くところがすごくよかったよ。

ビル　そうか……以前は残虐シーンをカットしたもんだがな。

ジェフ なんていったの、パパ？
ビル なんでもない。愛してるよ、ジェフ。
ジェフ ぼくもだよ。それからランボーも。

ジェフがどう見ても戦闘的ではないドラゴンの縫いぐるみを抱きあげる。ビルはドラゴンに、続いてジェフにおやすみのキスをする。

ビル おやすみ。
ジェフ おやすみ。（ビルがドアに達したところで）ドーンおばさんが無事でよかったね。
ビル ああ、ほんとによかった。

ビルが出て行く。

INT。テレビのCU。
撮影の二週間ほど前に自動車事故で死んだ（そしてそれからずっと暑い気候のなかに放置されていた）ように見える男が、地下室からよろめきでてくる。**カメラがワイドになって、**ヴィデオの一時停止ボタンを元に戻すビルの姿を映しだす。

ケティ （声） おばけだぞう。

ビルが親しみをこめて振りかえる。カメラがさらにワイドになって、セクシーなナイトガウン姿のケティを映しだす。

ビル　そっくりお返しするよ。コマーシャル・ブレイクのあとの四十秒ばかりを見そこなってしまった。ランボーにキスをさせられてね。

ケティ　ほんとに怒ってないのね、ビル？

彼が近づいてキスをする。

ビル　全然怒ってなんかいないよ。

ケティ　でも、誓って家族のだれかの声だったわ。わかるでしょう？　家族のだれかの声よ。

ビル　ああ。

ケティ　いまだにあの泣声が耳について離れない。すごく頼りなさそうで……悲しそうなの。

ビル　ケイト。きみは通りでだれか知ってる人間に会ったと思って、声をかけ、相手が振りかえったらまったく見知らぬ人間だった、という経験はないか？

ケティ　ええ、一度だけあるわ。商店街にいたとき、昔のルームメイトを見かけたような気がしたの。わたしは……ええ、あなたのいうことはわかるわ。

ビル　そうとも。世の中には顔と同じように声がそっくりという人間もいるんだよ。

ケティ　でも……自分の家族の声ならわかるわ。少くとも今夜までわたしはそう思っていた。

彼女は不安そうな顔で夫の肩に頬を寄せる。

ケティ　あれは絶対にポリーの声だと……

ビル　それはきみがあの子は新しい学校で自立できたかどうかと心配してたからだよ……しかし今夜電話できみに話したことから判断すると、その点はなにも心配ないんじゃないかな。きみはどう思う？

ケティ　そうね……たぶん心配ないわね。

ビル　もうそのことは忘れろよ。

ケティ　（ビルをしげしげとみつめて）　あなたのひどく疲れた顔は見たくないわ。さあ、なにかアイディアを思いついて。

ビル　うん、そのつもりだよ。

ケティ　ベッドに入る？

ビル　ジェフのためにこれを録画しおわったらね。

ケティ　（おかしそうに）　ビル、その機械はほとんどどんなことでも思いつく日本のエンジニアが作ったものよ。ほっといてもちゃんと仕事をするわ。

ビル　わかってるよ。だけどこの映画を見たのはもうずいぶん昔のことだから……

ケティ　オーケー。じゃ映画を楽しんで。もう少し起きてるわ。（間）　わたしもアイディアがうかんだから。

ビル（ほほえんで）おや、そうなのかい？

ケティ　そうよ。

彼女は脚をたっぷり見せて出て行きかけるが、あることを思いついて戸口で振りかえる。

ケティ　ねえ、あのシーンが残っていたら、ほら、パンク・ロッカーの首が——

ビル（うしろめたそうに）編集しておくよ。

ケティ　じゃ、おやすみ。それから、もう一度ありがとう。なにもかも。

彼女が出て行く。ビルが椅子に坐る。

INT。テレビのCU。

一組のカップルが車のなかでネッキングをしている。とつぜん死んだ男が助手席のドアを乱暴にあけると、画面が**ディゾルヴして、**

INT。ケティ、ベッドのなか。

部屋は暗い。彼女は眠っている。彼女が目をさます……が、完全にはさめきらない。

ケティ（眠そうな声で）ねえ、あなた——

彼女は夫を手探りするが、ベッドは空っぽで、カヴァーはめくられたままである。彼女が起きあがって、視線を向けた先は、

ＩＮＴ。ナイト・テーブルの時計。ケティのＰＯＶ。

時計は午前二時三分を指している。やがて二時四分に変る。

ＩＮＴ。ケティ。

はっきり目ざめている。心配そうな様子。ベッドから出てローブをはおり、ベッドルームを出る。

ＩＮＴ。テレビ画面のＣＵ。

画面に雪が降っている。

ケティ（近づいてくる声）ビル？　あなた？　だいじょうぶなの？　ビル？　ビ——

ＩＮＴ。ビルの書斎にいるケティ。

彼女は恐怖で目を見開いて、凍りついている。

ＩＮＴ。椅子の上のビル。
彼はぐったりと片側に倒れかかり、目を閉じて、片手をシャツの胸に入れている。ドーンは眠っていただけだが、ビルはそうではない。

ＥＸＴ。墓のなかにおろされる柩。

牧師（声）　われわれは霊魂のよみがえりを信じてウィリアム・ウェイダーマンの肉体を土に返します。「兄弟よ、力を落としてはならない……」

ＥＸＴ。墓前。
ウェイダーマン一家が全員ここに並んでいる。ケティとポリーは同じ黒のドレスを着て、黒いヴェイルをまとっている。コニーは黒のスカートに白のブラウス。デニスとジェフは黒のスーツを着ている。ジェフが泣いている。彼はいくばくかの心の慰めにドラゴンのランボーを小脇に抱えている。
カメラがケティに移動する。涙がゆっくり頬を伝い落ちる。彼女は身をかがめてひと握りの土を手に取る。それを墓穴に投げこむ。

ケティ　愛してるわ、あなた。

EXT。ジェフ。

泣いている。

EXT。カメラが墓穴を見おろす。

柩《ひつぎ》の上にばらまかれた土。

オーヴァーラップして、

EXT。墓。

墓地管理人が土を平らにならす。

管理人　うちの女房が、あんたには心臓発作で亡くなる前にもう一、二冊書いてもらいたかったといってたよ。（間）おれは西部劇小説のほうが好きだけどね。

管理人が口笛を吹きながら立ち去る。

オーヴァーラップして、

EXT。教会。昼間。

字幕――**五年後。**

ウェディング・マーチが演奏されている。五歳年をとり、喜びに溢れたポリーが、ライス・シャワーのなかに姿を現わす。ウェディング・ドレス姿の彼女のかたわらに新郎の姿が見える。

結婚式の列席者が通路の両側にライスを撒く。新郎新婦のあとにほかの人々が続く。そのなかにはケティ、デニス、コニー、ジェフがいて……みな五歳年をとっている。ケティと並んでもう一人の男がいる。これはハンクである。五年の間にケティも再婚していたのだ。

ポリーが振りかえって母親と向きあう。

ポリー　ありがとう、ママ。

ケティ　（泣きながら）　まあ、お礼だなんて。

二人が抱きあう。やがてポリーが身を引きはなしてハンクを見る。一瞬緊張が走るが、やがてポリーはハンクとも抱きあう。

ポリー　ありがとう、ハンク。ごめんなさい、長い間いやな娘で……

ハンク　（寛大に）　きみはいやな娘なんかじゃなかったよ、ポル。女の子には父親は一人しかいないんだ。

コニー　投げてよ！　投げてよ！

間もなくポリーが花束を投げる。

EXT。花束のCU、スロー・モーションで。

くるくると空中で舞っている。

オーヴァーラップして、

INT。ケティが書斎にいる。夜。

かつてワープロがあった場所に、横長のスタンドの下に積みあげられた建築設計図が見える。本のジャケットは建築物の写真と入れかわっている。おそらくハンクの頭のなかで構想された建築物の写真だろう。

ケティがデスクを眺めながら、少し悲しげな顔で物思いにふけっている。

ハンク（声）　もう寝るかい、ケイト？

彼女が振りむくと、カメラがワイドになってハンクが視野に現われる。彼はパジャマの上にローブをはおっている。彼女が近づいて、ほほえみかけながら軽く抱擁する。彼女の髪にわずかに白いものが混じっていることに気づくかもしれない。ビルの死後、彼女もそれなりに年をとっている。

ケティ　もう少ししたらね。最初の子供の結婚なんて毎日あることじゃないもの。
ハンク　わかってるよ。

二人が書斎からよりくつろいだ場所へ歩いて行くのを**カメラが追う**。そこにはコーヒー・テーブル、ステレオ、テレビ、ビルが愛用していた安楽椅子などがあって、五年前とほとんど変っていない。彼女が安楽椅子を見る。

ハンク　まだ彼が忘れられないんだね？
ケティ　日によってね。あなたは知らないし、ポリーは覚えてないわ。
ハンク　（やさしく）覚えていないって、なにを？
ケティ　ポリーは父親の五年目の命日に結婚したのよ。
ハンク　（彼女を抱いて）もう寝ようよ。
ケティ　もう少し起きていたいわ。
ハンク　わかった。ぼくも眠らずに待っているかもしれない。
ケティ　アイディアがうかんだの？
ハンク　たぶんね。

ケティ　よかった。

彼は妻にキスし、ドアをしめて出て行く。ケティがビルの古い椅子に坐る。手近のコーヒー・テーブルの上に、テレビのリモコンと内線電話がある。なにも映っていないテレビを見るケティの顔にカメラが接近する。サファイアのように輝く一滴の涙が目から溢れでる。

ケティ　まだあなたが忘れられないわ。恋しくてたまらない。毎日がそんな思いで、とてもつらいわ。

涙が滴《したた》りおちる。リモコンを取りあげてONボタンを押す。

INT。テレビ、ケティのPOV。

ギンスー・ナイフのコマーシャルが終ってSTARのロゴに変る。

アナウンサー（声）　では63チャンネルの木曜夜のスター・タイム・ムーヴィに戻って……『幽霊のキス』をお送りします。

STARのロゴに**オーヴァーラップして**、二週間ほど前に自動車事故で死に、それからずっと暑い気候のなかに放置されていたように見える男が現われる。男は同じ地下室からよろめきでてくる。

INT。ケティ。

ひどく驚いた顔——ほとんどおびえている。急いでリモコンのOFFボタンを押す。テレビが消える。

ケティの顔が歪みはじめる。こみあげてくる激情の嵐と戦うが、映画の偶然の一致が、彼女の一生で感情的に最もつらい一日だったにちがいないこの日に止めの一撃を加える。ダムが決壊して彼女は泣きだす……悲痛きわまりない泣声。リモコンを置こうとして椅子の横の小テーブルに手をのばし、はずみで電話機を床に落としてしまう。

音声。はずれた受話器のハム音。

涙で濡れた顔を凍りつかせて電話機をみつめる。なにかがその顔にうかびはじめる……思いつき？　直感？　どちらともうかがい知れない。おそらくそれはどうでもよい。

INT。電話機、ケティのPOV。

カメラが移動してECU……はずれた受話器の丸い小さな穴が大地の裂け目のように見えるところまで**接近する。**

はずれた受話器のハム音が大きくなる。

画面が暗くなって……声だけが聞える。

ビル　（声）　だれにかけるのかね？　だれにかけたいのかね？　まだ手遅れでないとしたら、だれにかけようというのかね？

INT。ケティ。

彼女の顔に、催眠術にかかったような奇妙な表情がうかんでいる。手をのばして電話機を拾いあげ、一見でたらめに番号を押す。

音声。呼出音。

依然として催眠術にかかったような表情。相手が出るまでその表情が続く……そして電話の向うから彼女自身の声が聞えてくる。

ケティ　（声、電話を通して）　もしもし、ウェイダーマンです。

ケティ――髪に白いものの混じった現在のケティ――は泣きつづけているが、その顔に死物狂いの希望の表情がうかびあがろうとしてもがいている。意識のあるレヴェルでは、自分の悲しみの深さが電話によるある種のタイム・トラヴェルを招いたことを理解している。彼女は話そうとして、言葉をしぼりだそうとして必死である。

ケティ（泣きながら）お願い……連れて……か、かえ——

INT。電話コーナーにいるケティ、フラッシュバック。

五年前。ビルが心配そうな顔でかたわらに立っている。ジェフは空《から》のテープを捜しに別の部屋へ行くところだ。

ケティ　ポリー？　あなたなの？　どうかしたの？

INT。書斎にいるケティ。

ケティ（泣きながら）お願い——早く——

音声。カチッと電話の切れる音。

ケティ（金切り声で）彼を病院へ運んで！　彼を死なせたくなかったら病院へ運んで！　心臓の発作を起こしかけているのよ！　彼は——

音声。電話の切れたハム音。

ケティがひどくゆっくり受話器を戻す。それから、ちょっと間をおいてまた受話器を取りあげる。自意識のかけらもなしに大きな声で話す。おそらく自分が話していることにさえ気がついていない。

ケティ　わたしは古い番号にかけた。古い番号に——

画面が急に切りかわる。

INT。電話コーナーのビル、かたわらにケティがいる。

彼はケティから受話器を受けとったばかりで、交換手に話しかけている。

交換手　（電話を通して、くすくす笑いながら）だれにも教えないって約束しますから。

ビル　５５５－

画面が急に切りかわる。

INT。ビルの昔の椅子に坐っているケティのCU。

ケティ　（ビルのあとを受けて）　－４４０８よ。

INT。電話機のCU。

ケティの震える指が注意深く番号を選びだし、それに呼応するトーンが、555－4408と聞える。

INT。ビルの愛用の椅子に坐っているケティのCU。

呼出音が鳴りはじめると同時にケティが目をつむる。希望と不安の入りまじった苦しげな表情。重要なメッセージを伝えるチャンスがもう一度与えられるなら……もう一度だけ与えられるなら、とその表情は語っている。

ケティ（低い声で）　お願い……お願いだから……

録音された声（電話を通して）　お客様がおかけになった番号は現在使われておりません。いったん切ってもう一度おかけなおしください。なにかご質問がありましたら――

ケティがまた受話器を置く。涙が頰を伝いおちる。**カメラがパンして電話機を映しだす。**

INT。電話コーナーのケティとビル、フラッシュバック。

ビル　じゃあきっといたずら電話だよ。さもなきゃだれかがあんまり激しく泣きじゃくったんで間違い電話をかけてしまったかだ……「涙にかすんだ目で」と、われわれ年季の入った物書きなら書くところだ。

ケティ　いたずら電話でも間違い電話でもなかったわ。身内のだれかよ！

ＩＮＴ。ビルの書斎にいるケティ（**現在の**）

ケティ　そうよ。身内のだれかよ。ごく身近なだれか。（間）わ、た、し、よ。

とつぜん彼女が電話機を床に投げだす。それからまた泣きだして両手で顔を覆う。**カメラはその姿をしばらくとらえつづけ、やがて移動して、**

ＩＮＴ。電話機。

それは無害だがどこか不吉な感じでカーペットの上に横たわっている。カメラが接近してＥＣＵ——受話器の小さな丸い穴がふたたび巨大な暗黒の裂け目のように見える。そのまま静止してから、

フェイド・アウトして画面が暗くなる。

(*Sorry, Right Number*)

十時の人々　白石朗〔訳〕

1

ピアスンは叫ぼうとしたが、ショックに声を奪われた状態では、詰まったのどから低く苦しげな息を絞りだすのが精いっぱいだった――人が眠りながら洩らすうめき声に似ていた。あらためて息を吸って叫ぼうとしたが、こんどは声を出しもしないうちに肘のすぐ上をだれかがつかんで、強く絞めあげてきた。

「なにかのまちがいですよ」その手の主の声がいった。ささやき声からほんの半段階ばかり大きいだけだったが、ピアスンの耳もとに直接語りかけてきた。「とんでもないまちがいです。ええ、信じてください、きっとそうですから」

ピアスンはあたりを見まわした。先ほどの悲鳴をあげたいという欲望――いや、せっぱつまった欲求――をかきたてた原因は、驚くべきことになんの抵抗にもあわないまま早くも銀行のビルのなかに姿を消しており、ピアスンは自分が周囲を見まわせることに気づいた。ピアスンの腕をつかんでいるのは、クリーム色のスーツを着た若いハンサムな黒人男だった。名前は知らなかったが、顔を見た記憶はある。ピアスンは、内心ひそかに〈十時の人々〉と名づけているこの奇妙な小集団のほぼ全員の顔を、すでに記憶していた……同様に、彼らも自分の顔を見知っていることだろう。

若いハンサムな黒人男は、油断のない目つきでピアスンを見つめていた。

「きみは、あれを見たのか?」ピアスンはたずねた。いつもの自信をみなぎらせた話し声とは似ても似つかぬ、かん高く上《うわ》ずった、哀れなかぼそい声しか出なかった。

若いハンサムな黒人男は、ピアスンがものすごい悲鳴の一斉射撃でボストン・ファースト・マーカンタイル銀行前の広場を揺るがすようなことはないと確信したのだろう、腕から手を離した。ピアスンはすぐさま手を伸ばし、若い黒人男の手首をつかんだ。他人とのふれあいがもたらす心の安らぎがなくては、生きていけないような気分だった。若いハンサムな黒人男は手を引っこめようともせず、ただピアスンの手をしばらく見おろし、そのあとでピアスンの顔に視線をもどしただけだった。

「どうなんだ、きみは見たのか! なんて不気味だったんだ! あれがメーキャップか……ジョークでかぶるようなマスクの一種だとしたって……」

いや、あれはメーキャップではなかったし、マスクでもなかった。ダークグレイの〈アンドレ・シル〉のスーツを着て五百ドルはする靴を履いたあの怪物は、ピアスンのすぐそばを——それこそ体がふれてもおかしくないほど(《ふれあうなんて滅相もない!》ピアスンの心が抑えようもない嫌悪の声をさしはさんできた)近くを通っていったので、あれがメーキャップやマスクでないことはわかっていた。巨大な隆起——それがピアスンには怪物の〝頭〟だろうと思えたのだが——を覆う肉が、まちがいなく動いていたからだ。それも、ちがう部分がそれぞれ別個の方向にむかって。それは、巨大惑星を覆いつくす神秘のガスが、何本もの筋になって蠢《うごめ》いているさまを思わせた。

「わが友人よ――」クリーム色のスーツを着た若いハンサムな黒人男がいいかけた。「あなたにいま必要なのは――」

「あれはなんなんだ?」ピアスンは相手の言葉をさえぎった。「あんなもの、生まれてこのかた見たこともないぞ! あ、あんなものが見られるのは、サーカスの余興の……フ、フリークショウとか……でなけりゃ……でなけりゃ……」

ピアスンの声は、もはや頭のなかのいつもの場所から出てきてはいなかった。いまでは声は、頭よりも上の場所から降ってきているかに思えた――罠に落ちたか地面の亀裂に落ちたかして、上のほうから、他人がかん高く上ずった哀れな声で語りかけてくるかのように。

「よくきいてください、わが友人――」

それだけではなかった。つい数分前、火のついていないマルボロを指にはさんだピアスンが回転ドアから外に足を踏みだしたときには、空は雲に覆われていた――それどころか、いまにもひと雨きそうな雲ゆきだったのだ。いまあたりは、明るいどころではなかった――明るすぎるほどの強烈な明るさだった。十五メートルばかり離れたところでビルの側壁ぞいに立っている愛らしいブロンド女の赤いスカートは(ちなみに女はタバコを吸いながらペーパーバックを読んでいた)、火の玉のような輝きを発して空に金切り声をあげているかに見えた。通りかかった配達人の着ている黄色いシャツは、雀蜂の針となって目に突き刺さってきた。人々の顔はどれも、娘のジェニーの〝飛びだす絵本〟の顔のように浮きあがって見えていた。

そして唇……ピアスンの唇はまったく感覚をうしなっていた。局所麻酔薬をたっぷり打たれたあとでまま経験するように、なんの感覚もなくなっていたのだ。

ピアスンは、クリーム色のスーツを着たハンサムな若い男にむきなおった。「こんな馬鹿げた話はないが、どうやらわたしは気絶しかけているみたいだ」

「いや、馬鹿げてなんかいません」若い男はいった。その断定的な口調に、ピアスンは——とりあえず当面のあいだ——男を信じる気分にさせられた。男の手が肘の若干上をつかみなおしたが、今回はずっとやさしい手つきだった。「さあ、こっちに来て——あなたは腰をおろす必要がありますから」

銀行正面の広大な広場のそこかしこには、一メートル弱の高さがある円形の大理石の花壇が散らばっており、それぞれに晩夏／初秋のさまざまな花が植えられていた。こうした高級な花壇のほとんどに、〈十時の人々〉が腰かけていた。なにかを読んでいる者もいれば、おしゃべりに興じている者も、そしてコマーシャル・ストリートを通っていく歩行者の流れをながめている者もいる。しかしその全員が、彼らを〈十時の人々〉たらしめている行動をとっていた——ピアスン本人がビルの上から降りてきた目的も、まさにおなじ行動にあった。ピアスンと、新しく知りあいになった男のふたりにいちばん近い花壇には菊が植わっており、五官の強められたいまのピアスンの目には、菊の花の紫色が奇跡としか思えないほどまぶしく感じられた。円形の花壇のまわりにはだれもいない——おそらく十時をすでに十分過ぎ、人々がビルに引きかえしていく時間だからだろう。

「さあ、すわってください」

クリーム色のスーツを着た若い男は、ピアスンにそう声をかけた。ピアスンは精いっぱい努力したが、結局は腰をおろすというより、どさりと力なくへたりこんだ。さっきまで赤褐色の大理石の花壇わきに立っていたと思ったら、いきなりだれかに膝のピンを引き抜かれでもしたように、尻が花壇のへりに落ちていたのだ。それもかなり激しく。

「さあ、体をかがめて」若い男はそういって、ピアスンのとなりに腰かけてきた。先ほど出会ってから、男はずっとにこやかな表情を見せていたが、両目だけはにこやかな光の片鱗すらたたえていなかった。両目はつねに忙しく、広場の左右を見張っていたのである。

「なぜそんなことを？」

「頭に血をもどしてやるんですよ」若い黒人男はいった。「でも、いかにもそう見えるようなことは避けるように。花の香りを嗅いでいるだけに見えるようにしてください」

「見えるって……だれが見ていると？」

「いいから、いうとおりにしてください」若い男の声に、ごくごくかすかな苛立ちの響きが忍びこんできた。

　ピアスンは上体をかがめて顔を花に近づけ、深々と息を吸いこんだ。見た目ほどいい香りではなかった——草のように青くさく、かすかに犬の小便めいたにおいも混じっていた。それでも、頭が多少はすっきりしたように思えた。

「州の名前をいってごらんなさい」黒人男が命令してきた。それから男は足を組み、スラックスの布地をふり動かして折り目が消えないようにすると、スーツの内ポケットからウィンストンの箱をとりだした。それを見てピアスンは、自分のタバコがなくなっていることに気づいた。最初にショックをうけたあの瞬間、高価なスーツ姿の怪物が広場の西側を歩いているのを見たあの瞬間に、手からとり落としたのだろう。

「州の名前だって……」ピアスンはぼんやりといった。

若い黒人男はうなずき、ライターをとりだすと――最初に見たときには高級に思えるものの、あらためて見るとそれほどでもないとわかるような品だった――タバコに火をつけた。

「まずここの州の名前をいって、そこから順番に西にむかうといいと思います」男は助け船を出してくれた。

「マサチューセッツ……そのつぎはたぶんニューヨーク……いや、州北部からはじめればヴァーモントか……ニュージャージー……」このころにはピアスンも多少背すじを伸ばしており、かなり自信ありげな口調で話せるようになっていた。「ペンシルヴェニア……ウエストヴァージニア……オハイオ……イリノイ……」

黒人男が眉毛を吊りあげた。「ウエストヴァージニア？ まちがいないですか？」

ピアスンはうっそりと笑った。「ああ、まちがいない。ただ、もしかしたらオハイオとイリノイは順番が逆かもしれないが」

黒人男は〝そんなことは問題ではない〟といいたげに肩をすくめ、微笑を浮かべた。「でも、もう気絶しそうな気分じゃなくなったでしょう？ ええ、顔を見ればわかります。大事なのはその点ですからね。一服しますか？」

「お言葉に甘えさせてくれ」ピアスンは感謝の気持ちでいった。一服したいどころではなかった――タバコを吸わずには耐えられない気分だった。「一本もっていたんだが、さっきなくしてね。あんたの名前は？」

黒人男はピアスンの唇のあいだにウィンストンを一本突き立てると、鮮やかな手つきでタバコに火をつけた。「ダドリー・ラインマンといいます。デュークと呼んでください」

ピアスンは深々と煙を肺に吸いこみながら、ファースト・マーカンタイル銀行ビルの薄暗い地下や、雲にもとどく高さのフロアすべてに通じる出入口である回転ドアを見つめた。

「さっきのはただの幻覚だったのか？」ピアスンはたずねた。「わたしが見たものは……きみも見たんだな？　そうなんだろう？」

　ラインマンはうなずいた。

「きみは、わたしがあいつを見ていたことを、あいつに悟られたくなかったわけだね」ピアスンはいった。自分の言葉を自分で組み立てようとしながら、ゆっくりとしゃべる。声は自分のいつもの場所に帰ってきており、それだけでもずいぶん心が安らいだ。

　ラインマンはまたうなずいた。

「しかし、どうすればあんなものを見ないですませることができた？　わたしが見たということを、あいつが気づかなかったわけがあるか？」

「さっきのあなたみたいに、いまにも大声でわめきたてそうな顔つきをしていた人間が、ほかにいましたか？」ラインマンはたずねた。「それどころか、あなたみたいな顔つきでまじまじと見つめていた人間は？　たとえば、ぼくはどうでした？」

　ピアスンはゆっくりとかぶりをふった。いまはもう、恐怖を感じているだけではなかった——すっかり途方にくれた気分だった。

「ぼくは精いっぱい、あいつとあなたのあいだに立ちはだかろうとしましたし、あいつがあなたを見たとは思えないけど、一、二秒ほどはじつにきわどかった。あなたときたら、自分のミートローフからいきなり鼠が飛びだしてきたような顔をしていましたし。ええと、証券担保貸付部門の人ですね？」

「ああ、そうだ――名前はブランドン・ピアスン。遅くなってすまない」

「ぼくはコンピュータ管理部門に勤めてます。いや、気にしないでください。蝙蝠人《バットマン》をはじめて目にしたときは、だれだってそうなるんです」

デューク・ラインマンが手をさっと突きだしてきた。ピアスンはその手を握りはしたものの、頭のなかは先ほどの瞬間に逆もどりしていた。

《蝙蝠人をはじめて目にしたときは、だれだってそうなるんです》この若い男はそういった。まっさきに頭に浮かんできたのは、マントをまとった救世主がゴッサムシティのアールデコ調の高層ビルのあいだを縦横無尽に飛んでいる光景だったが、そのイメージを捨て去ってみると、〝蝙蝠人〟というのはわるいネーミングではない。さらに、べつのことにも気づいた――いや、再発見したというべきだろうか。なにかに怯えたとき、その恐怖の対象に名前がつくのは気分のいいものだった。名前がついたからといって恐怖が払拭されるわけではないが、恐怖を制御可能にする方向にむかって長足の進歩が遂げられるのだ。

そしていまピアスンは意識的に、自分が見たものを頭のなかで再生し、そのあいだずっと《蝙蝠人、あれこそわたしがはじめて見た蝙蝠人だったんだ》と考えていた。

回転ドアから外に出たとき、ピアスンの頭のなかにはたったひとつの思いしかなかった――毎日十時に一階に降りてきて外に出ていくときと、まったくおなじだった。ひと吸いめのニコチンが脳に達したときに、どれほどすばらしい陶酔感が味わえるだろうか、という思いである。そんな思いをいだくからこそ、ピアスンは〈十時の人々〉の一員になっているのだ。ピアスンにとってそれは、ユダヤ教徒の聖句箱のようなもの、頬に入れた刺青のようなものだった。

そして朝の八時四十五分に出社してきたときより、さらに空が暗くなっている事実に気がつくと、ピアスンはこんなことを思った。

《このぶんじゃ、仲間たちはそぼ降る雨に打たれながら、せっせと発癌物質の摂取にいそしむことになりそうだな。ああ、われわれの仲間全員が》

むろん、小雨程度では〈十時の人々〉を押しとどめることはできない。なにをおいても、彼らは習慣に固執する強さをそなえているのだ。

自分が広場にざっと視線を走らせて、出席者の確認をしたことは覚えていた——ほとんど、自分でも意識さえしていないほどのすばやさだった。赤いスカートの女も見たし（さらに、これまたいつものことではあるものの、あれほど見た目のいい女は、ベッドでもやっぱりいい女なのだろうか、と考えもした）、三階を担当している若い清掃係——いつでも帽子をあみだにかぶって、洗面所やスナックコーナーの床をモップがけしている男——の姿も、頬に紫色の斑点がある上品な白髪の高齢の男の姿も、細い顔にレンズのぶあつい眼鏡をかけ、まっすぐな黒髪を長く伸ばしている若い女の姿も目にした。そのほか、漠然と見覚えのある人間を十人ばかり見かけた。そして、いうまでもないことながら、そのひとりがクリーム色のスーツを着たハンサムな若い黒人だった。

ティミー・フランダーズがここにいれば、ピアスンはその横に近づいていったはずだった。

しかしティミーの姿は見あたらず、しかたなくピアスンは広場の中央部分に移動した。花壇のひとつに腰かけるつもりだった(それも、いままさに自分が腰かけているこの花壇に)。そこにすわれれば、愛らしき赤いスカート嬢の足の長さや曲線美でたっぷり目の保養ができそうだった。たしかに安手の下賤な娯楽ではある——しかし、手もちの材料だけで楽しめる娯楽なのだ。ピアスンは愛する妻とかわいい娘のいる幸せな家庭生活を送っていたし、不倫の国の近くに足をむけたことさえなかったものの、こうして四十の大台が近づきつつあるいま、血液のなかになにやらせっぱつまった欲望のようなものが、海妖さながら浮かびあがってきたのを発見してもいた。さらには、あんな赤いスカートを目にして、〝ひょっとしてあの女は、スカートの下におんなじ色の下着をはいてるんじゃないのか〟とわずかでも考えないような男がこの世界にいるだろうか、とも思っていた。

そのあとピアスンがまだほとんど歩きだしもしないうちに、ひとりの新参者が建物の角をまわりこみ、広場に通じる階段をあがりはじめた。その動きを、ピアスンは目の隅でとらえていた。ただしふつうの情況下だったら、たちまち念頭から追いはらっていたはずだ——なぜならその瞬間ピアスンの注意は、例のタイトな赤いスカート、消防車の塗装にも負けないほどまばゆく赤いスカートにのみ集中していたからだ。しかし、ピアスンは新参者に目をむけた。なぜなら、たとえ目の隅で見ただけでも、ほかのことで頭がいっぱいではあっても、近づくその人影の顔や頭部の様相に、ピアスンの精神がなにやらただならぬものを感じとったからだ。そこでピアスンは頭を動かし、目をむけた——その結果、この先幾夜とも知れぬ夜をまんじりともせずに過ごすことになった。

靴はなんの問題もなかった。またダークグレイの〈アンドレ・シル〉のスーツは、地下にある銀行の金庫室のドアにも負けないほど堅牢でたのもしく見えた。赤いネクタイは意外性には乏しいが、気にさわるようなものでは毛頭なかった。すべて申しぶんなかったといえる——月曜日の朝の銀行のお偉方族の服装としては、いたって典型的なものだった（そもそも銀行のお偉方以外、だれがのんびり十時に出勤してくるというのか？）。そして、頭に目をむけてはじめて気づく——自分は正気をうしなっているか、さもなければ世界大百科事典にも記載がないようなものを目撃していることに。

《しかし、なんでみんな逃げだしていかなかったんだ？》ピアスンは後頭部に雨の最初のひと粒が落ちたのを感じ、半分まで煙にしたタバコの白い紙の部分につぎのひと粒が落ちたのを目にしながら、そんな疑問を感じた。《みんな、悲鳴をあげて逃げまどって当然ではなかったか？　五〇年代のモンスター映画で、巨大な昆虫から逃げまどっていた群衆のように》ついで、こう思った。《しかし、それをいうなら……わたし自身も逃げだしたりしなかったではないか》

たしかにそれは事実だが、おなじこととはいえない。ピアスンが逃げなかったのは、その場で凍りついていたからだ。ただし、悲鳴をあげようとはした——けれどもピアスンが声帯のエンジンをかけなおすよりも先に、この新しい友人に悲鳴を押しとどめられたのだ。

《蝙蝠人。わたしの最初の蝙蝠人》

〝本年度好感度ナンバーワン・ビジネススーツ賞〟にえらばれたスーツの肩の上、ビジネスの有力者にこそふさわしい〈サルカ〉の赤いネクタイの結び目の上には、巨大な灰褐色の頭部がそびえていた。球形ではなかった——その頭部は、夏のシーズンのあいだじゅう、ずっとこっぴどく叩かれてきた野球のボールのように変形していた。頭皮のすぐ下には黒い線——おそらく血管だろう——が、まるっきり意味のないロードマップのようにねじれ、のたうち、脈打っていた。顔があるべき場所には顔がなかったばかりか（まあ、人間らしい顔は存在しなかったという意味だが）、そのあたり一面に肉塊がいくつも突きだしており、独自の半知的生命体となった腫瘍よろしく、その肉塊がそれぞれ膨張したり、ぷるぷると小刻みにふるえたりしていた。顔の構成要素はどれも例外なく発育不全を起こしたようで、しかも顔の中央部にぎゅっと寄りあつまっていた。のっぺりした完全な円形の両眼が、鮫か肥満体の昆虫の目のような貪婪《どんらん》な光をたたえて、顔の中央部から外界をぎょろりとねめつけていた。奇怪な形状の耳には耳朶《じだ》も耳介《じかい》もなかった。鼻もなかった——というか、鼻だと思えるような物体はなかった——が、目のすぐ下のからまりあった剛毛のあいだから、左右一対の牙状の組織が突きだしてはいた。この怪物の顔の大部分を占拠しているのは口だった——巨大な黒々とした三日月状の口を、三角形の尖った歯がぐるりととりまいていた。こんな口をもった生き物にとっては——ピアスンはあとでそう思った——食い物をがつがつ詰めこむことが、すなわち聖餐式になるのだろう。

この突如出現した白昼の怪物——美しくマニキュアされた手の片方で、薄型の〈バリー〉のブリーフケースをもった怪物——を目にするなり頭に浮かんできた思い、それは《これはエレファントマンだ》というものだった。しかしいまになって考えれば、昔のあの映画にとりあげられていた男は、体こそ変形していたものの、本質的には人間そのものだった。デューク・ラインマンの表現は言いえて妙ではあった——あの黒い目やすぼまったような口からピアスンが連想したのは、まさしくかん高い声で鳴く毛に覆われたあの動物、夜は蠅をむさぼり食って過ごし、昼間は暗い場所で屋根や天井から逆さにぶらさがっているあの動物だった。

しかし最初に悲鳴をあげたい気分になった原因は、そういったところにはなかった――悲鳴をあげずにはいられなくなったのは、〈アンドレ・シル〉のスーツを着た怪物が、ぎらついた昆虫のような両眼を早くもひたと回転ドアにすえて、すぐそばを歩いていったそのときだった。悲鳴をあげずにいられなくなったのは、両者が最接近したこの一、二秒のあいだのこと、その顔に生えている斑《まだら》模様の剛毛の下で腫瘍めいた肉塊が蠢いているのをありありと目にした瞬間だった。あんなものがどうすれば現実世界に存在しうるのかは見当がつかなかったが、現実にはちがいなかった――なにせピアスンは、その現場を目撃したのだ。肉瘤だらけの頭部を覆った男の肉がずるりと動いたかと思うと、つぎは太い砂糖黍を思わせるあごに沿った肉が、ぷるぷると小刻みにふるえた。そして両者の肉の間隙に、なにやら生肉を思わせるおぞましい組織がちらりとのぞいた。あれがなんだったのか、ピアスンは考えたくもなかったが……ひとたび思い出したいま、もう考えずにいるのは不可能になっていた。

　両手と顔に、さらにたくさんの雨粒が落ちていた。大理石の円形花壇のピアスンのとなりでは、ラインマンが仕上げにタバコを深々と吸いこんで吸殻を投げ捨て、さっと立ちあがった。

「もう行きましょう。雨が降ってきましたから」

　ピアスンは目を大きく見ひらいてラインマンを見つめ、その目を銀行のビルにうつした。赤いスカートのブロンドがペーパーバックを小わきにかかえて、ちょうどドアをくぐっていくところだった。それから、日本の昔の将軍を思わせる白髪を生やした高齢の男が、体を女の背中に貼りつかせんばかりにしながら（ついでに視線も貼りつかせて）、あとにつづいた。ピアスンはすばやく視線をラインマンにもどした。「あのビルにもどる？　本気でいってい本気でいっているのか？　さっきの怪物がなかにいるんだぞ」

「知っていますよ」

「とことんいかれた話をきいてみたいか？」ピアスンは自分のタバコを投げ捨ててたずねた。これから自分がどこに行けばいいのかもわからない。自宅だろうか。しかし、自分の足が断じてぜったいむかない場所がひとつだけあるのはわかっていた――ボストン・ファースト・マーカンタイル銀行ビルのなかだ。

「ええ」ラインマンはうなずいた。「お願いします」

「さっきの怪物なんだが……うちの銀行の尊敬すべき重役のひとり、ダグラス・キーファーに似ていた気がするんだ……頭の部分をべつにすればね。スーツとブリーフケースの趣味がおんなじだったんだよ」

「それはまた意外な発見ですね」デューク・ラインマンはいった。

ピアスンは不安をたたえた目つきで、ラインマンをとっくりとながめた。「どういう意味だ、それは？」

「もうあなたにもわかっているとばかり思っていました。でも、あなたは午前中だけで充分ひどい目にあっていますからね。ぼくが謎解きをしてあげます。あの怪物はキーファーその人なんですよ」

ピアスンは心もとない思いに笑みをたたえた。ラインマンは笑みを返してこなかった。その代わり立ちあがると、ピアスンの両腕をつかみ、自分よりも年上の男の体を前に引き寄せた。ふたりの顔の間隔が、ほんの十センチたらずにまで縮まった。

「ぼくはついさっき、あなたの命を助けた。そのことは信じてもらえますね？」

ピアスンは考えをめぐらせてから、信じるという結論をくだした。あの異形の顔、黒い目をして、ぎっしりと密集した牙をもつ蝙蝠じみた顔は、いまもまだピアスンの脳裡に仄暗《ほのぐら》い輝きを発しながら浮かんでいた。「そうだね。ああ、信じているよ」

「けっこう。でしたらこれから三つの事実を話しますから、そのあいだだけはぼくのことを信じてください。いいですね？」

「ああ……わかった」

「ひとつ——さっきの怪物は、まぎれもなくボストン・ファースト・マーカンタイル銀行の重役であり、市長の親友であり、ついでにいえばボストン小児病院の募金調達委員会の委員長をもつとめている人物、すなわちダグラス・キーファーその人です。ふたつ——もっかこの銀行の内部ではすくなくとも三人の蝙蝠人が働いていますし、そのうちひとりはあなたとおなじフロアにいます。そして三つめ——あなたは、これから銀行にもどるんです。この先も生きながらえていたければ、銀行にもどるしかないんですよ」

ピアスンはあんぐり口をあけて、ラインマンを見かえすばかりだった。一時的に、なんの返答もできない状態だった。なにかいおうとしても、また例の不明瞭なもごもごという声を出すのがおちだったろう。

ラインマンはピアスンの肘をつかむと、回転ドアにむかって引きずっていった。

「さあ、しっかりしてください」そう語りかけてくる声は、奇妙なやさしさをたたえていた。「雨が本降りになってきました。これ以上外にいたら人目に立つし、ぼくたちのような立場の人間が人目を引くわけにはいかないんです」

最初はラインマンに足どりをあわせていたピアスンだったが、あの怪物の頭部で幾本もの黒い筋がのたうちながら脈打っていたようすが記憶によみがえってくるなり、回転ドアのすぐ手前で足が凍りついた。広場のなめらかな地面はいまやかなり濡れて、もうひとりのブランドン・ピアスンを映しだすまでになっていた。こちらの揺らめくピアスンは、本人の踵からぶらさがった、色ちがいの蝙蝠のように見えた。

「や、やっぱり……ビルのなかには……もどれそうもない」ピアスンはつかえがちの哀れな声でいった。

「いや、はいれますとも」ラインマンはそういってから、ちらりとピアスンの左手に視線を落とした。「結婚しているんですね——お子さんは？」

「ひとりいるよ。娘だ」ピアスンは銀行のロビーをのぞきこんだ。回転ドアは偏光ガラスでつくられているせいで、そこから先の屋内は深い闇に沈んでいるかに見えた。

《まるで洞窟だ》ピアスンは思った。《目がろくに見えず、病原菌を撒きちらしてばかりいる蝙蝠の巣窟そのものだ》

「まさかあなたも、お父さんがのどを切り裂かれた死体になって、警察の手でボストン港から引きあげられたなんて記事を、あしたの朝刊で奥さんと娘さんに読ませたくはないでしょう？」

ピアスンは目を見ひらいて、ラインマンを見つめた。雨粒が頬やひたいにあたり、小さな水しぶきが散った。

「あの連中は、麻薬中毒者の犯行のように見せかけるんです」ラインマンはいった。「しかも、その策略はいつも成功する。なぜかというと、連中が狡猾で、あちこちの組織の上層部に友人がいるからです。いや、〝上層部〟というのが、そもそも連中のことなんですがね」

「話がわからないな」ピアスンはいった。「正直にいうと、さっぱりわからない」

「話がわかっていないのは、その顔を見ればわかります」ラインマンはそう答えた。「とにかくいまは、あなたにとって危険な時期です。だから、ぼくのいうとおりにしてください。まず、オフィスからあなたの席がなくなる前に、デスクにもどってほしい。それからくれぐれも、きょうは一日ずっと、にこやかな笑みを顔に貼りつけていることです。なにがあっても笑顔を崩してはいけません。見え見えのつくり笑いになっても、とにかく笑顔を見せつづけることです」ラインマンはいったん迷う顔を見せてから、言葉をついだ。「もしへまをしでかせば、あなたは殺されるかもしれません」

輝く筋となって、若い男のなめらかな黒い顔をつたい落ちていく雨水を見つめているうちに、ピアスンには突然これまでのいきさつ全体が見えてきた。さらには、ショックをうけていたせいで見おとしていた事実にも気づかされた——この若い男は怯えているし、ピアスンが恐ろしい罠によろめき落ちるのを防ごうとして、自分の身を多大な危険にさらしつづけてもいるのだ。

「ぼくはもう、これ以上ここにいるわけにはいきません」ラインマンはいった。「危険ですから」

「わかった」そう口にしたピアスンは、自分の声が平静で落ち着いた響きをとりもどしていたことに、わずかな驚きを喫した。「だったら、仕事にもどるとしよう」

ラインマンは安堵した顔を見せた。「それがいちばんです。ああ、あとひとつ——きょう一日、ほかにどんなものを目にしようとも、決して驚きを顔に出さないように。わかりましたね？」

「わかった」ピアスンはそう答えたものの、なにひとつわかっていなかった。

「早めに仕事を片づけて、三時前後に退社できますか？」

ピアスンはちょっと考えてからうなずいた。「ああ。なんとかなると思う」

「よかった。じゃ、ミルク・ストリートとの交差点で待ちあわせしましょう」

「わかった」

「あなたは立派にやってますよ」ラインマンはいった。「きっと、この先も立派にやってくれると思います。では、三時にさっきいった場所で」

ラインマンはそういって回転ドアを押し、ビルにはいっていった。ピアスンは回転ドアのつぎのブースに足を踏み入れた。外の広場に、自分の心をおきわすれてきたような気分だった……心のすべてを……早くもつぎのタバコを欲しがっている部分だけを例外として。

時間はのろのろと過ぎていったが、なんの問題も発生しなかった。それが一変したのは、ティム・フランダーズといっしょに出かけた昼食（およびタバコ二本）からもどった直後のことだった。ピアスンの目に、またべつの蝙蝠人が飛びこんできたのだ。ただし今回は、模造皮革のハイヒールと黒いナイロンのパンティストッキング、それに見るもおぞましいシルクツイードのワンピースというでたちをした蝙蝠女だった。キャリアウーマンとしては完璧な服装……と思えるのも、その服の上でうなずいている突然変異の向日葵《ひまわり》というほかない頭部を見るまでのことだった。

「こんにちは、みなさん」甘いコントラルトの声が、怪物の口の役目を果たしているとおぼしき兎の口めいた穴から流れだしてきた。

《こいつはスザンヌ・ホールディングだ》ピアスンは思った。《こんな馬鹿な、こんな馬鹿なことがあってたまるか》

「やあ、スージーじゃないか」そう答える自分の声をききながら、ピアスンは思った。《あ、あんなやつにそばに寄ってこられたら……あんなやつがわたしをさわろうとしてきたら……きっと悲鳴をあげるぞ。あの若い男にはあんなふうに釘を刺されたが、だめだ、ぜったい我慢できないに決まってる》

「大丈夫なの、ブランドン？　なんだか顔色がわるいけど」

「ほら、このところ流行《はや》ってる風邪にやられたみたいでね」ピアスンはいい、またしても自分の声の自然で気安げな調子に驚かされた。「まあ、いちばんひどい時期はもう過ぎたと思うんだが」

「よかった」蝙蝠めいた顔と、その驚くほど活発に蠢く肉の奥から、スザンヌ・ホールディングの声が響いてきた。「でも、あなたがちゃんと回復するまでディープキスは控えておくわ――というか、わたしには息も吹きかけないでちょうだい。今週の水曜日に日本人の客が来るから、風邪をひいてる余裕はないのよ」

《問題ないとも、スイートハート――問題ないさ、ああ、そう信じていればいい》

「じゃ、なるべく自制することを心がけようか」

「ありがとう。ティム、ちょっとわたしの部屋に来てくれない？　スプレッドシートの要約で見てほしいのが二枚ばかりあるから」

ティミー・フランダーズはセクシーにきゅっと締まった〈サミュエル・ブルー〉のスーツの腰に腕をまわすと、大きく見ひらいたピアスンの目の前で上体をかがめ、醜怪きわまる腫瘍が突きだした毛むくじゃらの怪物の顔にキスをした。

《ティミーの目には、あそこが頬に見えるんだ》そう思ったとたん、ピアスンは自分の正気の部分が、ウインチのドラムに巻かれた油まみれのケーブルよろしく、奈落めがけてするすると落下していくのを感じた。《スザンヌのなめらかで香水の香りがただよう頬……あいつの目には、それしか見えてないんだ……そうとも……そういう頬にキスしているものとばかり思ってるんだ。なんと恐ろしい……ああ、なんと恐ろしい》

「さて！」ティミーは大きな声でいうと、怪物にむかってさりげない騎士流のお辞儀をしてみせた。「ただいまの一回の接吻だけで、拙者はそなたの僕《しもべ》となり申しましたぞ！」

ティミーはピアスンにウインクを送ってから、怪物をともなってスザンヌのオフィスの方向に歩きはじめた。ウォータークーラーの前を通りかかるころ、ティミーはスザンヌの怪物の腰にかけていた腕を下におろした。ほんの短時間でおわる、意味のない雄孔雀と雌孔雀の求愛ダンス――これは、上司が女性で部下が男性という職場で、この十年あまりのあいだに確立されてきた一種の儀式だ。その儀式がおわったいま、ふたりは性的に同等の立場にある人間として、無味乾燥な数字だけを口にしながら、ピアスンから離れていった。

《すばらしい分析だよ、ブランドン》ピアスンはふたりに背中をむけながら、混乱する頭のまま自分に語りかけた。《おまえさんは社会学者になるべきだったな》

いや、じっさい社会学者同然ではあった――大学時代には、ピアスンは社会学を専攻していたのである。

そのあと自分のオフィスに足を踏み入れながら、ピアスンは自分が全身から粘っこい脂汗をたっぷりと流していたことに気がついた。ピアスンは社会学のこともすっかり忘れ、ひたすら三時のおとずれを待ちながら働きはじめた。

二時四十五分になると、ピアスンは自分に鞭打つようにして、スザンヌ・ホールディングのオフィスに顔を出した。スザンヌの頭部をなしている異形の小惑星は、コンピュータのブルーグレイのディスプレイにむけられていたが、ピアスンがノックの口真似をして「とん、とん」というと、すぐむきなおってきた。奇怪な顔を構成する肉が落ち着きなく滑るように動き、泳いでいる人間の足を見る鮫さながら、黒い目が冷たく貪婪な光をたたえてピアスンを見すえていた。

「バズ・カーステアズに、会社法第四条関係の書類をわたしておきました」ピアスンはいった。「もしかまわなければ、個人退職年金関係の書式第九号は自宅にもち帰らせてください。バックアップ・ディスクが家にあるもので」

「それはつまり、きょうはもう早退したいという、あなた流の控えめな申し出なの？」スザンヌがたずねた。毛が一本も生えていない頭頂部のあたりで、例のどす黝《ぐろ》い血管が言語に絶するほど忌まわしく膨張した。顔の造作をとりまくいくつもの肉塊がふるえ、そのひとつから鮮血の混ざったシェービングクリームとでも形容できそうな、ピンク色のどろりとした物質がぬめぬめ流れだしてくるのがはっきり見えた。

ピアスンは無理に笑みをたたえた。「見ぬかれましたね」

「まあいいわ」スザンヌはいった。「こっちは、きょうの午後四時の会議をあなた抜きでひらかなくちゃいけないだけだから」

「ありがとうございます」ピアスンはきびすをかえした。

「ブランドン？」

ピアスンはむきなおった。恐怖と嫌悪の念の双方が、まばゆく凍りつくような白いパニックの嵐になりかけ、こんな確信が芽ばえてきた——あの貪婪な黒い目に、内心を読みとられたにちがいない、スザンヌ・ホールディングはこれからこういうんだ。《妙な駆引きはもうおやめなさい、ね？　部屋にはいって、そのドアを閉めなさい。あんたが見た目どおりにおいしいかどうか、試食してあげるから》

そしてラインマンはしばらく待ったあげく、そのあと行く予定だった場所にひとりでむかうことになるのだろう。

《たぶん》ピアスンは思った。《あの男は、なにがあったかを察するはずだ。前にもそういった経験をしたことはあるだろう》

「はい、なんです？」ピアスンはつくり笑いを見せようとしながらたずねた。

スザンヌは無言のまま、値踏みするような視線で長いことピアスンを見つめていた。ついで、スザンヌはセクシーな女性重役の体の上に、グロテスクな石板めいた頭部がそびえている。スザンヌは口をひらいた。「午後になったら、すこし具合がよくなったみたいね」

口はあいかわらずひらいたまま、黒い目はこれまでと同様、子どものベッドの下に捨ておかれたぼろ人形なみの表情しかたたえずにピアスンを見すえていた。しかし、ピアスンは知っていた。自分以外の人間には、スザンヌ・ホールディングしか見えない。中堅重役にふさわしいあの美しい笑み、必要最小限のAタイプの配慮だけを浮かべたあの笑顔しか見えないのだ。ブレヒトの肝《きも》っ玉おっ母《かあ》とまではいかないが、それなりに思いやりと関心をうかがわせる表情。

「よくなりましたよ」ピアスンはいい、これだけではまだ体力不足にきこえると判断した。

「もう最高の気分になりました！」

「だとしたら、あとはタバコをやめてもらえるといいのだけれど」

「ええ、努力はしてるんですが」ピアスンはそういって、弱々しく笑ってみせた。精神というウインチに巻かれている油まみれのケーブルが、またしても滑り落ちはじめた。

《もう勘弁して帰らせてくれ！》ピアスンは思った。《帰らせてくれよ、おぞましい怪物女め！　とっとと帰してくれないと、そのうち無視できないほどのどじを踏みそうなんだ》

「タバコをやめさえすれば、保険の等級が自動的にあがるのよ。知ってるでしょう？」怪物がいった。と同時に、いかにも腐敗物めいた〝ぶじゅ！〟という小さな音をたてて腫瘍がまたひとつはじけて割れ、またしてもピンク色の粘液状の物質がじくじく滲《し》みだしてきた。

「ええ、わかってます」ピアスンは答えた。「本気で禁煙を考えますよ、スザンヌ。ほんとうです」

「お願いよ」スザンヌの怪物はそういって椅子をくるりとまわし、光をはなつコンピュータ・ディスプレイにむきなおった。つかのまピアスンは自分の幸運がはっきり認識できず、ただ茫然としていた。面接はおわったのだ。

ピアスンがビルから外に出たときには、雨は本降りになっていた。〈十時の人々〉――もちろんいまは正確には〈三時の人々〉だが、本質的な差異はない――はそれでも外に出ており、羊のように寄りあつまって、お決まりの用事をこなしていた。愛らしき赤いスカート嬢と、帽子をあみだにかぶる趣味がある清掃人は、ともにひとつのボストングローブ紙の濡れた分冊を頭に載せて雨よけにしていた。ふたりとも落ち着かなげに新聞のへりに身を寄せて体を濡らしていたものの、ピアスンには清掃人がうらやましかった。愛らしき赤いスカート嬢は〈ジョルジオ〉の香水をつけている。なんどかエレベーターでその香りを嗅いだ経験があるのだ。そのうえこの女性は歩くときに、いつもかすかな衣ずれの音をたてている。

《いったいおまえはなにを考えているんだ?》ピアスンはいかめしく自分を叱責し、それと変わらぬ調子の内心の声で返答した。《正気をたもとうとしているだけだが、それがなにか? そちらは正気かな?》

デューク・ラインマンは、角を曲がってすぐの場所にある花屋の雨よけの下に肩をすぼめて立ち、口の端にタバコをくわえていた。ピアスンはその横に立って腕時計に目を落とし、一服するのをもうすこし我慢してもいいと判断した。それでも顔をわずかに前に突きだして、ラインマンが吸っているタバコの煙を吸いこんでいた。自分でも意識していない行動だった。

「上司が連中の一匹だったよ」とラインマンに語りかける。「いや、もちろんダグラス・キーファーに女装趣味があって、あれがじっさいにはキーファーだったのなら話はべつだけれどな」

ラインマンは悽愴な笑みを見せたきり、無言だった。

「きみは、ほかにも三匹いるとか話していたな。あとの二匹はどこにいる？」

「まずドナルド・ファイン。あなたは知らないでしょう。証券取引部にいる男です。それから、カール・グロスベックも」

「カール……取締役会長の？　そんな馬鹿な！」

「いったじゃないですか」ラインマンは答えた。「あの連中は上層部そのものをつくっている、とね――おおい、タクシー！」

ラインマンはそういうなり、雨の午後だというのに奇跡的にも空車のまま流していた臙脂《えんじ》と白に塗りわけられたタクシーに手をふりながら、雨よけの下から猛然と走りだしていった。タクシーは急カーブを切り、水たまりから盛大な水しぶきを噴きあげて、ふたりに近づいてきた。ラインマンは剽悍《ひょうかん》な身ごなしでひらりと水をよけたものの、ピアスンは靴とスラックスの裾をぐっしょり濡らすことになった。いまの自分の立場を考えれば、そんなことは些細な問題にしか思えない。ピアスンがタクシーのドアを引きあけると、ラインマンはすばやく車内に躍りこみ、座席の上で体を横に滑らせた。ピアスンもつづいて乗りこんで、ドアを一気に閉めた。

「〈ギャラハーズ・パブ〉までやってくれ。場所は――」

「〈ギャラハーズ〉の場所なら知ってるよ」運転手はいった。「だけど、あんたがその発癌物質を捨ててくれないうちは、おれはどこにも行く気はないからな」

そういって運転手は、メーターの横にクリップでとめられた《当車輛内は禁煙》という表示をとんとんと手で叩いた。

ふたりの男は、ちらりと目と目を見かわした。ラインマンはきまりわるさ半分、苛立ち半分のしぐさで肩をすくめた――これは、一九九〇年前後から〈十時の人々〉のあいだで部族の正式な挨拶として確立されている動作である。そのあとラインマンは抗議の言葉ひとつ口にせず、四分の一しか吸っていないウィンストンを篠つく雨のなかに投げ捨てた。

ピアスンはラインマンにむきなおると、先ほどエレベーターのドアがあいてスザンヌ・ホールディングの真の姿がはじめて目に飛びこんできたときの衝撃を物語ろうと口をひらきかけた。しかしラインマンは渋面をつくって、小さくかぶりをふりながら、運転手の背中に親指を突きだした。「話はあとにしましょう」

ピアスンは黙りこみ、とりあえず雨に洗われたボストンのミッドタウンの高層ビル街が後方に過ぎ去っていくのを見るだけに甘んじることにした。タクシーの雨ににじむガラス窓の外で展開されている路上の光景に、いつしか心から馴染んでいる自分にピアスンは気がついた。とりわけ興味を惹かれたのは、通りかかったほとんどすべてのオフィスビルの玄関前に寄りあつまって立っている、小人数の〈十時の人々〉の存在だった。雨宿りができる場所があれば、彼らはそこにあつまっていた。そんな場所がなければないで、従容《しょうよう》とうけいれていた——服の襟を立て、雨がかからないように大事なタバコを両手でかばい、そうまでしてタバコを吸っていたのだ。いまではもう、ミッドタウンの小ぎれいな高層ビルの九十パーセントまでが、自分やラインマンの職場のビルとおなじように全館禁煙になっているのではなかろうか——そんな思いが頭をかすめる。さらにこんな思いも（一種の啓示といっていいほど強く）浮かんできた——〈十時の人々〉はじっさいには新種族などではなく、アメリカ人の生活という家に残る旧来の悪習をドアから一気に掃きだそうとする巨大な箒の前で逃げまどう、全滅寸前の旧種族や背教者にすぎないのではないか。彼らを結びつけている特徴といえば、自殺行為でしかない喫煙をやめようとせず、やめようにもやめられない点にある。許容度が着実に狭まりゆく薄暮の世界では、彼らは中毒者にほかならない。珍奇な社会的グループではあるが——ピアスンは思った——寿命が長いとはとても考えられなかった。二〇二〇年、あるいは思いきり楽観的に考えても二〇五〇年あたりには、〈十時の人々〉はドードー鳥がたどった運命をすでにたどっていることだろう。

《馬鹿な。ちょっと待て》ピアスンは思った。《われわれはただ、世界でもいちばん頑固な楽観主義者のわずかな生き残りというだけではないのか——われわれの大多数は、わざわざシートベルトをつかいもしないし、球場に行って、もしあの癪にさわる馬鹿げたバックネットがとりはらわれていたら、まっさきに本塁のすぐ裏にすわりたがる手あいというだけではないのか》

「なにがそんなにおかしいんですか、ミスター・ピアスン？」ラインマンにそうきかれて、ピアスンはにたにたと盛大にほほえんでいた自分に気づかされた。

「なんでもないよ」ピアスンは答えた。「ま、どうでもいいことだな」

「よかった。とにかく、ぼくの前で正気をうしなったりしないように気をつけてください」

「もしわたしが、もっと気軽にブランドンと名前で呼んでくれと頼んだら、きみはわたしが正気をうしなったと思うかな?」

「いや、思いませんよ」ラインマンはそういったものの、真剣にいまの質問に考えをめぐらせている顔をした。「そちらがぼくをデュークと呼び、ビービーだのバスターだのといった愚かしい仇名にまで堕落しないかぎりはね」

「その点は信じてもらっていいな。ひとつ、わたしの話をきいてくれるか?」

「ええ、もちろん」

「きょうという一日は、わが生涯で最高に驚くべき一日だったよ」

デューク・ラインマンは、ピアスンに笑顔を返さずにうなずいた。「しかも、その一日はまだおわってないんですよ」

2

ピアスンには、〈ギャラハーズ〉をえらんだラインマンの直感的な判断が正しいものに思えた――〈チアーズ〉よりも〈ジリーズ〉に近いこの店は、ボストンの風潮からすると基準をはずれている。そのため、ふたりの銀行員が顔を突きあわせ、近親者や親愛な人々から正気を疑われかねないような話をするにはうってつけの場所ではあった。映画をべつにすれば、ピアスンがこれまでに見たいちばん長いバーカウンターが、磨きあげられた広いダンスフロアをカーブしてとりかこみ、そのダンスフロアではマーティ・スチュアートとトラヴィス・トリットが声をあわせて歌う〈ジス・ワンズ・ゴナ・ハート・ユー〉にあわせて、三組のカップルが夢見心地に踊っていた。

もっと狭い店だったらカウンターは満員になっていたはずだが、真鍮の手すりつきのマホガニーで舗装された競馬場ともいうべき驚異的な長さのカウンターのおかげで、客同士のプライバシーは充分に確保されていた。わざわざ店内で奥まった薄暗い場所にあるボックス席をさがす必要はなかったのである。ピアスンは胸を撫でおろした。となりのボックス席に蝙蝠人のひとりが――あるいは蝙蝠人カップルが――腰かけ（〝ねぐらに陣どり〟というべきか）、ふたりの会話をじっと盗聴しているようすが、あまりにも容易に想像できたからである。

《これが、俗にいう〝掩蔽壕的精神構造〟というやつなんじゃないのか？》ピアスンは思った。《まあ、おまえがその境地に達するのも、そう先のことじゃなさそうだな》

たしかにそのとおりだとは思ったものの、当面そんなことは気にならなかった。ピアスンとしては、話をしながら――というか、おそらくはデューク・ラインマンひとりが話をしているあいだ――四方八方に目をくばれるような場所が確保できて安堵していただけだった。

「カウンター席でいいですか？」ラインマンがたずね、ピアスンはうなずいた。

カウンターはひとつながりになっているように見える。しかしラインマンにみちびかれるまま、**《喫煙席・ここ以外は店内禁煙》**という標識の下にむかっていきながら、ピアスンは思った――じっさいには、ふたつにわかれているんだ、と。それはちょうど五〇年代に、メリーランド州とペンシルヴェニア州の州境、俗称〝メイスン‐ディクスン境界〟といわれたあの境界線よりも下方に位置する南部に行けば、あらゆるランチカウンターがふたつに分割されていたのとおなじだ。あのころカウンターは、白人用と黒人用のふたつにわかれていた。そして当時とおなじように、両者の差異はあからさまにわかった。シネマコンプレックス映画館のスクリーンにも匹敵するほど巨大なソニー製のテレビは、ちょうど禁煙セクションの中央部分を見おろす形で設置されている。一方、ニコチン中毒者の吹きだまりには、古めかしいゼニス製のテレビが壁にボルトでとめてあるだけだ（しかもそのテレビの下には、《**つけのご相談はお気軽に。こちらも気軽に答えます――いやなこった！**》という表示があった）。カウンターの表面も、こちらのセクションのほうが汚いようだった。最初はたんなる思い過ごしかとも思ったが、よくよく見れば材木の表面がたしかに汚れており、過去の客がつけていったジョッキのあとの輪がいくつも重なりあっているのがはっきりとわかった。そしていうまでもなく、あたりにはうっすらと黄ばんだようなタバコの煙の臭気がただよってもいた。古い映画館の座席にすわるとポップコーンがぽんと飛びだしてくることがあるが、ここのスツールも自分が腰をおろしたとたん、そんな具合に臭気を噴きだしたにちがいない。ニコチンで画面が薄汚れた年代物のテレビ画面では、ニュースキャスターが亜鉛中毒で死にかけているように見えていた。カウンター先の健康な人々に語りかけているおなじニュースキャスターは、これからフルマラソンを完走したうえに、ベンチプレスで自分の体重とおなじウエイトをもちあげられそうな健康そのものの顔を見せていた。

《バスのいちばんうしろの座席にようこそ、か》ピアスンは、腹立ちまぎれの愉快な気分で〈十時の人々〉仲間をながめながら、そう思った。《いやいや、ここで文句を垂れるのは禁物だよ。あと十年もすれば、そもそも喫煙者の乗車さえ認められなくなるんだから》

「一服しますか？」初歩的な読心術を披露しているのか、ラインマンがたずねてきた。

ピアスンは腕時計を確かめてからタバコをうけとり、今回もラインマンの高級そうに見えるだけのライターで火をつけてもらった。ピアスンはタバコの煙が気管を通っていく感触を玩味し、さらには頭がわずかにくらくらする気分をも楽しみながら、煙を深々と吸いこんだ。喫煙が人の健康に害をおよぼし、ひいては命を奪うかもしれない習慣だというのも、当然至極の話ではないか——これだけの気分を味わわせてくれるものが、危険でないわけはなかろう。それが世の習いというものだ——それだけのこと。

「きみは吸わないのか？」ラインマンがタバコの箱をポケットにしまいこむのを見て、ピアスンはたずねた。

「あとすこしなら我慢できますから」ラインマンはほほえんだ。「タクシーに乗りこむ前に、二本ばかり吸ったんです。おまけに昼食のときにも、いつもより一本よぶんに吸いましたし」

「おや、自分で本数を決めてるのかい？」

「ええ。いつもは昼食時間には一本と決めてるんですが、きょうは二本吸いました。あなたの一件で、心底ふるえあがったものでね」

「わたし自身も心底ふるえあがったよ」

バーテンダーが近づいてきた。ピアスンは、自分のタバコから立ち昇る細いリボンのような煙を巧みによけて歩くバーテンの身ごなしに真剣に見いっている自分に気がついた。《たぶん自分でも意識しないで、煙をひょいと避けているんだろうな……しかし、もしあいつの顔に直接この煙を吹きつけたりすれば、あいつはカウンターを飛び越えて、わたしを殴り倒すに決まってる》

「ご注文はお決まりですか？」

ラインマンはピアスンに相談もしないで、〈サムアダムズ〉のビールを二杯注文した。バーテンダーが酒をとりに離れていくと、ラインマンはピアスンにむきなおった。「一杯をゆっくり飲んでください。いまは酔っぱらってはいけません。ほろ酔い気分になるのさえ避けたほうがいいかもしれません」

ピアスンはうなずき、バーテンダーがビールをもってくると、カウンターに五ドル紙幣をおいた。ビールをごくりと飲みくだしてから、タバコの煙を吸いこむ。世の中には食後の一服にまさるものはないという人もいるが、ピアスンはかねがねこれには同意できないと思っていた。心のなかでは、イブをトラブルに引きずりこんだのは林檎ではなく、ビールとタバコの組みあわせにほかならない、と固く信じていたのである。

「で、これまでなにをためしたんです？」ラインマンはたずねてきた。「禁煙パッチ？　催眠術？　それとも古きよきアメリカ人ならではの意志の力？　いや、あなたを見ていると、禁煙パッチをつかったことはあるようですね」

ラインマンなりにユーモアを狙ったカーブ球だったようだが、狙いははずれた。きょうの午後、ピアスンはずっとタバコについて深く考えをめぐらせていたのだ。

「ああ、禁煙パッチだよ」と答える。「娘が生まれるとすぐつかいはじめて、かれこれ二年は貼っていたかな。生まれたばかりの娘を新生児室の窓からひと目見るなり、ぜったいタバコをやめると誓ったよ。一日四十本から五十本ものタバコを灰にするような行為が、正気の沙汰ではないと思えたんだ——生まれてきたばかりの赤ん坊にたいして、その先十八年間もの責任を背負いこんだそのときには、ね」

《おまけに、わたしは娘にひと目惚れをしてしまったんだ》そうつけくわえてもよかったが、そんなことはラインマンにはいわずもがなのように思えた。

「もちろん、奥さんにたいして死ぬまで負っている責任もありますしね」

「もちろんだよ」

「さらに兄弟や義理の姉妹、賃金取立代行業者、地方税納付者、さらには裁判所に所属するあまたの友人たちへの責任も」

ピアスンは爆笑しながらうなずいた。「ああ、そうだ、そのとおり」

「しかし、思ったほど簡単でなかった——そうでしょう？　明けがたの四時になってもまだ眠れないとなれば、どんな錦の御旗でも、あっという間に色褪せますからね」

ピアスンは顔をしかめた。「あるいはビルの上のフロアにあがっていって、グロスベックやキーファーやファインをはじめ、重役専用会議室にいる面々の前で側転を披露しなくちゃいけないようなときはね。はじめて一本のタバコも吸わないで会議室にはいっていったあのときは……いやもう、地獄の苦しみだったな」

「とはいえ、しばらくのあいだはほんとうに禁煙していたんでしょう？」

ピアスンはラインマンに顔をむけた――相手の洞察力にもわずかな驚きしか感じないまま、

ピアスンはうなずいた。「半年ばかりね。しかし、頭のなかからタバコのことが完全に消えたことはなかった――どういう意味かはわかるね？」

「もちろんわかりますとも」

「さいごには、こそこそ隠れて吸うようになった。一九九二年だったな――ちょうど、禁煙パッチを貼ったままタバコを吸った人間から死亡者が出た、というニュースが報道されはじめたころだ。あのニュースは覚えているかい？」

「ええ、まあ」ラインマンはそういって、ひたいをぽんと叩いた。「こう見えても、ぼくは頭のなかにタバコ関係の記事をひとつ残らず保管しているんです。アルファベット順にきちんと整理して。喫煙とアルツハイマー病、喫煙と高血圧、喫煙と白内障……そんな感じにね」

「そこで二者択一を迫られたわけだよ」ピアスンはいった。その顔にはうっすらと謎めいた笑みが浮かんでいた――自分が愚か者のようにふるまっていることに気づきながら、なおも愚か者のようにふるまい、しかもその理由がとんとわからない人間ならではの笑みだった。「こっそりタバコを吸うのをやめるか、禁煙パッチをやめるか、だった。そしてわたしは――」

「禁煙パッチをやめたんだ！」ふたりは異口同音に発言をしめくくり、声高らかに笑いはじめた。そのやかましい笑い声に、禁煙エリアにすわっている、ひたいに皺ひとつない健康な客がちらりと視線をむけてきて眉をひそめたものの、またすぐテレビのニュース番組に視線をもどした。

「人生ってのは、まったく厄介なものですな」ラインマンはまだ笑いながらそういい、クリーム色の上着の内ポケットに手をいれた。しかしピアスンが自分のマルボロの箱をとりだして、タバコを一本ふりだすと、その手の動きがとまった。ふたりは、また目と目を見かわし——ラインマンの目には驚きの色が、ピアスンの目にはわけ知りな光が浮かんでいた——ついで今回も、いっしょに大声で爆笑した。ひたいに皺ひとつない例の男が、前よりもいささか険悪な渋面で、今回もふたりをちらりと見た。しかし、ふたりはまったく気づかなかった。ラインマンは、ピアスンがさしだしたタバコを抜くと火をつけた。十秒とかからぬ出来ごとだったが、ふたりの男が友人同士になるには充分な時間だった。

「ぼくは十五のときから九一年に結婚するまで、そりゃもう煙突なみに吸ってたんです」ラインマンはいった。「母からは眉をひそめられましたけどね、でもぼくがコカインを吸ったり売ったりしていないことに安心してもいましたよ。うちの町内の子どもたちは、半分がそんなありさまでしたから——ロクスベリーの街のことです——母はなにもいいませんでしたよ。で、妻のウェンディといっしょに、新婚旅行で一週間ハワイに行きました。帰国したその日に、妻からプレゼントをもらったんです」

ラインマンは深々と煙を吸いこむと、鼻の穴からふた筋のブルーグレイの煙を噴きだした。

「おおかた〈シャーパーイメージ〉だか、その手のアイデア商品満載の通販カタログで見つけたんでしょうね。洒落た名前がついてましたけど、もう忘れました。まあ、ぼくはただ〝パヴロフの親指締具〟と呼んでましたがね。とはいえ、妻のことは深く愛してましたから——いまもその愛に変わりはありませんよ、嘘じゃなく——勇気をふるって、精いっぱいがんばってはみました。まあ、予想していたほどつらくはありませんでしたがね。どんな機械仕掛けの話をしているのか、わかりますか？」

「わかるとも」ピアスンはいった。「ベルが鳴るような仕掛けだね。つぎのタバコに手を出すまでの時間を、いくらか引き伸ばすことはできるな。リスベス――わたしの妻だが――はジェニーを身ごもっているあいだ、しょっちゅう指さしては、わたしの目をあの機械にむけさせていたよ。建築現場の足場から落っこちてくる、セメントを積んだ手押し車なみに剣呑なしろものだね」

ラインマンは笑顔でうなずき、近づいてきたバーテンダーにむかって自分のグラスを指さすと、ピアスンにもおなじことをするようにいった。それから、ピアスンにむきなおり、「禁煙パッチじゃなく〝パヴロフの親指締具〟をつかったというちがいはあれ、あとの話はあなたとほとんどおなじですよ。たしかにいったんは、あのちっこい機械が南北戦争のころの軍歌だかなんだかを下品なアレンジで演奏するところまで漕ぎつけたんですが、いつしか悪習が忍び寄ってきたわけです」

バーテンダーがビールのお代わりをもってくると、今回はラインマンが代金を支払った。自分のグラスからひと口飲んで、ラインマンはこういった。

「ちょっと電話をかけてこないと。五分でもどります」

「いいとも」ピアスンはそう答えた。それからあたりを見まわし、バーテンダーがまたも比較的安全な禁煙エリアに退却していったことを確認すると（《このぶんだと、二〇〇五年には組合はつねにふたりのバーテンダーを勤務させていることだろうよ》ピアスンは思った。《ひとりは喫煙者の相手専門で、もうひとりは非喫煙者の客専門だ》）、またラインマンにむきなおった。今回口をひらいたときには、ピアスンは声を一段階低くした。「このあと、蝙蝠人の話題になるんだろうね」

ラインマンは真意を推しはかっているような目でピアスンを見つめ、おもむろに口をひらいた。「ぼくたちは、まさにその話をしてたんですよ。まさにその話題をね」

それからピアスンが言葉を口にするよりも早く、ラインマンは公衆電話が隠されている場所にむかって、〈ギャラハーズ〉の店の奥の薄暗い（しかし、まったく煙の存在しない）場所に姿を溶けこませていった。

五分で帰るといったが、十分近くたってもラインマンは帰ってこなかった。ちょっと奥に足を運んで、あの男のようすを確かめようか——そう思ったとたん、ピアスンの目はテレビに引き寄せられた。ニュースキャスターが、アメリカ合衆国副大統領の発言をきっかけに起こった大騒動について報じていた。副大統領は全国教育連盟におけるスピーチのなかで、政府が補助金を出している託児所や保育所をはじめとするデイケア・センターを全面的に評価しなおし、可能な場合には施設を閉鎖させる意向であることをほのめかしたのである。

画面が切り替わり、昨日ワシントンDC内のどこかのコンベンションセンターで撮影されたビデオ映像が流された。現場を紹介するようなロングショットのあとで、紹介のナレーションが流されるなか、画面は発言台に近づく副大統領のクローズアップに切り替わったとたん、ピアスンは両手でカウンターのへりを強く握りしめていた——へり部分のクッションに指がめりこむほど力をこめて。きょう広場でラインマンが口にしていた言葉の一部が、鮮やかに記憶によみがえった。

《あちこちの組織の上層部に友人がいるからです。いや、〝上層部〟というのが、そもそも連中のことなんですがね》

「むろん政府は、アメリカの働く母親のみなさんを恨んでいるわけではありません」副大統領の青い紋章を飾りにつけた発言台の前には蝙蝠そっくりの顔をした異形の怪物が立ち、こう語っていた。「また、経済的援助を必要としている貧しい人々にたいしても、なんら恨みがあるわけではありません。しかしながら、われわれは――」

いきなり、ピアスンの肩にだれかが手をかけた。ピアスンは唇をぎゅっと嚙むことで、こみあげてきた悲鳴をかろうじて抑えこんだ。ふりかえると、ラインマンが立っていた。この若い男は、先ほどと一変していた――両目がきらきらと輝き、ひたいにうっすらと汗が光っている。雑誌の予約購読販売会社主催の懸賞で、とんでもない大金を射とめたばかりのような顔つきだ――ピアスンは思った。

「いまみたいな真似は二度とするな」ピアスンがいうと、スツールにすわりかけていたラインマンが凍りついた。「まったく、心臓を抉りとられたみたいな気分だったよ」

ラインマンは驚き顔になったものの、テレビをちらりと見あげるなり、その顔に事情を理解した色が広がってきた。「そうだったんですか……なんというか……すみませんでしたね、ブランドン。ほんとうに申しわけない。どうも、あなたが途中からこの映画に出演しているということを忘れがちでしてね」

「大統領はどうなんだ？」ピアスンはたずねた。全身を緊張させ、声をなんとか一定のレベルにたもとうとする――その努力はからくも成功をおさめたにすぎなかった。「あのクソ野郎だけなら、なんとか我慢もできようというものだ。しかし、大統領はどうなんだ？　まさか――」

「いいえ、ちがいます」ラインマンはそう答え、いったん口ごもってから、さらに言葉をついだ。「いまのところは、まだ」

ピアスンは、例の奇妙な痺れがまた唇に忍び寄ってきたのを意識しながら、ラインマンに顔を近づけた。「いったいどういう意味なんだ、〝まだ〟というのは？　いったいなにが起きてる？　連中の正体は？　連中はどこから来たんだ？　やつらはなにをしてる？　なにが目あてなんだ？」

「ぼくが知っていることはお教えしますよ」ラインマンはいった。「しかしその前にまず、今夜これからちょっとした会合に出てもらえるかどうかをおうかがいしなくては。六時ごろからですが、どうです、出られますか？」

「この件に関連した会合なのか？」

「もちろん」

ピアスンはしばし思いをめぐらせた。「よし、行こう。ただその前に、リスベスに電話をかけておかないと」

ラインマンが警戒する顔つきを見せた。「どうかくれぐれも、この話は――」

「もちろん話さないとも。日本人が来る前に大事なスプレッドシートを見なおせと、あの

〝非情な麗人《ラ・ベル・ダム・サン・メルシ》〟から命令された、と話しておくから。それなら大丈夫だ。環太平洋地域の遠国から友人がやってくるというので、スザンヌ・ホールディングがどうでもいいお飾りに血道をあげていることは、妻も知っているからな。きみはどう思う？」

「いいと思いますよ」

「わたしもいいと思うんだが、ちょっとうしろめたい気分もするな」

「奥さんと蝙蝠人のあいだに、すこしでも多くの距離をたもっておきたいという気持ちに、うしろめたさを感じる必要はありませんよ。だいたい、あなたをこれからマッサージパーラーにお誘いしてるわけではないんですから」

「そうだろうな。よし、話をきこう」

「わかりました。そのためにはまず、あなたの喫煙習慣のことから話をはじめたほうがいいと思います」

この数分間は沈黙をつづけていたジュークボックスから、ビリー・レイ・サイラスの偉大なる失敗曲〈エイキィ・ブレイキィ・ハート〉の疲れたようなカバーバージョンが流れはじめた。ピアスンは困惑のまなざしをデューク・ラインマンにむけながら口をひらき、自分の喫煙習慣とサンディエゴのコーヒーの値段がどう関係しているのかと質問しようとした。しかし、なんの言葉も口から出てこなかった。まったく、なにひとつ。

「あなたはタバコをやめた……そのあと隠れて吸いはじめた……しかし、あなたは馬鹿ではない。だから気をつけなければ、一、二カ月もたたないうちに、すべて元の木阿弥になるとわかってもいた」ラインマンはいった。「そうですね?」

「たしかに。しかし、理由がよくわからないが――」

「すぐにわかりますよ」ラインマンはハンカチをとりだし、ひたいの汗を拭きとった。先ほど公衆電話からこの男が帰ってきたときのピアスンの第一印象は、ラインマンが熱狂的な昂奮にとり憑かれているようだ、というものだった。いまでもその思いに変わりはないが、それ以外のことにも気づかされていた――この男は死ぬほど怯えてもいる。「ですから、ちょっと辛抱してつきあってください」

「わかった」

「とにかく、あなたは自分の習慣とうまく折りあいをつけることに成功した。なんといえばいいでしょうか、〝暫定協定《モーダス・ヴィヴェンディ》〟とでもいいますか。タバコを完全にやめることはできなかったものの、それで世界がおわるわけではないことにも気づいた――つまりコカインを一刻も手放せなくなるコカイン中毒者や、ナイトトレインとかいうジンベースのカクテルを飲みつづけずにはいられないアルコール中毒者とは事情がちがう、ということです。喫煙はたしかに忌むべき悪習ではある――しかし一日に二箱も三箱も煙にするような状態と完全な禁煙とのあいだには、まちがいなく中間地帯が存在するのです」

ピアスンが目を見ひらいて相手の顔を見つめていると、ラインマンはにこやかにほほえんだ。

「どうお考えかはわかりませんが、あなたの心を読んでるわけじゃありませんよ。だって、わたしたちはおたがい知りつくしているから――ちがいますか?」

「いや、それはそうだが」ピアスンは考えをめぐらしながら答えた。「ただ、いまちょっとだけ、わたしたちがともに〈十時の人々〉だということを忘れていてね」

「わたしたちがともに……なんですって？」

そこでピアスンは〈十時の人々〉や、その種族構成員に共通する動作（《禁煙》の標識を見せつけられたときの不機嫌な目つきや、それ相応の権限のある人間から〝おタバコはご遠慮いただけますか〟といわれて不承不承したがうときの不機嫌な肩のすくめ方など）、種族構成員共通の聖餐（ガム、キャンディ、爪楊子、そしてもちろん、〈バイナカ〉の小型口臭予防スプレー）、および種族共通の連禱《れんとう》の文句（いちばん一般的なものは《これからたっぷり一年間は禁煙してみせるぞ》）などを説明していった。

ラインマンは夢中になってききいり、ピアスンが口をつぐむなりこういった。「すごいじゃないですか、ブランドン！　あなたは〝イスラエルのうしなわれた部族〟を発見したんですよ！　そう、キャメルの箱の駱駝《らくだ》のあとについて永遠に放浪しつづけている、あの頭のいかれた集団をね！」

ピアスンは思わず吹きだして爆笑し、今回も禁煙エリアにいる例のひたいに皺一本ない客から、苛立ち半分困惑半分の視線を浴びせられることになった。

「とにかく、ぜんぶあてはまりますね」ラインマンはいった。「ひとつ質問させてください――お子さんのそばでタバコを吸いますか？」

「まさか！」ピアスンは声を高めた。

「奥さんの前では？」

「いや、もういっさい吸ってない」

「さいごにレストランでタバコを吸ったのはいつのことです？」

ピアスンは考えこみ、その結果おかしな事実を発見した――まったく思い出せないのだ。昨今ではひとりで店にはいったときも禁煙席を希望するようになっているし、料理を食べおわって勘定を支払い、店をあとにするまではタバコを吸わないようにもしている。コース料理のあいだにタバコを吸っていたこともあるが、もちろんはるか昔の話だ。

「〈十時の人々〉か」ラインマンが感に堪えぬ口調でくりかえした。「気にいったな。ええ、ぼくたちにもちゃんとした名前があるとわかったんですからね。そうなると、ほんとうに部族の一員になったみたいだ。ぼくは――」

ラインマンはいきなり口をつぐんで、窓から外をながめた。ボストン市警察の警官が、愛らしい若い女と話をしながら外を歩いていた。女は賞賛とセックスアピールが甘く混じりあった表情で警官を見あげているが、自分を見おろしている貪婪な黒い双眸にも、ぎらぎらと輝く尖った三角形の牙にも、気づいているようすはまるでない。

「驚いたな……見たか、あれを」ピアスンは押し殺した声でいった。

「ええ」ラインマンが答えた。「おまけに、どんどん見かけるようにもなってます。日に日にその数が増えていくばかりで」

それからラインマンはしばらく黙りこみ、半分残ったビールのジョッキにじっと視線をむけていた。そのあと物思いから我に返るときには、ほんとうに体をふるわせているかに見えた。

「連中の正体がなんであれ……」ラインマンはピアスンにいった。「あの連中の姿を見ることができるのは、全世界でもぼくたちだけなんですよ」

「なに？　喫煙者にしか見えないと？」ピアスンは信じられぬ思いでたずねた。もちろん、ラインマンが話をこの点にもっていくつもりだったことくらい、もっと早くから見ぬけていて当然だったが、それにしても……。

「そうじゃないんです」ラインマンが声に忍耐をにじませた。「喫煙者たちには、連中の姿は見えません。非喫煙者も、やっぱり連中を見ることができないんです」そういって、じっとピアスンの顔を見つめながら、「連中を見ることができるのは、ぼくたちだけですよ、ブランドン——どっちにもあてはまらない、得体の知れない人間だけ……。

そう、ぼくたちみたいな〈十時の人々〉だけなんです」

十五分後にふたりで〈ギャラハーズ〉を出たときには（これに先だってピアスンは妻に電話で災難がふりかかってきたという口実を告げ、十時までには帰宅すると約束した）、雨はすでに霧雨にまで弱まっており、ラインマンはすこし歩こうと提案してきた。目的地はケンブリッジだが、そこまでずっと歩こうというのではなく、話の残りの部分をピアスンにきかせるあいだだけでも歩こう、というのだった。街路にはほとんど人影が見あたらず、ふりかえって後方を確かめながらでなくとも、会話をつづけられそうだった。

「珍妙なたとえになりますがね、ある意味では人生最初のオーガズムにも似ているんですよ」地表近くにわだかまるガーゼのような霧を縫ってチャールズ・ストリートの方角に歩きながら、ラインマンはいった。「最初はびっくりしますが、ひとたび勝手がわかれば、もう生活の一部になって、当たり前の存在になる。これもおなじことです。ある日突然、頭のなかの化学物質が一定のバランスをとるようになって、いきなり連中が見えてくる。その瞬間、いったい何人の人々が恐怖のあまり即死したことか――そんなことを思ったりもしました」

ボイルストン・ストリートの濡れて輝く路面に、血の染みそっくりに反射している赤信号の光を見つめながら、ピアスンは最初に怪物と遭遇したときの衝撃をまざまざと思いかえしていた。「連中の恐ろしさといったらないな。とてつもなく不気味で。頭をとりまいている肉がもぞもぞ蠢くようす……あんなものを表現する言葉は思いつかないだろう？」

ラインマンはしきりにうなずいていた。「たしかに、連中は醜悪このうえもないクソったれな怪物ですよ。最初に見たとき、ぼくはレッド路線の通勤列車に乗ってミルトンの自宅に帰ろうとしていました。そうしたら、やつがパーク・ストリート駅の上りプラットフォームに立ってたんです。電車はやつのすぐそばを通りました。幸運だったのは、ぼくが電車に乗っていて、その電車が出発するところだったことですね。というのも、ぼくは悲鳴をあげていたからです」

「それで、どうなった？」

ラインマンの微笑が――一時的なことにせよ――気恥ずかしげな渋面に変わった。「ほかの人がいっせいにぼくを見て、あっという間に目をそむけましたよ。都会の流儀はあなたもご存じでしょう？　どこの街角にもひとりくらいは、頭のいかれた説教師が立っていて、イエス・キリストはタッパーウェアを愛しているとわめいてるじゃないですか」

ピアスンはうなずいた。都会の流儀なら、たしかに知っていた。あるいは知っていると思いこんでいた――きょうの体験をするまでは。

「で、背が高くて赤毛で、顔には数えきれないほどそばかすがある気味のわるい男がぼくのとなりの座席にすわっていましてね。その男が、きょうぼくがあなたの肘をつかんだのとおんなじように、ぼくの肘をぐっとつかんできたんです。男の名前はロビー・デルレイ。塗装業者です。あなたも、これから〈ケイト〉で当人と会えますがね」

「〈ケイト〉というのは？」

「ケンブリッジにある専門書店です。ミステリーのね。週に一、二回、そこで顔をあわせてるんです。いい店ですよ。それに、あつまる人たちもおおむねいい人ばかりだし。もうすぐ会えますよ。話をもどすと、その日ロビーはぼくの肘をつかんで、こういったんです――〝あんたは狂ってなんかいない。おれもあいつを見たんだ。あれは現実だぞ――あの蝙蝠人は〟とね。それだけでした。それだけなら、アンフェタミンでハイになって、あることないことしゃべりちらしているだけだとしても不思議はなかった。しかし、ぼくはほんとうに怪物の姿を見ていましたし、そのときの安堵といったら――」

「わかるよ」ピアスンは午前中の出来ごとを思いかえしながら、そう答えた。ふたりはストロウ・ドライブでいったん立ちどまり、タンクローリーが通過していくのを待ってから、あちこちに水たまりができている車道を横断した。つかのまピアスンは、川に面した公園のベンチの背もたれの裏側に書かれた、薄れかけた落書きの文字に見いった。

《**エイリアンはすでに地球に着陸している**》落書きはそう主張していた。《**さっき〈リーガルシーフード〉で二匹たいらげた**》

「けさは、きみがあの場に居あわせてくれてよかったよ」ピアスンはいった。「わたしは幸運だったな」

ラインマンはうなずいた。「ええ、たしかにね。蝙蝠人がだれかをやっつけるときには、徹底的にやっつけるんです。連中がちょっとしたパーティーをやらかすと、そのあと警官たちが小さな断片を籠に拾いあつめる羽目になる。そんな事件の話をきいたことは？」

ピアスンはうなずいた。

「おまけにだれも気づいていませんが、被害者たちには共通項があるんです――その全員が、一日に吸うタバコを五本から十本のあいだにまで減らしていたという事実です。どうやらその手の共通項は、さしものＦＢＩでさえ発見できないほど目だたないようですね」

「しかし、なぜわれわれを殺すんだ？」ピアスンはたずねた。「たとえ、自分の上司の実体は火星人だとか叫んで走りまわっても、州軍に出動命令がくだるわけはない。せいぜい叫んだ当人を、どこかの病院に叩きこむだけだろうが」

「どうか現実に目をむけてくださいよ」ラインマンはいった。「あなたも連中を見たからには、おわかりのはずです」

「じゃ……殺すのが……好きだからだとでも？」

「ええ、大好きなんですよ。しかし、それでは話が本末転倒だ。あいつらは狼なんですよ、ブランドン。羊の群れのなかを、ここかと思えばまたあちらと動きまわる透明な狼なんです。さて、教えてください――ときたま一匹を殺して楽しむ以外に、狼は羊をなににつかうと思いますか？」

「連中は……いったいきみはなにをいってる？」ピアスンの声がささやきにまで低くなった。

「連中がわれわれを……食っているというのか？」

「あいつらは、人間の体のある一部を食べるんです」ラインマンはいった。「最初に会った日にロビー・デルレイはそう信じていると話していましたし、いまではわたしたちの大多数もその説を信じています」

「その〝わたしたち〟というのは？」

「これから、あなたにご紹介する人たちですよ。毎回全員があつまるわけではありませんが、今夜はほとんどの者が顔を出してくれます。今夜は、なにかがあるんです。なにか大きなことが」

「というと？」

この質問にラインマンはただかぶりをふって、質問をしてきた。「そろそろタクシーに乗りましょうか？　ずいぶん服が濡れたのでは？」

たしかに服は濡れていたが、まだタクシーに乗りたい気分ではなかった。歩いていることで気分が鼓舞された……いや、歩くことだけがその要因ではなかった。こんな話をラインマンにきかせられるとは思えなかったが——すくなくとも当面のあいだは——しかし、いまの自分がしていることに胸がときめいてもいた……それも、ロマンティックな胸のときめきだった。不気味ではあるが昂奮をかきたてられる、少年むけの冒険小説の世界にはいりこんだ気分だった。N・C・ワイエスの挿画さえ目に浮かぶほどだった。ストロウ・ドライブの左右に歩哨のようにならぶ街灯のまわりで、ゆっくりと渦まく霧がつくりだす光輪をながめやりながら、ピアスンは思った。《工作員X9号が、われらの地下基地から吉報をたずさえてやってきたぞ……つ

いに、ついに蝙蝠人を斃《たお》す毒がつきとめられたんだ！》

「そういった胸のときめきは、すぐに薄れますよ。ほんとうです」ラインマンがそっけなくいった。

ピアスンは驚いて、顔をふりむけた。

「ふたりめの友人がボストン港から首なし死体になって引きあげられるころには、いやでもわかるんです――ここにトム・スウィフトが姿をあらわして、フェンスを白く塗る仕事を手伝ってくれるようなことは金輪際ありえない、とね」

「トム・ソウヤーだろうが」ピアスンは小声でつぶやき、目もとから雨粒をぬぐった。恥ずかしさに頬が熱く火照っていた。

「連中は人間の脳がつくりだすものを食べているのではないか――ロビーはそう考えています。一種の酵素かもしれないし、あるいは特殊な電波のようなものかもしれない、とね。さらにロビーは、それとおなじものが連中の姿を見るという能力をわたしたちに――というか、わたしたち人間の一部の者に――あたえているのではないか、だから連中の目には、わたしたちが畑のトマトのように見えるのではないか、と考えています。熟したと判断すれば、好き勝手にもいで食べられるトマトにね。

ぼくはといえば、バプテストとしての教育をうけてきたこともあって、話をすっきりと狩りに結びつけたい――農民のジョンがらみの比喩ではなく。ぼくは、あいつらが人間の魂をむさぼる〝吸魂鬼〟ではないかと思ってます」

「ほんとうに？　わたしをかついでいるのかね？　それとも本気で信じているのか？」

ラインマンは声をあげて笑うと肩をすくめ、しかも同時に決然たる表情までも見せた。「いやいや、そんなことはわかりません。この件が人生に飛びこんできたころ、ぼくは天国なんてただのおとぎ話であり、地獄というのはほかの人間のことだと信じかけていました。いまは、さっぱりわけがわからない。でも、そんなことはどうだっていいんです。大事なこと……きちんと理解し、決して忘れてはならないことがひとつだけあります……連中には、わたしたちを殺す理由がどっさりある、ということです。まず第一に連中は、わたしたちがいままさにしていることを恐れている……つまり仲間があつまって組織をつくり、連中への攻撃をたくらんでいることを……」

ラインマンはいったん口をつぐんで考える顔を見せ、おもむろにかぶりをふった。いまこの男は、自分を相手にひとりで会話をしている口調になっていた。おそらく、数えきれないほど眠れぬ夜を自分に過ごさせたいくつかの疑問について、いままた答えを見いだそうとしているのだろう。

「恐れている？　いや、それがはたして事実かどうかはわかりません。しかし連中は、決して危ない橋をわたるような真似はしない——それだけは確かです。それから、疑いの余地のない事実がもうひとつあります。あいつらは、ある種の人間が自分たちを見る力をそなえているという事実を憎んでいます。そう、恨み骨髄といえるほど憎んでるんですよ。前にやつらの一匹をつかまえたことがあるんですが、まあ、ハリケーンを瓶でつかまえるようなものでしたね。わたしたちは——」

「つかまえただと！」

「ええ、ほんとうですよ」ラインマンはそういって、ピアスンにおもしろみのかけらもない、こわばった笑みをむけてきた。「州間高速道路九五号線をニューベリーポートのほうに行ったところにあるサービスエリアで、一匹つかまえたんです。わたしたちの仲間は五、六人いましたか——指揮をとったのは、わが友人のロビーでした。そのあとある農家に連れていき、山ほど注射した催眠薬の効果が薄れてきたのを見て——いやまあ、あっという間に効果が薄れたんですがね——これまであなたが口にしたような疑問に、もうすこしましな答えを得るために、そいつを尋問しようとしたんです。手錠と足枷をかけなくてはなりませんでした。そのうえ、大量のナイロンロープで全身をぐるぐる巻きにしたんです。ミイラかと見まちがえるくらいにね。ぼくの記憶に、なにがいちばん強烈に焼きつけられていると思います？」

ピアスンはかぶりをふった。少年むきの冒険小説の登場人物になったような気分は、とうにかき消されていた。

「怪物の目覚め方ですよ」ラインマンがいった。「およそ〝中間地帯〟というものがなかった。さっきまで薬の効果で人事不省に眠っていたと思ったら、つぎの瞬間には完全に目覚めていて、あの恐ろしい目でわたしたちをにらんでいたんです。蝙蝠の目で。そう、蝙蝠にもちゃんと目があるんです——そのことを知っている人はほとんどいません。蝙蝠には視力がないなんていう嘘っぱちのたわごとは、おおかた有能な宣伝マンが広めた話なんでしょうね。

そいつは、頑として話そうとしませんでした。ひとことも口にしなかったんです。生きて納屋を出られるとは思っていなかったでしょうが、やつの表情に恐怖はまったくなかった。あったのは憎悪の念だけです。あの目にのぞいていた憎悪の念の強烈さといったら！」

「で、そのあとどうなったんだ？」

「まるでティッシュペーパーを破くみたいに、怪物がいとも簡単に手錠を引きちぎったんです。足枷は手錠よりも頑丈でした——しかも怪物には膝までとどく長い靴を履かせて、その靴を床に釘で打ちつけてもいました。しかし、ナイロンのロープは……怪物は肩の上で交差していたロープに嚙みつきはじめたんです。あれだけの歯ですからね——あなたもごらんになったでしょう——鼠が撚糸《よりいと》を齧《かじ》るようなものでしたね。わたしたちはみんな、文字どおり木偶《でく》の坊《ぼう》みたいに突っ立ってました。ロビーさえもね。目の前の光景が信じられなかったんです……あるいは、怪物が催眠術をつかっていたのかもしれません。それについては、ええ、ずいぶん頭をひねりました。そんなことが可能だったのかどうかとね。とにかく、すべてはレスター・オルスンのおかげです。わたしたちはロビーとモイラが盗んできたフォード・エコノラインのヴァンをつかいましたが、レスターはこの車がターンパイクを走っている車に見られるのではないかと強く思いこんでいたんです。それで、確認のために外に出ていたんですね。で、納屋に引きかえしてきたら、怪物が自由の身になりかけていた。それを見て、怪物にむかって銃を三回発砲したんです。〝ばん‐ばん‐ばん〟、とね」

ラインマンは感慨ぶかげにかぶりをふった。

「やつを殺したわけだ」ピアスンはいった。「〝ばん‐ばん‐ばん〟、と」

またもや、きょうの午前中に銀行前の広場にいたときに経験したように、自分の声が頭から出て上にあがっていったように思えた。ついで、恐ろしいことは恐ろしいが説得力のある考えが頭に浮かんできた——蝙蝠人など存在しないのではないか。ペイヨーテ・マニアたちがドラッグをつかってマスかき集会をひらくときには、全員がおなじ幻覚を見るというが、蝙蝠人の話もそれと五十歩百歩の集団幻想なのではないか。タバコの量をまちがえたことが原因で、〈十時の人々〉だけに共通する幻覚が引き起こされたのだ。そしてこれからラインマンに引きあわされて会うことになる人々は、この狂気が原因となって、すくなくともひとりは無辜《むこ》の人間を殺戮しているし、もっと殺しているかもしれない。時間さえあれば、さらなる殺人を実行することは確実である。このいかれた若い銀行員からいますぐ逃げないことには、自分もその殺人者集団の一員になるのだ。これまでにもすでに蝙蝠人をふたり見た……いや、警官を勘定に入れれば三人、副大統領を数に入れれば四人だ。まったく目茶苦茶な話もあったものではないか。アメリカ合衆国の副大統領の正体が——

ラインマンの表情を見たピアスンは、今回もまた三度めの記録破りのスピードで、この男に内心の思考をすべて読みとられていることを察した。「あなたは、わたしたち全員が——自分もふくめて——〝いかれぽんち〟になっているんじゃないかと思いはじめてますね？　ちがいますか？」

「いや、もちろんそう思ったよ」ピアスンは答えた——意図せずして、いささか険のある調子になっていた。

「やつらは消えるんです」ラインマンはあっさりといった。「納屋で見たんです——あいつが消えていくのを」

「なんだって？」

「体が透明になったかと思うと、そのまま煙になって消えたんですよ。常軌を逸した話に思えるのは百も承知です。しかしどれだけ言葉をつくしても、あの場にじっさいに居あわせて、その現場を目撃したとき、自分の正気がどれほど疑わしく思えたか、あなたにわかってもらえそうにはありません。

たとえ目の前でじっさいに起こっている出来ごとでも、最初は現実ではないにちがいないと思うんですよ――自分は夢を見ているのか、さもなければ昔の〈スター・ウォーズ〉じゃないけれど、極上のＳＦＸがふんだんにつかわれている映画の世界に、なにかの偶然で足を踏み入れたんじゃないか、とね。そのあと、埃と小便と極辛のチリペッパーのにおいをいっしょくたに混ぜたような臭気に気がつく。悪臭のせいで目がしくしく痛み、吐き気がこみあげてくるんです。レスターはほんとうに吐きましたし、ジャネットはそのあと一時間もくしゃみがとまりませんでした。ブタクサの花粉か猫のフケ以外では、そんなことにはならないといっていたんですがね。とにかくぼくは、それまで怪物がすわっていた椅子に近づいていきました。ロープはまだそこにありましたし、手錠も衣服も、すっかりそろっていました。シャツにはボタンがかかったまま。ネクタイの結び目もそのまま。それでぼくは手を伸ばして、スラックスのジッパーを下げてみました。もちろん、やつのペニスがいきなり飛びだしてきて鼻を嚙みちぎられでもしたらたまらないので、注意ぶかくね。しかしスラックスの下には、やつの下着があっただけでした。ごくふつうのジョッキーショーツでしたよ。それだけでしたが、充分でした。なぜなら、下着ももぬけのからだったからです。ひとつお教えしましょうか――世の中に不気味なものは数あれど、ひとそろいの男の服がきちんと重ね着された形で落ちているのに、着ていた当人がどこにも見あたらない光景ほど不気味なものはありませんよ」

「煙になって姿を消した……」ピアスンはいった。「なんてこった」

「ええ。いちばんさいごには、怪物はちょうどあんなふうに見えました」ラインマンは街灯のひとつのまわりに渦を巻いて、まばゆく光る霧を指さした。

「それで、どうなったのか……」ピアスンは、自分の疑問をどう表現すればいいかが一瞬わからなくなって言葉に詰まった。「その人たちは失踪したことになっているのか？」そう口にしたとたん、自分がなにを知りたがっているかがわかった。「デューク、本物のダグラス・キーファーはどこにいるんだ？　それに本物のスザンヌ・ホールディングは？」

ラインマンはかぶりをふった。「わかりません。ただし、ある意味ではあなたがきょうの午前中に見たあの怪物こそが、本物のキーファーだとはいえます。わたしたちは、わたしたちだけに見えるあの化物の頭は実在していないものであり、わたしたちの頭脳が蝙蝠人の実像を――やつらの心根や魂胆を――目に見えるイメージに翻訳したものではないか、と考えています」

「霊的テレパシーとでも？」

ラインマンは得たりとばかりに笑った。「あなたは言葉に天性の勘がおありだ――ええ、そんなところでしょう。ぜひレスターと話をしてください。こと蝙蝠人については、あの男はまるで詩人ですから」

その名前にはきき覚えがあった。ちょっと考えをめぐらせただけで、ピアスンにはその理由がわかった。

「それは、あの白髪を長く伸ばした年寄りのことか？　三流テレビドラマに出てくる日本の老将軍みたいな風貌の？」

ラインマンは爆笑した。「ええ、それがレスターです」

ふたりはしばし黙ったまま、歩を進ませた。ふたりの右側では川が神秘的な波紋を描きながら流れ、対岸にそろそろケンブリッジの街の明かりが見えてきた。これほど美しいボストンを目にするのははじめてだ、とピアスンは思った。

「蝙蝠人というのは、ひょっとしたら空気感染する病原菌のような形ではいりこんでくるのかもしれないな……」ピアスンは言葉を手さぐりしながら、また話しはじめた。

「ええ。病原菌説をとる人もいますが、ぼくはそうは思っていません。なぜなら――考えてください。蝙蝠人の清掃係や、蝙蝠人のウェイトレスなんてひとりも見たことはないんです。あいつらは権力が好きで、権力者たちの世界にもぐりこもうとしているんですよ。金持ちだけをえらんで感染する病原菌なんて、きいたことがありますか？」

「いや、ないね」

「ぼくもきいたことがありません」

「で、これから会う人たちだが、その人たちは……」ピアスンは、つぎのひとことを口にするためにいささか努力が必要だとわかって、なにがなし愉快な気分になった。少年冒険小説の世界にもどったというわけではないが、それに近い言葉だったからだ。「その人たちは、抵抗運動《レジスタンス》の戦士たちなのかな？」

ラインマンはしばし考えこみ、おもむろにうなずきながら同時に肩をすくめた――不思議な動作だった。この男の体が、肯定と否定の返事を同時に見せているようだった。「いまはまだ、そうとはいえません……しかし、もしかすると、今夜を境にそうなることもありえますね」

その返答の真意を問いただす言葉をピアスンが口にするより先に、ラインマンは空車のまま流しているタクシーをまた見つけ――今回はストロウ・ストリートの反対側車線を走っているタクシーだった――車道わきの側溝まで踏みだして手をふった。タクシーは禁止されているUターンをして歩道に近づいてくると、ふたりを乗せた。

タクシーの車内での話題はもっぱらスポーツで――癪にさわるレッドソックス、見ていると気が滅入るペイトリオッツ、それに負けてばかりのセルティックス――蝙蝠人の話は口に出さなかったが、タクシーを降り、川の対岸のケンブリッジ側に面した木造家屋（看板には背中を丸めてうなり声をあげる猫のイラストと、《ケイトズ・ミステリー・ブックショップ》という文字が書かれていた）の前に立ってから、ピアスンはデューク・ラインマンの腕をつかんでいった。

「あといくつか質問があるんだが」

ラインマンは腕時計を見やった。「時間がないんですよ、ブランドン――ちょっと話が長びきすぎましたからね」

「じゃ、質問はふたつだけにする」

「まいったな。あなたはテレビに出てくるあの刑事みたいだ――ほら、いつも薄汚れたレインコートを着ている刑事ですよ。それに、あなたの質問に答えられるかもわからない。ぼくだって、あなたが思っているよりもはるかに知識がすくないんですから」

「これはいつはじまったんだ？」

「ほらね？　ぼくがいいたいことがわかりますか？　知らないんですよ。捕獲した怪物は、まったく口を割りませんでしたからね。あの愛すべき怪物くんときたら、自分の名前も階級も会員番号も、いっさい教えてくれませんでした。さっき話したロビー・デルレイは、怪物を最初に見たのは五年前だ、といってます――ボストン・コモン公園でラサアプソテリアを散歩させている怪物を見た、とね。それ以来やつらが増えつづける一方だとも話していますよ。もちろん人間にくらべれば、まだまだ数はすくない。しかし、連中の頭数はどんどん増えています……ええと、〝指数関数的に増えている〟といえばいいんですかね？」

「その表現が不正確であることを祈るよ」ピアスンはいった。「恐ろしい表現だからね」

「もうひとつの質問はなんです？　さあ、急いでください」

「ほかの都市はどうなんだ？　ほかの街にも蝙蝠人がいるのか？　ほかの街にもやつらを見られる人間がいるのかね？なにか話をききこんでないか？」

「わかりません。世界じゅうにいても不思議はないと思いますが、連中の姿を見ることのできる人間が多少なりともいる国がアメリカだけというのは確実ですね」

「なぜ？」

「タバコにたいして、これほど異常に攻撃的な国がアメリカだけだからですし……まっとうな食べ物を口にして、適切な組みあわせでビタミン剤を摂取し、適切なトイレットペーパーでケツを拭いてさえいれば、自分は永遠に生きられるばかりか、いつまでも現役で性生活を送れると信じている――ええ、心の底から本気でそんなことを信じている人々が暮らしている国となると、このアメリカ以外にはないからかもしれません。ことタバコ問題にかんしては、すでに戦線が確立されていますし、その結果として奇怪な変種が生まれでてもいます。いいかえれば、わたしたちのことですが」

「〈十時の人々〉か」ピアスンはほほえんだ。

「ええ――〈十時の人々〉です」そういってラインマンはピアスンの肩ごしに後方に目をむけた。「やあ、モイラ！」

〈ジョルジオ〉の香水の香りが鼻を打ってきたが、ピアスンはさほど意外には思わなかった。ふりむくと、そこに立っていたのは愛らしき赤いスカート嬢だった。

「モイラ・リチャードスンだ。こちらはブランドン・ピアスン」

「やあ」ピアスンはそういって、モイラが伸ばした手を握った。「きみは融資アシスタントだね？」

「それって、ごみ収集人を衛生問題技師と呼ぶようなものね」モイラは陽気な笑みを見せて答えた。こいつは――ピアスンは思った――用心していないと、男がたちまち恋に落ちるような笑顔だな。「ほんとの仕事は融資先の審査よ。あなたがポルシェを買いたいといってきたら、わたしはあなたがポルシェにふさわしい男かどうかを調べるわけ……もちろん経済的な意味でね」

「もちろん、そうだろうとも」ピアスンはそういって、モイラに笑みを返した。

「キャム！」モイラが大声でいった。「早くこっちに来て！」

それは、いつも帽子をあみだにかぶって床にモップがけをしている清掃人だった。いま普段着姿になったこの男は、いつもより切れ者めいた雰囲気をただよわせ、その顔は映画俳優のアーマンド・アサンテに驚くほどよく似ていた。この男がモイラ・リチャードスンのすばらしい腰に手をまわし、すばらしい唇の隅に軽くキスをするのを見て、ピアスンは胸にちくりと痛みを覚えはしたが、その光景は意外ではなかった。それから男は、ピアスンに握手の手をさしのべてきた。

「キャメロン・スティーヴンズだ」

「わたしはブランドン・ピアスンだよ」

「ここであんたに会えてうれしいな」スティーヴンズはいった。「たしかあんた、きょうの午前中にひと騒ぎしかけたご仁だね？」

「いったい、きみたちの何人がわたしを見ていたんだ？」ピアスンはたずねながら、午前十時の広場の光景を頭のなかで再現しようとした。しかし、それは不可能だった。あの光景の大半は、ショックがもたらす白い靄に沈んで見えなくなっていた。

「銀行の人間で、連中の姿が見える人のほとんどが見てたわ」モイラが静かに答えた。「でも、なにも問題はないのよ、ミスター・ピアスン」

「ブランドンと呼んでくれ」

モイラはうなずいた。「わたしたちは、ただひたすらあなたを応援していただけだから。さあ、行きましょう、キャム」

ふたりは早足で階段をあがって木造家屋のポーチに立ち、そこからすばやく室内に身を滑りこませた。ピアスンの目に暗く抑えた照明がちらりと見えたが、ドアはすぐに閉まった。ついでピアスンは、ラインマンにむきなおった。

「ほんとうに、これは現実のことなんだな？」

ラインマンの顔に同情の色が混じった。「ええ、残念ながら」いったん間《ま》をおいてから、「しかし、これにもいい面がひとつだけあるんですよ」

「ほう？　それは？」

小糠雨の降る夜闇に、ラインマンの白い歯が煌《きら》めいた。「これからほぼ五年ぶりに、タバコを自由に吸える会合に出席できるんですよ。さあ――なかにはいりましょう」

3

玄関ホールとその先の書店は暗かった。そしてふたりの左側にある勾配の急な階段の下のほうから、光が――低い話し声ともども――上に洩れでてきていた。

「さてと」ラインマンがいった。「ここが目的の場所です。死者の言葉を引用するなら、〝なんと奇妙で長い旅路だったことか〟というところでしょうか」

「そのとおりだな」ピアスンは同意した。「ときにケイトは〈十時の人々〉なのか？」

「店主のケイトですか？　ちがいます。まだ二回しか会ったことがないんですが、どうも非喫煙者のようでした。ここを借りるというのはロビーの思いつきなんです。ケイトには、ぼくたちが〈ボストン・ハードボイルド協会〉というサークルだとだけ話してあります」

ピアスンは眉を吊りあげた。「もういちどいってくれるか？」

「つまり、週に一、二度ばかりあつまって、レイモンド・チャンドラーやダシール・ハメット、それにロス・マクドナルドといった作家の作品について話しあう熱心な読者のあつまり――という建前でしてね。もしそのあたりの作家の本を読んだことがなければ、ぜひとも読んでください。用心に越したことはありませんから。そんなにむずかしい本じゃありませんし、なかにはきわめてすぐれた作品もありますよ」

ラインマンが先に立って、ふたりは階段を降りていき――ふたりが横にならんで降りていくには幅が狭すぎた――ひらいたままの戸口をくぐって、明るく照明がほどこされた天井の低い地下室にはいっていった。地下室は、上の改装ずみ木造家屋の全体とおなじだけの奥ゆきをそなえているようだった。三十脚ほどの折りたたみ椅子が配され、いちばん前に青い布のかかったイーゼルがおいてあり、そのさらに奥にはさまざまな出版社の社名がはいった本の在庫の箱がいくつも積まれていた。左手の壁にかかった額いりの写真を見て、ピアスンは愉快な心もちにさせられた――写真のサインの下に、《ダシール・ハメット／われらが恐れ知らずの指導者に敬礼！》と書いてあったからだ。

「デューク？」ピアスンの左から、ひとりの女が声をかけてきた。「ああ、よかった。あなたになにかあったんじゃないかって思ってたの」

この女性の顔も見覚えのあるものだった。例のレンズの厚い眼鏡をかけ、ストレートの黒髪を長く伸ばした、真面目そうな顔つきの女。今夜は、色落ちしたタイトなジーンズをはき、明らかにノーブラでジョージタウン大学のトレーナーを着ているせいだろう、真面目さが多少は薄らいで見えた。それどころか、この若い女がラインマンにむけた目つきを見たら、ラインマンの妻は世界じゅうの蝙蝠人のことなど歯牙にもかけず、〈ケイト〉の地下室から自分の亭主を引きずりだすことだろう。

「ぼくなら心配いらないよ」ラインマンは答えた。「ただ、〈蝙蝠をぶっとばせ教会〉への改宗者をまたひとり、ここまで連れてきただけなんだ。ジャネット・ブライトウッド、ここにいるのがブランドン・ピアスンだ」

ジャネットと握手をかわしながら、ピアスンは思った――《あんたが、ずっとくしゃみの止まらなかった女のご当人だね》

「よろしく、ブランドン」ジャネットはそういって、またラインマンに笑みをむけた。ラインマンのほうは、熱っぽい視線にいささか困惑の顔つきだった。「会合のあとで、コーヒーをつきあってもらえる、デューク？」

「どうかな……そのときになったら考えるよ。いいね？」

「いいわ」ジャネットは答えた。もしデュークからいっしょにコーヒーを飲むには三年待てといわれたら、その言葉どおり三年でも待つと雄弁に語っているような笑みだった。

《わたしはこんなところでなにをしている？》ピアスンは唐突に、自分にむかって問いかけた。《まるっきり正気の沙汰じゃないぞ……これじゃまるで、頭のいかれた連中の国のアルコール中毒者自主治療協会の会合じゃないか》

〈蝙蝠をぶっとばせ教会〉の信者たちは書籍輸送用の箱の上に重ねて積んである灰皿を手にとり、心ゆくまで美味を味わう顔をあからさまに見せながら、それぞれの椅子に腰かけていった。ここにいる全員が椅子に腰かけたら、空席は――たとえ空席があったとしても――ほんの数えるほどになりそうだ、とピアスンは思った。

「みんなとおなじようにしてください、ブランドン」ラインマンはそういって、ピアスンを最後列の端にならぶふたつの椅子まで案内した。コーヒーメーカーを仕切っているジャネット・ブライトウッドから遠く離れた場所だった。これが意図的なものかどうか、ピアスンにはわからなかった。「そこでけっこうです……あ、窓のポールに気をつけて」

白塗りの煉瓦の壁のひとつに、地下室の天窓を開閉するためのフックがついたポールが立てかけてあった。ピアスンは椅子に腰かけた拍子に、うっかりそれを蹴飛ばしてしまった。そのまま倒れれば、だれかの頭に激突するところだったが、すんでのところでラインマンがポールをつかみ、もっと安全な隅におきなおした。それからラインマンは横の通路を歩いて、灰皿をひとつもってきた。

「きみは、ほんとうに人の心を読むんだな」ピアスンは感謝の念とともにいいながら、タバコに火をつけた。これほどの大人数のなかにいながらタバコを吸っていることが、信じられないほど奇妙に（そして、それ以上に喜ばしく）思えた。

ラインマンも自分のタバコに火をつけると、イーゼルの横に立っているそばかすだらけの痩せこけた男を指さした。そばかす男は、ニューベリーポートの農家の納屋で、蝙蝠人を〝ばん‐ばん‐ばん〟と撃ち殺したレスター・オルスンと、なにやら真剣な会話をかわしていた。

「あの赤毛の男がロビー・デルレイです」ラインマンは崇敬そのものとさえいえる口調だった。「この話をテレビの連続ドラマに仕立てるとしても、よもやあの男を〝人類の救済者〟役に抜擢しようとは思わないでしょう？　しかし、あの男はまさしくその役割を果たすかもしれません」

デルレイがオルスンにうなずきかけ、背中をぱんと平手で叩いてからなにか話しかけると、白髪の男はそれに応じて笑い声をあげた。ついでオルスンは自席――最前列の中央部――に腰かけ、デルレイは覆いのかかったイーゼルに歩みよった。

この時点で折りたたみ椅子はすべて埋まり、さらに数人の人々がコーヒーメーカーのある部屋の後方にならんで立っていた。ピアスンの頭のまわりでは、まるで強烈な初キューのあとのビリヤードの球のように、いくつもの活発でせわしない会話がすさまじい勢いで転がり、ぶつかり、跳ねかえっていた。天井からすぐ下のあたりには、早くもブルーグレイのタバコの煙の薄膜ができつつあった。

《驚いたな、こいつらはみんな頭がいかれてるんだ》ピアスンは思った。《とことんいかれてやがる。ああ、きっと一九四〇年ごろ、ドイツ軍の電撃作戦下のロンドンの防空壕のなかも、こんな雰囲気だったにちがいないぞ》

ピアスンはラインマンにむきなおった。「きみはだれと話をしたんだ？　今夜、なにか大きなことが起こるという話は、だれからきかされた？」

「ジャネットですよ」ラインマンはピアスンには目をむけないまま答えた。その表現力ゆたかな鳶色の瞳はロビー・デルレイに――かつてレッド路線の電車のなかで、ラインマンの正気を救った男に――釘づけにされていた。ラインマンの瞳に浮かぶ光には、賞賛の念だけではなく崇拝の念さえ混じっているように、ピアスンには思われた。

「デューク……これは、ほんとうに大人数のあつまりになりそうだね？」

「わたしたちにとっては、ええ、たしかにそうです。これほどの大規模な集会は、ぼくもはじめてですよ」

「落ち着かない気分にならないか？　これだけたくさんの仲間たちが、みんな一カ所にあつまっているという情況に？」

「いいえ」ラインマンはあっさりと答えた。「ロビーは蝙蝠人のにおいを嗅ぎつけることができるんです。あの男は……しっ、そろそろはじまりです」

ロビー・デルレイが笑顔で両手をかかげると、たちまち私語がやんだ。ピアスンがあたりを見まわすと、ラインマンとおなじような崇拝の念をたたえている顔がほかにもたくさんあった。尊敬の念以下の感情を見せている者はひとりもいない。

「あつまっていただいて、感謝しています」デルレイは静かに口をひらいた。「どうやらわれわれは、一部の人間が四年ないし五年も待っていたものをついに入手したようです」

即座に拍手喝采があがった。デルレイはしばしその拍手喝采がつづくにまかせながら、にこやかな顔で地下室を見まわしていた。しばらくしてから、手をかかげて静粛をもとめる。拍手喝采が静まると（ちなみにピアスンはこれに参加していなかった）、ピアスンは不穏な事実に気がついた——ラインマンの友人でもあり心の師でもあるこの男が、どうにも気にいらなかったのである。最初は一種のねたましさかとも思ったのだが——デルレイが部屋の正面で自分の役割を果たしはじめたいま、デューク・ラインマンは明らかにピアスンの存在を忘れているようだった——それだけではない気もした。両手をかかげるしぐさ、静粛をもとめる動作、そのすべてにどこかひとりよがりな自己満足の雰囲気がまつわりついている。如才ない政治家が、ほとんど無意識のレベルで聴衆を軽蔑していることをなにかのはずみで露呈するときの所作に通じるものがあった。

《よせ、そんなことは考えるな》ピアスンは自分を叱咤した。《おまえがそんなことを知ってるわけはないんだから》

たしかに、そのとおりではあった。そこでピアスンは——ラインマンの気持ちに応えるためだけではあっても——自分の直感を心から一掃しようとした。

「本題にかかる前に」デルレイは話をつづけた。「このたび新しくグループに参加した人物をみなさんにご紹介します。さいはての闇の地、メッドフォードに住んでいるブランドン・ピアスンです。ブランドン、ほんの二、三秒でいいから席から立って、ここにいるみなさんに顔を見せていただけますか？」

ピアスンはラインマンに驚愕の顔をむけた。ラインマンはにやりと笑って肩をすくめ、掌底《しょうてい》でピアスンの肩をそっと押した。「さあ、立ちあがって。だれも嚙みつきやしませんから」

だが、ピアスンにはそこまで断定できなかった。にもかかわらず、ピアスンは立ちあがった。部屋にいる人間全員から値踏みするような視線を一身に浴びていることが意識され、顔が熱く火照った。なかでもいやがうえにも意識されたのは、レスター・オルスンの顔だった——髪の毛と同様にあまりにもまぶしすぎるほどの笑顔は、怪しく思うなというほうが無理に思われた。

仲間である〈十時の人々〉がまた拍手をはじめたが、今回の拍手はピアスンにむけられたものだった——ブランドン・ピアスン、銀行の中間管理職にして頑強な喫煙者に。気がつくとまた、自分はいつしか頭のいかれた人間限定の（もちろん運営も頭のいかれた人間たちによる）

アルコール中毒者自主治療協会の会合に迷いこんだのではないか、という思いに駆られていた。落ちるようにして椅子にすわりこんだとき、ピアスンの頰は火照って赤く輝いていた。

「こんなことをしてくれなくても、わたしはぜんぜんかまわなかったのに」と小声でラインマンにいう。

「肩の力を抜いてください」ラインマンは笑顔のまま答えた。「どんな人にもやるんですから。それに、けっこう気にいったでしょう？ なんというか、そう、とっても九〇年代的じゃないですか」

「九〇年代的だかなんだか知らないが、気にいったなんてことはないね」ピアスンはいった。心臓は苦しいほど激しく鼓動を刻み、頰の火照りはいっかな薄らいではいない。それどころか、逆にどんどん熱くなっているようにさえ思えた。

《どうしたというんだ？》ピアスンは思った。《この火照りは、一過性熱感というやつか？ 男の更年期障害のひとつか？ なんなんだ？》

ロビー・デルレイは体をかがめ、オルスンの隣席にすわっている眼鏡をかけたブルネットの女と話をしてから、自分の腕時計にちらりと目をやり、おもむろに覆いのかかったイーゼルの横にもどって、一同にむきなおった。そばかすの散った温厚そうなその顔は、日曜日には教会の聖歌隊に参加するものの、月曜から金曜までは、ありとあらゆる罪のない悪戯――女の子のブラウスの背中に蛙《かえる》を投げこむとか、弟のベッドに一枚のシーツをふたつ折りにして敷くとか、そのたぐいの悪戯――をやらかすために起きてくる少年のように見えた。

「ありがとう、みんな。それから、ようこそ、われらのところに、ブランドン」デルレイはいった。

ピアスンは、自分もここに来られてうれしいという意味の言葉をつぶやいたが、これは本心ではなかった――もし仲間の〈十時の人々〉が、結局はニューエイジ思想かぶれの変人集団だとなったらどうするか？　ここにあつまっている人々にたいして、オプラ・ウィンフリーの番組のゲストにいだくのとおなじ感情しかいだけなかったら？　あるいは、宗教番組〈ＰＴＬクラブ〉のさいごに賛美歌が流れると、待ってましたとばかりに出てくる着飾った宗教マニアにいだくのとおなじ感想しかいだけなかったら？

《やめろ》ピアスンは自分にいいきかせた。《おまえはデュークのことが好きなんだろう？》

いい、たしかにラインマンには好意をもっていたし、モイラ・リチャードスンにもいずれ好意をいだけるはずだとも思った――つまり、表面的なセクシーさの裏まで見とおして、その奥にある人間性を賞賛できるようになるはずだ。おなじく、そうやって最終的には好意を寄せられる人は、まちがいなくほかにもたくさんいるだろう。そのうえピアスンは――一時的ではあれ――この人々がこうしてあつまっている真の理由をうっかり失念してもいた。そう、蝙蝠人のことを。蝙蝠人という脅威を前にすれば、多少の奇人変人やニューエイジかぶれには我慢できるのではないか？

我慢できるはずだ――と思った。

《よし！　いいぞ！　さあ、のんびり肩の力を抜いてすわり、パレードを見物しようじゃないか》

ピアスンは椅子の背に体をあずけたものの、肩の力を――完全には――抜けないことがわかった。その理由のひとつは、自分が新参者だったからだ。さらには、こうした社交を強いられることが好きになれない性格のせいでもあった——一般的にいってピアスンは、知りあって間がないうえに、こちらが許しもしないうちから狎《な》れなれしくファーストネームで呼んでくる手あいを、一種のハイジャック犯だとみなしていた。さらにほかにも理由があり——

《やめろ！　まだわからないのか？　この件では、おまえにはえり好みをする余裕はないんだ！》

　不愉快な思いではあったが、論破しがたい思いでもあった。きょうの午前中、なにげなく顔の向きを変えて、ダグラス・キーファーの内側にほんとうはなにが棲んでいるかを目《ま》のあたりにしたあの瞬間に、ピアスンはある一線を踏み越えたのだ。自分ではその点を充分にわきまえていると思っていたが、いま、夜になってようやく気づいたこともあった。その一線がどれほど決定的なものであり、一線を逆に越えて反対側に——つまり安全な側に——もどれる可能性がどれほど小さいか、ということだ。

　そう、だから肩の力を抜くわけにはいかなかった。すくなくとも、いまはまだ。

「本題にかかる前にまず、急な要請だったにもかかわらず、これほど多くの人が来てくれたことにお礼をいわせてください」ロビー・デルレイがいった。「人から怪しまれずに持ち場を離れるのが困難な場合もあるでしょうし、そんな行動に危険がともなう場合もあることは、ぼくにもわかっています。こういっても誇張にはあたらないと思いますが、こうしてあつまったみなさんは、それこそたとえ火のなか水のなか、不退転の決意でもって……」

聴衆が鄭重《ていちょう》に、低く抑えた笑い声をあげた。その大多数は、デルレイの言葉を一語もあまさずききとろうとしているかに見えた。

「……さらにいわせてもらえば、真実を目にすることのできる少数者の一員であることのつらさについては、だれよりも、このぼくが知っています。最初に蝙蝠人を目にした五年前からというもの……」

ピアスンは、早くも体をもぞもぞ動かしていた——どう転んでも今夜はぜったいに感じないと思っていた感情が胸に芽ばえていたからだ。そう、退屈という名の感情が。きょうという一日の奇怪な道筋は、結局はこんなおわり方をするのだ……たくさんの人々といっしょに本屋の地下室に腰をすえ、そばかすだらけのペンキ屋の口から、出来のわるいロータリークラブのスピーチまがいの演説をきかされて……。

しかしほかの面々は、心の底からこの演説に魅せられているようだった——ピアスンはふたたび周囲を見まわし、この印象が事実であることを確認した。ラインマンの目は心からの陶酔の念に輝いていた。それは、ピアスンが子どものころ飼っていた犬が、シンク下のキャビネットから餌の皿をとりだすピアスンを見つめていたときの目の輝きに似ていた。キャメロン・スティーヴンズとモイラ・リチャードスンはたがいの腰に腕をまわして腰かけ、瞳に星を光らせた陶酔の面もちでききいっている。ジャネット・ブライトウッドも同様。さらに〈バン・オー・マティック〉のコーヒーメーカーの周囲にいる数人の人々も同様だった。

《全員が同様なんだ》ピアスンは思った。《例外はブランドン・ピアスンただひとり。さあ、いい子だから、おまえもみんなと調子をあわせろ》

しかし、それは無理だった。そればかりかロビー・デルレイもまた——不可解なことではあったが——やはり聴衆と歩調をあわせられないようにも見うけられた。ピアスンが聴衆全体に視線を走らせてから目をもどすと、ちょうどデルレイがまたしても腕時計にちらりと目をむけていた。〈十時の人々〉と一堂に会して以来、早くもピアスンにはお馴染みになったこの男のしぐさだった。おおかた、つぎのタバコに火をつける時間を一日千秋の思いで待ちかねているのだろう。

デルレイがさらに散漫な話をつづけているあいだ、聴衆のなかから脱落していく者が出はじめたようだった——抑えた咳や足をすり動かす音などが、ピアスンの耳にとどいてきたのだ。それでもデルレイは、そんなことには気づかない顔で話しつづけていた。抵抗運動の愛される指導者だかなんだか知らないが、いまこの男は長居をしてきらわれる危険をおかしかけていた。

「……そこでわれわれは、最善をつくしました」デルレイはそう話していた。「また、われわれがこうむった損害についても、精いっぱい厳粛にうけとめました。涙を隠して——そう、秘密の戦いに参加している人々、いつかはこれが秘密でなくなる日が来るという信念をいだいている人々は、つねに涙を隠すことを強いられているのでしょう。そしてその日が来れば、われわれは——」

——ちらり！　またもや旧式の〈カシオ〉の腕時計を盗み見て——

「——この秘密を、見る能力に恵まれていない善男善女と分かちあうことができます」

《人類の救済者だって？》ピアスンは思った。《よくぞいったものじゃないか。この男の話しぶりときたら、空疎な演説で議事妨害に精を出しているジェシー・ヘルムズとかいう共和党の

女議員にそっくりだ》
　ピアスンは、ちらりとラインマンに目をやった。ラインマンはあいかわらず話にききいっているものの、椅子にすわったまま身じろぎをして、トランス状態から脱却しつつある兆候を見せていた——ピアスンはわが意を得た気分だった。
　もういちど顔に指先をあててみると、まだ頰が熱く火照っていることがわかった。その指を下に動かして、頸静脈をさぐる——脈もあいかわらず速かった。こうなると、これはもう起立を強要されて、ミス・アメリカの最終候補者よろしく人目にさらされたことが原因ではあるまい。そもそもほかの人間は、すでにピアスンの存在など一時的にせよ忘れているのだ。そう、原因はほかにある。それも、あまり歓迎できないなんらかの原因が。
「……われわれはつねに忠誠を守り、つねに忠実でありつづけ、たとえ趣味にあわない音楽が流れても、足なみをそろえ……」
《前にもおなじ気持ちになったことがあるぞ》ブランドン・ピアスンは自分に語りかけた。《これは恐怖だ……全員で、ひとつの致命的ともいえる幻想に酔いしれている人々のあつまりに、偶然足を踏み入れたときに感じる恐怖だ……》
「いや、そうじゃない」ピアスンは小声でつぶやいた。ラインマンがいぶかしげに眉を吊りあげ、顔をむけてきた。ピアスンがかぶりをふると、ラインマンはまた部屋の正面に注意をもどした。
　たしかに恐怖を感じてはいたが、それは背すじも凍る殺人カルト教団の魔手に落ちたときに感じる恐怖ではなかった。この部屋にあつまっている人々は——すくなくともその何人かは

——じっさいに殺戮にたずさわった経験があるだろうし、ニューベリーポートの納屋でのひと幕はたしかに現実の出来ごとだったのかもしれない。しかし、その種の絶望的な努力に必要とされるエネルギーは、今夜ここにあつまり、ダシール・ハメットに監視されているヤッピー集団からは毫《ごう》も感じとれなかった。ピアスンがいまこの集団から感じていたのは、眠気混じりのおざなりな関心だけだった——この種の退屈なスピーチをきかされている人が居眠りを防いだり、あるいは逃げだしたい気持ちをこらえたりするため、最低限必要な注意力だけを目覚めさせている雰囲気しかなかった。

「ロビー、本題にかかってくれよ」部屋のうしろから、ピアスンの同類が叫び声をあげた。心もとなげな笑い声があがった。

ロビー・デルレイは声の方向にちらりと苛立ちの視線を投げると、笑顔になって、また腕時計を確かめた。「ええ、わかりました。たしかに、ちょっとしゃべりすぎましたね。レスター、ちょっと手伝ってもらえるかな？」

レスター・オルスンが立ちあがった。ふたりの男は積みあげられた本の箱の奥に行き、大きな革のトランクをストラップをつかんで運びだしてきた。それからふたりは、そのトランクをイーゼルの右側においた。

「ありがとう、レス」デルレイはいった。

オルスンはうなずいて、また椅子にもどった。

「あのトランクの中身は？」ピアスンはラインマンの耳もとに小声でささやきかけた。

ラインマンはかぶりをふった。顔に困惑の色が浮かび、そこに突然落ち着かない気分がわずかに混じってきた……といっても、ピアスンほどの落ち着かない気分ではなかっただろうが。

「たしかに、マックのいうとおりです」デルレイはいった。「ぼくは、ちょっと無駄口が過ぎたようだ。しかし、ぼくには今夜が歴史的な瞬間のように感じられるのです。では、これから本題にかかります」

デルレイはちょっと黙って劇的効果を高めてから、イーゼルの青い覆いを一気にとり去った。観衆は驚愕を予期して椅子にすわったまま前に身を乗りだし……ついでいっせいに小さな失望の声をあげながら、背もたれに体をもどした。そこにあったのは、廃屋となった倉庫のような建物を撮影したモノクロ写真だった。写真はかなり大きく引き伸ばされていたため、積載エリアにちらばっている紙屑やコンドームやワインの空き瓶などまでもがはっきりと見えたし、壁にスプレーで書かれた金言や箴言のたぐいもはっきり見えた。なかでも最大のものは《**暴動　女女女　最高**》というものだった。

部屋が押し殺したささやき声に満たされた。

「五週間前のことになります」デルレイは語調を強めた。「レスターとケンドラ、それにぼくの三人はふたりの蝙蝠男を尾行し、マサチューセッツ州リヴィアのクラークベイ地区にある、この一軒の倉庫にたどりつきました」

レスター・オルスンの隣席にいた丸い縁なし眼鏡をかけた黒髪の女が、うぬぼれもあらわに周囲を見まわした……ピアスンは、この女も自分の腕時計に目をやっていたにちがいない、とにらんだ。

「ふたりの蝙蝠人はまさにここで——」デルレイはそういって、ごみの散らばる積載場の一カ所を指さした。「——さらに三人の蝙蝠男とふたりの蝙蝠女と落ちあいました。それから蝙蝠人たちは、倉庫にはいっていきました。それ以来、われわれ六人ないし七人のメンバーは交替でここを監視しつづけていました。ローテーションを決めて——」

ピアスンがちらりと見やると、ラインマンの顔は傷ついた思いと信じられぬ思いを同時に浮かべていた。それは、ひたいに刺青で《どうしてぼくをえらんでくれなかった？》と書きこんであるも同然の顔だった。

「——その結果、ここがボストン・メトロポリタン・エリアの蝙蝠人たちの集会場のような場所になっているとの確信を——」

《ボストンの蝙蝠……ボストン・バッツか》ピアスンは思った。《野球チームの名前にうってつけだな》ついでまたしても、例の思い——疑念が舞いもどってきた。《ここに腰をすえて、こんな常軌を逸した話をきいているのは……ほんとうにわたしなのか？　これは、ほんとうにわたしなのか？》

その思いにつづいて——この一瞬の疑念で記憶が刺戟されたのだろうか——デルレイが〝恐れ知らずの蝙蝠人ハンターたち〟にむかって語りかけた言葉が、耳の奥によみがえってきた……グループへの新参者ブランドン・ピアスンは、さいはての闇の地であるメッドフォードに住んでいる、と話していたあの言葉が。

ピアスンはラインマンにむきなおり、静かにその耳もとで話しかけた。

「さっき〈ギャラハーズ〉でジャネットに電話をかけたとき、きみはわたしをここに連れてくるという話をしたんだな？」

ラインマンは、〝ぼくは話をきいてるんだ〟といいたげな苛立ちの顔――そこには傷ついた表情がまだ残っていた――を見せると、「もちろん」と答えてきた。

「その電話で、わたしがメッドフォードに住んでいるという話もジャネットにきかせたのかい？」

「まさか。ぼくがあなたの住所を知ってるはずはないでしょうが。お願いだから、話に集中させてください！」そういってラインマンは、ぷいと正面にむきなおった。

「それ以来、この周囲になにもない地にある倉庫をおとずれた車は、わたしたちの記録では三十五台になります。そのほとんどが高級車やリムジンでした」デルレイはその言葉が一同の頭に滲みこむまで待ち、またもや腕時計を一瞥して話の先を急いだ。「その車の大半が、十回いしそれ以上にわたって、この倉庫をおとずれています。ここが集会場だか社交の場だかはわかりませんが、蝙蝠人たちはこんな人里離れた場所を見つけたことで、おそらく悦にいっているにちがいありません。しかし、そんな思惑とは逆に、連中はいずれ自分たちが追いつめられたことを悟るはずです。というのも……少々お待ちいただけますか、みなさん……」

デルレイは体の向きを変えて、レスター・オルスンと低い声で話をしはじめた。ケンドラという女がその会話にくわわる――ケンドラは卓球の観戦者よろしく、頭をせわしなく左右にふり動かしていた。椅子に腰かけた聴衆はみな、困惑とまごつきの入り混じった顔で、この声をひそめた会話のようすを見つめていた。

ピアスンには、彼らの気持ちが手にとるようにわかった。《なにか大きなことが起こる》ラインマンはそう約束していたし、彼らがこの部屋にあつまってきたときのようすから、全員がおなじ約束をされていたことが感じとれもした。そしてその〝なにか大きなこと〟というのが、結局は一枚きりのモノクロ写真、それも紙屑と捨てられた下着と使用ずみコンドームの海に浮かんでいる倉庫の廃屋の写真だけだと知らされた。いったい、あの写真のどこがおかしいのか？

《ほんとうの爆弾は、あのスーツケースのなかにはいってるんだな》ピアスンは思った。《ところで、そばかす小僧くん、どうしてわたしがメッドフォード在住だと知っていたのかな？　その件については、スピーチのあとの質疑応答のときにでも問いただすつもりだからね。本気だよ》

例の感情——顔の火照り、心臓の動悸、それらすべてを圧するほどのタバコへの欲求——が、これまでになく強まってきた。大学時代に何回か経験した、不安神経症の発作のようだった。いったいこれはなんだ？　恐怖でないのなら、こんな気持ちになる理由はなんだというんだ？《ああ、これは恐怖だよ——そうはいっても、たったひとり蛇の巣に迷いこんだ正気の人間の感じる恐怖というだけじゃない。おまえは蝙蝠人が現実の存在だと知っている——だからおまえは正気をうしなってなどいないし、その意味ではラインマンもモイラも、キャム・スティーヴンズやジャネット・ブライトウッドもおんなじだ。しかし……それでも……あの写真はぜったいにどこかおかしい……どこかがほんとにおかしい。その理由は……あの男のように思える。ロビー・デルレイ、ペンキ屋で、人類の救済者。あの男は、わたしの住所を知っていた。ブライトウッドがデルレイに電話をかけて、ラインマンがきょうの会合にファースト・マーカンタイル銀行の人間を連れてくるそうだ、という話をきかせたのだろう。新参者の名前はブランド

ン・ピアスンだ、と……それをきいたデルレイは、わたしのことを調べた。なぜそんなことを？　そもそも、どうやって？》

頭のなかに突然、ラインマンの声が響きわたった。《……連中が狡猾で、あちこちの組織の上層部に友人がいるからです……いや、〝上層部〟というのが、そもそも連中のことなんですがね……》

もし組織の上層部につてがあれば、だれかの背景調査などあっという間にできるのではないか？　しかり。上層部の人間ならば、あらゆるコンピュータにアクセスできるパスワードをもっているし、適切な人口動態統計の数字をでっちあげることもできる……。

悪夢からたったいま目覚めた人のように、ピアスンはぎくりとして背すじを伸ばした。と同時に無意識のうちに蹴りだした足が、窓の開閉用ポールにぶつかった。ポールがすべって倒れはじめた。一方、部屋の前でおこなわれていた秘密会談は、三人の大きなうなずきとともに終了した。

「レス？」デルレイがたずねた。「きみとケンドラのふたりで、もういちどちょっと手を貸してもらえるかな？」

ピアスンは手を伸ばし、ポールがだれかの頭を直撃しないうちに――さらには先端の小さいが恐ろしげなフックが、だれかの頭皮を抉《えぐ》りとらないうちに――つかまえようとした。ポールを首尾よくつかんで、もとの壁ぎわの場所にもどした拍子に、地下室の窓から室内をのぞきこむゴブリンめいた顔が目に飛びこんできた。黒い目――ベッドの下にうち捨てられたぼろ人形の目に似た黒い目――が、ピアスンの大きく見ひらいた青い瞳をのぞきこんだ。幾筋にもわかれた肉がねっとり蠢くさまは、天文学者が〝ガス巨人〟と呼ぶ惑星の表面を覆う大気の筋を思わせた。肉瘤だらけの毛のない頭皮の下で、黒い蛇のような血管が脈打っていた。大きくひらいた顎門《あぎと》で、牙がぬらぬら光っている。

「この忌まいましいしろもののふたをあけるのを手伝ってほしいんだ」デルレイの声が、銀河系の反対側からきこえてきた。「えらくしっかり、貼りついているみたいなんでね」

ブランドン・ピアスンにとっては、時間が逆もどりして、またあの午前中の瞬間が復活したようにさえ思えた——悲鳴をあげようとしたのだが、今回もショックで声が奪い去られており、低いくぐもった苦しげな声——眠りながらうなっている男のような声——しか出てこなかったのだ。

だらだらと散漫なスピーチ。

無意味な写真。

そして、腕時計をしじゅう盗み見ていたこと。

《落ち着かない気分にならないか？　これだけたくさんの仲間たちが、みんな一カ所にあつまっているという情況に？》そのピアスンの質問に、ラインマンは笑顔でこう答えてきた。《いいえ。ロビーは蝙蝠人のにおいを嗅ぎつけることができるんです》

今回は、だれも悲鳴を抑える人間はいなかった。そして今回は、ピアスンの二回めの努力が見事に実を結んだ。

「**罠だ！**」ピアスンはすっくと立ちあがるなり、大声で叫んだ。「**これは罠なんだ！　みんな、いますぐここを出ろ！**」

人々が首を伸ばし、驚きの表情でピアスンを見つめてきた。しかし、まったく頭を動かさない人間が三人だけいた。デルレイとオルスン、それにケンドラという黒髪の女だ。三人はちょうどスーツケースのラッチをあけ、ふたをひらいたところだった。三人とも顔にショックと罪悪感を見せてはいたが……驚きの色はなかった。この場に当然の驚きという感情だけが、すっぽりと欠落していたのである。

「すわってください！」ラインマンがきつい声を出した。「いったいなにを考えて——」

上の階で、いきなり荒々しい音とともにドアがひらいた。つづいてブーツの靴底で床を踏みしだく跫然《きょうぜん》たる足音が階段にむかってきた。

「いったいなんなの？」ジャネット・ブライトウッドがたずねた。まっすぐラインマンに投げかけられた質問だった。大きく見ひらかれた目に恐怖がたたえられていた。「その人は、いったいなんの話をしてるの？」

「**逃げろ！**」ピアスンはわめいた。「**とっと逃げろ！　やつの話はまったくのでたらめだ！　わたしたちは罠のまっただなかにいるんだよ！**」

地下室に通じる階段のいちばん上にあるドアが大きな音をたててひらき、その上によどむ闇のなかから、ピアスンがきいたこともない恐ろしげな音が響いてきた——柵に投げこまれてきた生きている赤ん坊をかこんで、たがいに牙を剝きあっている獰猛な闘犬の大集団を連想させる音だった。

「なんの音？」ジャネットが悲鳴をふりしぼった。「だれが上にいるの？」

しかし、その顔には疑問のかけらもなかった。それは、上にだれがいるのかを充分に知りつくした人間の顔だった。〝だれ〟ではない——〝なにが〟いるのか、を。

「落ち着いて」ロビー・デルレイが混乱した人々——その大多数はまだ折りたたみ椅子にすわったままだった——にむかって怒鳴った。「彼らは〝大赦〟を約束してくれたんだ。きいてるのか？ ぼくの話がちゃんとわかってるか？ いいか、連中はぼくの前でおごそかに——」

その瞬間、ピアスンが地下室をのぞきこむ蝙蝠人の顔を最初に見かけた窓の左隣の窓ガラスが内側に砕け散り、ガラスの破片が壁ぞいの列の椅子にすわっている男女の上に降りそそいだ。へりが不ぞろいになったガラスの穴から、〈アルマーニ〉のスーツをまとった腕がにゅっと伸びてきて、モイラ・リチャードスンの髪の毛をわしづかみにした。モイラは悲鳴をあげて、髪の毛をつかんだ手をめった打ちにしはじめたが……手は人間の手ではなかった。キチン質の長い爪を伸ばした猛禽の鉤爪そのものだった。

ピアスンはなにも考えないまま、とっさに窓開閉用ポールをつかみ、血管を脈打たせながら窓からのぞきこむ蝙蝠じみた顔にむかって、先端のフックを思いきり突きだした。フックは、怪物の片目に突き刺さった。前方に伸ばしたピアスンの腕に、ねっとりと濃厚で、かすかな刺戟臭のある墨のような液体が降りかかった。蝙蝠人が、荒々しい咆哮をあげて——ピアスンにはそれが苦痛の悲鳴にはきこえなかったが、そう思ってもばちは当たるまいと思った——霧雨の降る夜闇にむかってうしろむきに倒れ、同時にピアスンの手からポールをもぎとっていった。怪物の姿が完全に視界から消える寸前、その腫瘍めいた肌から白い霧が噴きだしてくるのが見え、同時に不快な臭気

（埃と小便と極辛のチリペッパー）

がふっと鼻に吹きつけてきた。

　キャム・スティーヴンズがモイラを両腕で抱きよせながら、ショックと信じられぬ思いの目つきでピアスンを見ていた。周囲の男も女も、みな判で捺したようにうつろな表情をしていた。猛然と驀進《ばくしん》してくるトラックのヘッドライトのなかで凍りついた鹿の群れのようだった。

《こいつらは、どう見ても抵抗運動の戦士なんかじゃない》ピアスンは思った。《毛を刈るために柵に追いこまれた羊の群れだ……そして羊のユダ野郎が陰謀仲間といっしょに部屋の前に立って、この羊の群れを引き立てていこうとしてるんだ》

　上の階からは獰猛な咆哮がじりじりと接近しつつあったが、ピアスンの予想よりもペースは遅かった。ついでピアスンは、階段の幅が狭かったことを思い出した。ふたりの男がならんで歩けないほど狭かった。ピアスンは感謝の祈りをつぶやきながら、前に歩いていくと、ラインマンのネクタイをひっつかみ、この男を無理やり立たせた。

「とっとと、ここから逃げだすんだ。裏口はないのか？」

「わ、わ……わからない」ラインマンはひどい頭痛に襲われてでもいるように、片方のこめかみをゆっくりと、強く揉んでいた。「ロビーがこんなことをしたのか？　あのロビーが？　そんな馬鹿な……嘘だろう？……」

　そういいながら、哀惜と衝撃をたたえた目つきでピアスンを一心に見つめてくる。

「残念ながら、それが事実のようだな。さあ、早く」

　ピアスンはラインマンのネクタイをつかんだまま、通路のほうに二歩ばかり進んで、そこで棒立ちになった。デルレイとオルスンとケンドラの三人は、早くもスーツケースの中身をとりだしており、いまでは三人とも、細長い珍妙なショルダーストックがついた拳銃サイズのオートマティック銃器をかまえていた。これまでピアスンは映画やテレビ以外で実物のウジ・サブマシンガンを見たことはなかったが、これがその現物だろうと見当はついた。ウジか、あるいはウジを小型化した親戚だろうが……そんなことが問題だというのか？　銃にはちがいない。

「動くな」デルレイがいった。その言葉はピアスンとラインマンにむけられていたようだった。笑顔を見せようとしているのだろうが、いまなお判決は有効だと知らされたばかりの死刑囚舎房の囚人の渋面にしか見えなかった。「みんな、いまの場所から動くな」

ラインマンは歩きつづけて、いまは通路にはいっていた。ピアスンはそのすぐうしろ。ほかの面々も立ちあがって、ふたりのあとにしたがってきたが、不安げにうしろをふりかえっては、階段に通じる戸口のほうをのぞき見ていた。彼らの目はいちように、自分たちは銃がきらいではあるものの、一階からただよい降りてくる猛々しいうなり声や咆哮も、負けず劣らず気にくわない、と語っていた。

「なぜなんだ？」ラインマンがたずねた。ピアスンには、この男が泣きだす寸前まで追いつめられていることがわかった。ラインマンは腕を前に突きだして、手のひらをかかげた。「どうしてぼくたちを売るような真似をした？」

「動くな、デューク。警告しているんだぞ」レスター・オルスンが、スコッチの作用で柔らかくなった声でいった。

「ほかの人はうしろに下がっていなさい！」ケンドラがきつい声で一喝した。その声には、もの柔らかな響きはかけらもない。目は眼窩のなかで左右にせわしなく動き、地下室全体を同時に視界におさめようとしていた。

「逃げられるチャンスは万にひとつもないぞ」デルレイがラインマンにいった。まるで懇願するような口調でもあった。「やつらは一階にいるんだ。その気になれば、いつでもぼくたちを一網打尽にできる。それなのに、連中はぼくに取引をもちかけてきた。わかってるのか？　ぼくはだれも売り飛ばしてなんかいない。あいつらがぼくのところに来たんだ」

自分にとってはその差異が意味のあることに思えるのだろう、デルレイは熱っぽく語っていたが、落ち着きのないまばたきの動作が正反対のメッセージをつたえていた。その光景は、まるでもうひとりのロビー・デルレイ、善なるロビー・デルレイがこの男の内側に存在しており、その男が恥知らずなこの裏切りとおのれを切り離そうと躍起になっているかにも見えた。

「**おまえはクソったれの大嘘つきだ！**」デューク・ラインマンは裏切りに傷つき、事情を理解した怒りにひび割れた声でかん高く叫ぶと同時に、かつてレッド路線の電車で自分の正気を助けた男、おそらく命をも助けたといえる恩人につかみかかっていき……たちまちあたりは大混乱におちいった。

ピアスンがそのすべてを見られたはずはない――それでも、すべてを目撃したように思えた。まずロビー・デルレイがためらいののち、かまえていた銃を横にむけた。ラインマンを撃つ代わりに、銃身で殴ろうとしているかに見えた。ついでレスター・オルスン――怖じ気づいて取引を結ぼうという心境になる以前には、ニューベリーポートの納屋で蝙蝠人を〝ばん－ばん－ばん〟と撃ち殺しもした男――がウジの細長いストックをベルトのバックルにしっかり固定し、引金を引くのが見えた。銃身にある細い通気穴の奥に青い炎が閃くのが見えると同時に、乾いた〝かた！　かた！　かた！　かた！〟という音がきこえ、ピアスンはこれが現実世界でのオートマティック銃器の銃声なのだろうと思った。なにか目に見えない物体が、顔のすぐ前の空間を切り裂いて突進していく音もきこえた――幽霊の小さな悲鳴のような音だった。つづいてラインマンが白いシャツから鮮血を噴きあげ、クリーム色のスーツを血しぶきで染めながらあおむけに倒れこんでいくのが見えた。ラインマンのまうしろに立っていた男が、床にがっくりと膝をついた――目もとを両手で覆い、指のあいだから血があふれだしていた。

会合がはじまる前に、だれかが――ジャネット・ブライトウッドだろう――階段から地下室に通じるドアを閉めていた。いまそのドアが派手な音とともにあいて、ボストン警察の制服を身にまとったふたりの蝙蝠人が地下室に躍りこんできた。その体に比して大きすぎる頭部、奇怪にも肉がつねに蠢きつづけている頭部の中央から、ぎゅっと寄りあつまったような小さな顔が貪婪な目をむけてきていた。

「大赦だ！」ロビー・デルレイが悲鳴をあげていた。顔に散ったそばかすが、いまは烙印のようにくっきり浮かびあがっていた――その下の肌が灰のようにまっ白になっていたからだ。「大赦だぞ！　おまえたちがいまの場所に静かに立って、両手を上にあげていたなら、ぼくには大赦があたえられるという約束だったんだ！」

何人かの人々――その大多数はコーヒーメーカーの近くにいた人たちだった――はほんとうに手をあげたものの、同時にあいかわらず蝙蝠人からあとずさってじりじり離れていた。蝙蝠男のひとりがぐいと猿臂《えんぴ》を伸ばし、ひとりの男のシャツの胸ぐらをつかんで引き寄せた。なにが起こっているのかをピアスンが見てとるよりも早く、蝙蝠人は男の目玉を抉りだしていた。怪物はゼリー状の液体にまみれた物体を不気味で奇怪な形の手のひらに載せてしばし見つめたのち、自分の口にぽんと投げこんだ。

さらにふたりの蝙蝠人が地下室に走りこんできて、例の黒く輝く目であたりを見まわしているあいだ、もうひとりの警官蝙蝠が官給品のリボルバーをとりだし、群衆にむかってでたらめに三発の銃弾を撃ちこんできた。

「やめろ！」ピアスンの耳をデルレイの叫びがつんざいた。「よ、よせ、約束し、し、したじゃないか！」

ジャネット・ブライトウッドがコーヒーメーカーを両手でつかんで頭の上にかかげ、新来の蝙蝠人の片割れに投げつけた。見事命中したコーヒーメーカーはくぐもった金属的な音をたてながら、煮えたぎるコーヒーを怪物の全身にぶちまけた。今回の悲鳴は、まぎれもなく苦痛の悲鳴だった。警官蝙蝠の片方が、ブライトウッドに手を伸ばした。ブライトウッドはその手をからくもかわして走りだしたものの……足をとられて転び、たちまち部屋の前方にむけて走りだした群衆のなかに姿を消した。

いまやガラス窓のすべてが叩き割られていた。ピアスンは、ほど遠からぬあたりから近づくサイレンの音に気づいた。見ると蝙蝠人たちはふた手にわかれ、部屋の左右から早足で前進しつつあった。おそらくパニックを起こした〈十時の人々〉を挟み撃ちにして、うまくイーゼル――すでに押し倒されていた――のうしろの在庫置場に追いこもうという肚なのだろう。

オルスンが自分の武器を投げ捨ててケンドラの手をつかみ、その在庫置場の方角にむかって走りだした。たちまち地下室の天井にあいた窓のひとつから蝙蝠人の腕がぬうっと伸びでてきたかと思うと、オルスンの芝居がかった白髪をわしづかみにして、体を上に引きあげた。オルスンは息を詰まらせてもがいている。つづいておなじ窓からもう一本の腕が伸びてきて、十センチ近い長さの爪がオルスンののどをざっくり切り裂くと、そこから真紅の鮮血が洪水の勢いであふれだした。

《海岸に近い納屋で蝙蝠人を銃で撃ち殺した日々は、これでもう完全に過去のものになったな、ご同輩》ピアスンは胸のむかつきをおぼえながら思った。ついで、また部屋の正面にむきなおる。デルレイは、ふたのあいたままのトランクと倒れたイーゼルのあいだに立ちすくんでいた──銃をもった手が力なく垂れ下がり、目はショックのあまり空虚そのものになっている。ピアスンが銃のストックを指から奪いとっても、デルレイは抵抗ひとつしなかった。

「あいつらは、ぼくに大赦をあたえると約束したんだ」デルレイはピアスンにいった。「ほ、ほんとに約束したんだぞ」

「あんな面がまえの連中を、おまえは本気で信頼できる相手だと思ったのか？」ピアスンはそういうなり、渾身の力をふるってデルレイの顔面に銃のストックを叩きつけた。なにかが──デルレイの鼻の骨だろう──ぐしゃりと砕ける音がきこえると、ふだんは銀行家としての魂の内側にひそんでいるが、いまは目を覚ましている野蛮人としてのピアスンが、この粗暴そのものの荒っぽい行為に快哉を叫んだ。

それからピアスンは積まれた段ボール箱のあいだの通路を、ジグザグ状に進んでいったが──通路はがむしゃらに進もうとする人々の群れの力で、左右に押し広げられていた──建物の裏側から響く銃声を耳にして足をとめた。銃声……悲鳴……そして勝利の雄叫び。

すかさずピアスンが身をひるがえすと、折りたたみ椅子のあいだの通路の終端部で棒立ちになっているキャム・スティーヴンズとモイラ・リチャードスンの姿が目に飛びこんできた。ふたりともまったくおなじショックの表情を浮かべて、手を握りあっていた。ピアスンは一瞬のあいだに、《きっと、お菓子の家からようやく逃げだしてきた直後のヘンゼルとグレーテルのふたりも、こんなふうに見えたんだろうな》と考え、とっさに体をかがめてケンドラとオルスンが落とした銃を拾いあげると、目の前のふたりに一挺ずつ押しつけた。

うしろのドアから、さらに二匹の蝙蝠人が侵入してきていた。怪物たちは万事計画どおりだといいたげに、やすやすと動きまわっている……いや、じっさいに計画どおりなのだろう、とピアスンは思った。いまや修羅の場は、この家の裏手に移動していた——ここではなく、家の裏手こそが家畜の柵だったのだ。そしていまや蝙蝠人たちは、羊の毛を刈りとっているだけではなかった。

「しっかりしろ」ピアスンはキャムとモイラにいった。「あの連中をやっつけるんだ」

ひと握りの難民が向きを変えて反撃してきたことに、地下室の入口側にいた蝙蝠人が気づいたときにはもう遅かった。そのうち一匹があわてて体をひるがえして逃げようとしたが、そこで新たに地下室にやってきた仲間と鉢あわせをしたうえに、こぼれたコーヒーに足をとられた。二匹の蝙蝠人は倒れかかった。ピアスンは、まだかろうじて立っていた蝙蝠人に銃口をむけて引金を絞った。小型のサブマシンガンは、なにがなし頼りなげな〝かた！　かた！　かた！〟という音しかたてなかったが、蝙蝠人がうしろにのけぞると同時に、その異形の顔が爆発して、悪臭芬々たる瘴煙《しょうえん》を噴きあげた……それを見たピアスンは、蝙蝠人たちがじっさいにはただの幻影でしかないような思いをいだいた。

キャムとモイラもピアスンの意図を察し、勢いよく左右に銃口をふり動かしながらの射撃で蝙蝠人たちをとらえた。撃たれた蝙蝠人たちは壁に激しく叩きつけられ、そののち床に倒れていくそばから、たちまち実体のない煙と化し、衣服から滲みだしていった。ピアスンにはその煙の臭気が、ファースト・マーカンタイル銀行の外の花壇に植わっていた菊ときわめてよく似ているように思えた。

「よし、行こう」ピアスンはいった。「逃げだすなら、チャンスはいましかない」

「でも——」キャムがいいかけて口をつぐみ、あたりを見まわした。茫然自失状態を脱しつつある顔だった。これは吉兆だ——なぜならピアスンは、自分たちが生きてここを脱出するためには、なにをおいても完全に目を覚ましている必要があると感じていたからだ。

「気にしてはだめよ、キャム」モイラがいった。すでに地下室を見まわして、ここに残っているのは——人間であれ蝙蝠人であれ——自分たち三人だけであることを確かめていたのだ。それ以外の全員は、すでに地下室裏口から家の裏手へと出ていたのである。「とにかく逃げましょう。いちばん見こみのあるのは、最初に来たときにつかった出口だと思うの」

「そうだな」ピアスンはいった。「しかし、そこから逃げられるのも長いことじゃない」

それからピアスンは、さいごにもういちどだけ、ラインマンに目をむけた。ラインマンは苦悩と不信の入り混じった顔を凍りつかせたまま、床に横たわっていた。できれば瞼を閉ざしてやりたかったが、その時間の余裕はない。

「行こう」ピアスンは決然といい、三人は歩きだした。

三人がポーチ——およびその先のケンブリッジ・アベニュー——に通じるドアまでたどりついたそのとき、家の裏手からきこえていた銃声が熄《や》みはじめた。

《いったい何人が死んだことか》ピアスンはふと思った。《ひとり残らず皆殺しだ》——最初に浮かんできたその答えには背すじが寒くなったが、否定もままならぬ信憑性をそなえてもいた。ひとりかふたりは逃れたかもしれないが、助かった人間がそれ以上いるはずはない。すばらしい罠だった——ロビー・デルレイが無駄話で時間を稼いでいたあいだに、罠が音もなく組み立てられ、水も洩らさぬ柵が周囲にはりめぐらされていた。デルレイがしじゅう時計を確認していたのは、なんらかの合図を待っていたのだろう。しかしピアスンは、それに先んじて勘づいたのだ。

《もっと早く目を覚ましていれば、デュークが死ぬこともなかったかもしれない》ピアスンは苦々しい思いを嚙みしめた。たぶん、それは事実だろう——しかし〝望んで馬が手にはいるなら乞食も馬に乗れる〟のたとえどおり、望むだけならなんでもできる。それにいまは、罪のなすりつけあいにうつつをぬかしている場合ではない。

ポーチには見張りとして蝙蝠警官がひとりだけ残されていたが、警官は通りのほうをむいて立っていた——無用の邪魔だてを警戒してのことだろう。ピアスンはひらいたままのドアから身を乗りだして怪物に顔を近づけ、声をかけた。「よお、グロテスクな怪物野郎——タバコを恵んでくれるかい？」

蝙蝠警官がふりむいた。

ピアスンは一撃で怪物の顔を吹き飛ばした。

4

日付が変わり、午前一時を過ぎてまもないころ、三人――男がふたり、引き裂けたナイロンの服と汚れた赤いスカートをはいた女ひとり――は、サウス・ステーションの貨物積載場から走りでていく貨物列車の横を走っていた。ふたりの男のうち若いほうが、無人の有蓋車の四角い入口にひらりと飛び乗り、ふりかえって女に手をさしのべた。

女がよろけた拍子に、ローヒールの靴の踵が片方とれた。女は小さな悲鳴をあげた。ピアスンはすかさず女の腰に手をまわし（真新しい汗と恐怖のにおいの下から、〈ジョルジオ〉の香水の香りがひと筋だけ感じられ、ピアスンは胸のつぶれるような思いを味わった）、そのままいっしょに歩調をあわせて走りながら、女にむかって〝飛び乗れ〟と叫んだ。女がジャンプすると、ピアスンはその腰をつかみ、キャム・スティーヴンズが伸ばした手のほうに女の体を押しあげた。女がキャムの両手をつかんだのを見て、ピアスンはさいごにもういちど荒っぽく女を押して、体を引きあげているキャムに手を貸した。

女が飛び乗るのを手伝っていたせいで、ピアスンは心づもりよりも遅れていた。操車場のまわりに張りめぐらされているフェンスが、ほど遠からぬところに迫っている。貨物列車はその金網フェンスの開口部を通りぬけていくのだが、列車とピアスンがならんで走れるだけの幅はない。いますぐ急いで貨物列車に飛び乗らないことには、操車場に置き去りにされることになる。

キャムが有蓋車のひらいたドアから顔を出して周囲を見まわし、フェンスが近づいているのを見て、また手をさしのべた。

「早くしろ！」キャムは叫んだ。「大丈夫だ、乗れるって！」

これが昔なら飛び乗れるはずがなかった——一日にふた箱のタバコを吸っていた時分であれば、ぜったいに無理だった。しかしいま、ピアスンは両足と肺が昔よりも力をもっていることを発見していた。ピアスンは、ともすれば足をとられやすい、線路横のごみだらけの石炭殻の上を全力疾走して、またも低速の列車より速く走りつつ、精いっぱい手を上に突きあげて五本の指を大きく広げ、相手がさしのべた手をつかもうとした。一方で、フェンスは着々と近づきつつある。いまやピアスンにも、金網フェンスのつくるダイヤモンドを縦横に縫うように織りこまれている、見るも恐ろしい鉄条網までもがはっきりと見えていた。

その瞬間、心の目がぱっちりとひらき、居間の椅子に腰かけている妻の姿が見えた。妻は泣きはらした顔で、目はまっ赤に充血している。妻がふたりの警官にむかって、夫が失踪したと告げている光景も見えてきた。そればかりか、妻の横のテーブルの上においてある、娘のジェニーの〝飛びだす絵本〟まではっきりと見えた。これは現実の出来ごとなのだろうか？　そうだ——多少の差異はあれ、こういう展開になっているのだろう。そして、生まれてこのかた、一本のタバコも吸ったことのない妻リスベスには、さしむかいのソファに腰かけた警官の若々しい顔しか見えない。その下にある黒い目や鋭く尖った牙は見えていないのだ。膿汁を垂れ流す腫瘍も見えなければ、皮膚が剝きだしになった頭部を網の目状に覆ってぴくぴく脈打つ、あのどす黝《ぐろ》い線も見えないにちがいない。

わかるわけがない。見えるわけがない。

《見えない目をもつ妻は幸いなるかな！》ピアスンは思った。《願わくは、死ぬまで見えないままであってくれ》

ピアスンは黒々とした巨獣——西にむかう連合鉄道会社の貨物列車——のほうへ、ゆっくりと回転する鋼鉄の車輪の下から螺旋状に立ち昇る、オレンジ色の火花のほうへと、よろめきながら近づいていった。

「走って！」モイラが有蓋車のドアからさらに身を乗りだし、必死に手を伸ばしながら金切り声で叫んだ。「お願い、ブランドン——あともうちょっとだから！」

「急ぐんだ、のろま！」キャムが叫んだ。「クソったれフェンスに気をつけろ！」

《無理だ》ピアスンは思った。《急ぐなんて無理だ、フェンスに気をつけるなんて無理だ。いまはただ横になりたい。横になって眠りたい》

ついで思いがデューク・ラインマンにおよぶと、ようやく走る速度をわずかにあげることができた。いまだ若く経験のすくなかったラインマンは、ときに人々が根性をなくして裏切りをすることもまだ知らず、いわんやその裏切り行為を本心から崇高なものだと思いこむことすらあるとは知りもしなかった。しかしあの男は、ここぞというときにピアスンの肘を力いっぱいつかみ、悲鳴という自殺行為を押しとどめてくれるだけの経験は積んでいた。そのラインマンなら、ここでピアスンがくだらない操車場にひとり置き去りにされるような事態はぜったいに望まなかっただろう。

ピアスンはさいごの力をふり絞り、さしのべられた手にむかって全力で走り——目の隅で、飛ぶようなスピードで接近してくるフェンスを見ながら——キャムの指をつかんだ。すかさずジャンプ。モイラの腕がしっかり両のわきの下を支えてくれたのを感じるなり、ピアスンは体をくねらせて車内に乗りこみ、あわてて右足を有蓋車のなかに引きこんだ——あと一瞬でも遅ければ、ローファーもろとも、右足をフェンスに引きちぎられていたところだった。

「全員乗車完了、さあ、冒険の旅に出発進行だな！」ピアスンは荒い息の下からいった。「挿画はもちろんN・C・ワイエス！」

「なに？」モイラがたずねた。「なんの話？」

ピアスンは寝がえりをうつと、肘で体を起こしながら、もつれあった髪の毛ごしにふたりを見あげた。「いや、いいんだ、気にするな。だれかタバコをもってるか？　一服したくて死にそうだ」

ふたりはあきれた顔で、なにもいわずにしばしピアスンの顔を見つめ、ついでたがいに顔を見あわせてから、まったく同時に大声で爆笑しはじめた。これこそ、ふたりが心から愛しあっている証拠だろう、とピアスンは思った。

ふたりが抱きあったまま、有蓋車の床でいつまでも笑いころげているあいだに、ピアスンはゆっくりと体を起こし、汚れきって布地が裂けたスーツの上着の内ポケットを手でさぐった。

「あああ」ふたつめのポケットに手を入れて、馴染みぶかい形の物体をさぐりあてたとたん、ピアスンの口からそんな声が洩れた。ピアスンはひしゃげたタバコの箱をとりだすと、高々とかかげた。「勝利を祝って一服しようじゃないか！」

有蓋車がマサチューセッツ州を横断する形で西をめざして走っていくあいだ、あいたままの戸口の闇には、三つの小さな熾火《おきび》が光っていた。一週間後、三人はネブラスカ州のオマハにいた――毎日午前中はゆったりとダウンタウンをうろつきながら、どしゃぶりの雨でもコーヒーブレイクのために外に出ている人々、〈十時の人々〉をさがしていた。そう、〝うしなわれた部族〟のメンバーを、キャメルの箱の駱駝のあとについて永遠に放浪しつづける集団のメンバーをさがしもとめていたのだ。

十一月には、ラヴィスタ地区の金物店の廃屋の裏の部屋を会場とする集会への出席者が、二十人をかぞえるようになっていた。

年が明けてまもなく、彼らは対岸のカウンシルブラフズの街で最初の一斉襲撃を敢行し、完全に不意をうたれて動顚しきっていた蝙蝠銀行家や蝙蝠重役を、合計で三十匹殺害することに成功した。さしたる勝利ではない。しかしブランドン・ピアスンは、蝙蝠人の駆除と喫煙量を減らすことのあいだに、すくなくともひとつは共通点があることを見いだしていた――どちらも、どこからか手をつけなくてはいけない仕事なのである。

(*The Ten O'clock People*)

クラウチ・エンド　小尾芙佐［訳］

女がようやく立ち去ったのは、午前二時半近くになろうというころだった。クラウチ・エンドの警察署の外では、トテナム小路《レイン》は生気のない小川に見えた。ロンドンは眠っている……だがロンドンの眠りは深くない、その夢は不穏だ。

ヴェター巡査は、ノートを閉じた。逆上したアメリカ人の女の口から不思議な話が吐き出されるにつれ、そのノートもほとんど埋まっていた。彼はタイプライターとその横の棚にのっているまっさらな用紙の山を見た。「夜が明けりゃ、これも奇天烈《きてれつ》な話ってことになるな」

ファーナム巡査はコークを飲んでいる。長いあいだ口を開かなかった。「アメリカの女ですからねえ」ようやく口を開いた彼は、それでその話のほとんど、あるいはすべてが納得がいくとでもいうようだった。

「未処理の事件簿に入れられるさ」ヴェターは、あたりを見まわして煙草を探した。「だがほんとうのところ……」

ファーナムは笑った。「まさか、あの話をちょっとでも信じるっていうんじゃないでしょうね？　さあ、さあ！　もっとからかってくださいよ！」

「信じるなんていったか？　いってない。けど、おまえさんは新入りだもんな」

ファーナムはちょっと背を伸ばした。彼は二十七歳、北のマスウェル・ヒルからここに転属になったのはなにも本人のせいではないし、二倍も年をくったヴェターが、この静かなロンドンの片田舎、クラウチ・エンドでまったく平穏なキャリアを送ってきたのも本人のせいではない。

「たぶんそうかもしれませんが」と彼はいった。「でも――まあ失礼なことをいうつもりはないですが――おれは、聞いただけ、見ただけで作り話はわかりますよ」

「一本くれないか」ヴェターはいった。からかうような顔つきだ。「や、どうも。おまえさんはいい子だ」ヴェターは、駅でくれる真っ赤なマッチを取り出して煙草に火をつけ、振って火を消したマッチ棒の燃えがらをファーナムの灰皿にほうりこんだ。そしてかすみのように漂う煙の向こうの若者をすかすように見た。かつては若者だったヴェター自身のきりりとした容貌もとうの昔に衰えていた。その顔には深い皺が刻まれ、鼻はとぎれとぎれの静脈が地図を描いている。一晩にラガービールのハーフを六本あけるというのが、ヴェター巡査の習慣だ。「じゃあ、おまえさんはクラウチ・エンドがとっても静かな土地だと思ってるのかい?」

ファーナムは肩をすくめた。じっさいのところ、クラウチ・エンドは郊外の大あくびの町だ――弟ならよろこんで、タイクツ・クソトリアムとでも呼ぶだろう。

「そうだな」ヴェターはいった。「そうだろうと思うよ。おまえさんの考えているとおりさ。この町はほとんど毎晩十一時までには寝てしまう。事実そのとおりだ。だがおれは、このクラウチ・エンドでいろいろと妙なものを見てきたんだよ。おまえさんも、おれの半分もここにいれば、その分け前にぞんぶんあずかれるぞ。この八ブロックほどの静かな地域では、ロンドンのどこよりも妙なことがぞろぞろ起きているんだよ――その数たるや、たいしたもんだがね。でもおれは信じてる。おれは怖いよ。だからラガーを飲む、そうすりゃ怖くなくなる。ゴードン巡査部長をいつかようく見てみろ、ファーナム。なんであのひとの髪の毛が四十にしてあんなに真っ白なのか考えてみるといい。ペティを見ろといいたいところだが、まあ、それはできんわな。ペティは一九七六年の夏に自殺しちまった。暑い夏だったよ。あれは……」ヴェターは言葉を選んでいるようだった。「あれはまったくひどい夏だった。まったくひどい。やつらが侵入してくるんじゃないかと心配した連中は大勢いたよ」

「だれがどこへ侵入してくるんです？」ファーナムが訊いた。賢いことではないと知りつつも、小馬鹿にしたような笑みが思わず口のはたにうかんでしまったが、それは抑えようがなかった。ヴェターは、彼なりにとはいいながら、あのアメリカ女みたいにわめきたてているも同然だ。いつもちょっと変わったところがある。たぶん酒のせいだろう。そのときヴェターが笑みをもらしているのにファーナムは気がついた。

「おまえさん、おれがちょっと気の触れたおいぼれだと思ってるんだろう」と彼はいった。

「ぜんぜん、ぜんぜん」ファーナムは内心うめき声をあげながら否定した。

「おまえさんは、いい子だ」ヴェターはいった。「おれの年になるまでこの署で机にへばりついてることはなかろうよ。警察に勤続すりゃあ、そんなことはあるまい。勤続するのかい？それが望みなのかい？」

「はい」とファーナムはいった。それは事実だった。彼はそれを望んでいた。たとえシェイラが、警察をやめてもっと頼りがいのあるところに勤めてほしいといったって、自分は勤続するつもりだった。シェイラの望みはたぶん、フォードの組み立てラインだが。フォードの工場の間抜けどもの仲間入りするなんて考えただけで胸がむかむかする。

「そうだと思ったよ」ヴェターはいって煙草をもみけした。「性が合うんだろうな？　おまえさんは出世するだろうし、行きつくところがこのクラウチ・エンドなんてこともなかろうよ。それにしてもおまえさんにはまだ、すっかりわかっていない。クラウチ・エンドは奇妙な町だ。いつか未処理の事件簿をのぞいてみてごらんよ、ファーナム。ああ、たいていはありふれた事件さ……女の子や男の子が家出する、ヒッピーだかパンクだか、いまはなんて呼んでるのか知らないが、そんなものになりたいといってさ……旦那が失踪した（やつらの女房を見りゃあ、おおよそどうして旦那が消えたか見当はつくがね）……おみや入りの放火……ひったくり……そんなところさ。だが、そういうものにはさまって、血も凍るような話がどっさり詰まっているのさ。なかにはヘドを吐きたくなるようなやつもいくつかある」

「ほんとの話ですか？」

ヴェターはうなずいた。「そんななかには、あの気の毒なアメリカの女がさっき喋っていった話とそっくりな話もあるんだ。あの女は、もう二度と旦那には会えないな――それはたしかだ」彼はファーナムを見て肩をすくめた。「信じるにせよ、信じないにせよだ。どっちだって同じことだよな？　ファイルはあそこにある。われわれはあれをオープン・ファイルと呼んでいる。お残りファイル、どうとでもしゃがれファイル、なんていうよりはずっとお上品だろ。しらべてみな、ファーナム。しらべてみなよ」

ファーナムは黙っていたが、じっさいは、〈しらべてみる〉つもりだった。アメリカの女が話したような一連の事件が多数あったかもしれないと考えると……穏やかならぬ心地がした。

「ときどきなあ」ヴェターはいいながら、ファーナムのシルクカットをもう一本失敬した。「異次元というものについて考えるんだよ」

「異次元？」

「そうだよ、坊や——異次元さ。SF作家はしょっちゅう異次元の話を書くじゃないか？　SFは読んだことがあるかい、ファーナム？」

「いえ」とファーナムはいった。どうやらこれはご念のいったおふざけだと彼はきめこんだ。

「ラヴクラフトはどうだ？　彼の作品を読んだことはあるかい？」

「そんなひと聞いたこともありませんよ」ファーナムはいった。彼が余暇に読んだ最近の小説といったら、じつのところ『絹の半ズボンをはいた二紳士』というヴィクトリア時代の短い戯作だった。

「まあ、このラヴクラフトというひとは、いつも異次元を題材にして書いていたがね」ヴェターはいいながら、駅でもらったマッチを取り出した。「われわれの次元に近い次元だな。ひと目見ただけで人間を狂わしてしまうような不死の怪物がうようよいるところだ。むろんひどいたわごとだがね。ただ、ああいう連中が署にぽつりぽつりとやってくるとき、ほんとうにそういう話が、ぜんぶまったくとほうもないたわごとなのかどうか迷うんだよ。そこでおれは考えるんだ——いまみたいに、静かな夜更けに——われわれの世界は、正常で正気ですばらしいと思っているこの世界は、じつは空気の詰まっている大きな革のボールみたいなものかもしれない。ただところどころ革がすりきれたところがある。薄くなってほとんどなにもなくなっているところがある。バリヤーがうんと薄くなっているところがほうぼうにあるんじゃないか。おれのいうことわかるかい？」

「ええ」とファーナムは答え、そして思った。たぶん、あんた、おれにキスするといいよ、ヴェター——おれって、からかわれると、キスしたくなるんだ。

「そこでおれは考える、クラウチ・エンドもそういう薄い場所のひとつじゃないかとね。ばかばかしいけど、おれはそんなふうに考えているんだ。すごく空想的だと思うけどね。おふくろはいつもそういってたけど」

「おふくろさんがですか？」

「そうさ。ほかにおれがどんなことを考えたと思う？」

「さあ、わかりません——さっぱり」

「ハイゲイトはまあ大丈夫だ、とおれは思っているんだ——マスウェル・ヒルとハイゲイトではわれわれと異次元のあいだは充分厚い。だがアーチウエイとフィンズベリ・パークを例にとるとだね、どちらもクラウチ・エンドと境を接している。おれは両方に友だちがいるがね、どう見ても正気の沙汰とはいえないあることにおれが関心を持っていることを連中は知っている。奇天烈《きてれつ》な話をでっちあげてもなんの得にもならない連中が話してくれたおかしな話なんだがね。おまえさん、不思議に思わなかったかい、ファーナム。なぜあの女は、あんな話をわざわざしたと思うかね、もしあれがぜんぶでたらめだとしたら？」

「そうですねえ……」

ヴェターはマッチをすり、焔の向こうのファーナムを見た。「美人の若い女、二十六歳、ホテルにふたり子供を残してきた、旦那は若い弁護士で、ミルウオーキーだかどっかでいい暮らしをしている。その女がわざわざこんなところにやってきて、ハマー・プロダクションがこしらえた映画みたいな話をして、いったいなんの得があるんだね？」

「わかりません」ファーナムはぎごちなくいった。「でもきっとなにか理……」

「そこでおれは考える」――ヴェターは彼を無視した――「もしそういう〈薄い場所〉がほうぼうにあるのだとしたら、そのひとつは、アーチウエイとフィンズベリ・パークからはじまっている……だがいちばん薄い場所はこのクラウチ・エンドだ。そしておれはこう考える。われわれと、そのボールの内側にあるものとのあいだの革の最後の部分がすっかりこすりとられるっていう日が来るんだろうか、とね。もしあの女が話してくれたことのたとえ半分でも事実なら、いよいよその日が来るんじゃないかってね？」

ファーナムは無言だった。ヴェター巡査はおそらく占いだの骨相学だのを信じていて、薔薇十字会員にちがいないと彼は断じた。

「未処理の事件簿を読んでみろ」とヴェターはいいながら立ち上がった。腰のうしろに手を当てて体を伸ばすと、こきっという音がした。「新鮮な空気を吸いに外に行ってくるよ」

彼はぶらぶらと出ていった。ファーナムは、好奇心と憤りが相なかばした表情で彼を見送った。ヴェターはたしかにちょっと変わっている。おまけにずうずうしい煙草泥棒だ。この福祉国家のすばらしき新世界だって、煙草は安いしろものじゃない。彼はヴェターのノートを取り上げてぱらぱらとめくりながら、あの女の供述を読んだ。

それから、そう、未処理の事件簿もしらべてみよう。

からかい半分にしらべてやろう。

あのおねえちゃん——いや、政治的に正しい呼び方をするなら若い婦人（近ごろのアメリカ人は、みんな政治的に正しい態度をとりたがっているようだ）——は、前夜十時十五分ごろ、警察に飛びこんできた。髪の毛は濡れてべったりと張りつき、目が飛び出していた。バッグの紐をつかんでひきずっていた。

「ロニイ」と女はいった。「おねがいです、ロニイを探してください」

「まあ、最善はつくしますよ、ね」ヴェターはいった。「しかしロニイが何者か話してくれないと」

「あのひと、死んでるわ」若い婦人はいった。「死んでるにきまってる」女は泣き出した。それから笑い出した——ほんとうにけたけたという笑いだった。バッグをそのままぽとりと前に落とした。ヒステリー状態だった。

平日の夜のその時間は警察署にはほとんどだれもいなかった。レイモンド巡査部長は、ヒルフィールド・アヴェニューで、フットボールの刺青をあちこちにして青く染めた髪の毛をとさかみたいに立てたよたものに、どうやってバッグをひったくられたかというパキスタンの女の話を気味の悪いほど平静な態度で聞いてやっていた。ファーナムが待合室からこちらにやってくるのがヴェターに見えた。ファーナムはいままで、古いポスター〈あなたには親なし子を受け入れる人情がありますか〉をはがして新しいやつ〈夜間サイクリングの安全を守る六つのルール〉に貼りかえていたのだった。

ヴェターはファーナムを手まねきし、アメリカ女のヒステリー気味の声にさっと振り返ったレイモンド巡査部長には、おかまいなくと手を振った。掏摸《すり》の指を棒パンみたいに折るのが好きなレイモンドは(「ま、いいじゃないか、きみ」とそんな無法な処置について釈明を迫られればそうほざく人間だ。「五百万人の異人さんの骨を折ったわけじゃあるまいし」)、ヒステリーを起こしている女を担当するタイプではない。

「ロニイ!」と女は絶叫した。「ねえ、おねがい、ロニイが連れていかれちゃった!」

パキスタンの女が若いアメリカ女のほうを向いて、しばらくじっくりと品定めをしたのち、またレイモンド巡査部長のほうに向きなおって、いかにしてバッグをひったくられたかという話をつづけた。

「ミス――」とファーナム巡査が口を切った。

「いったいあそこはどうなっているの?」彼女はささやいた。せわしない喘《あえ》ぎがもれる。女の左頬に軽いひっかき傷があるのにファーナムは気づいた。かっこいいおっぱい――ちっちゃいけどぴちぴちしたおっぱい――と、鳶《とび》色の髪の毛がふうわり広がったかわいいメンドリだ。着ている服はかなり高価なもの。片方の靴の踵がもげている。

「いったいあそこはどうなっているの?」と女は繰り返した。「モンスターが――」

パキスタンの女がまたこちらを見て……にっと笑った。むきだした歯はぼろぼろだった。笑みが、手品師のトリックみたいにさっと消えると、レイモンドがさしだした遺失物・盗難品届の用紙を取り上げた。

「こちらのご婦人のコーヒーを入れて、三号室までもってきてくれ」ヴェターはいった。「コーヒー、お飲みになりますか、奥さん？」

「ロニイ」女はかすれた声でいった。「きっと死んでいるわ」

「さあ、このテッド・ヴェターめがお連れしますから、すぐにでもこの問題は解決しますよ」

彼は女の手を取って立ち上がらせた。女の腰に手を添えて導くあいだも、女は低いうめくような声で喋りつづけた。片方の靴の踵が取れているために体が不安定にかたむく。

ファーナムはコーヒーを三号室に運んだ。そっけない白い小部屋で、傷だらけのテーブルに、椅子が四脚、そして隅のほうに冷水器があった。ファーナムはコーヒーを女の前に置いた。

「さあ、奥さん」と彼はいった。「これを飲めば気分がよくなりますよ。砂糖もありますから、よろしかったら――」

「飲めません」と女はいった。「とても――」といいかけて、だれかさんの長いこと忘れられていたブラックプールのお土産の磁器製カップをやおら両手でつかんだが、まるでそうやって暖をとろうとしているようだった。その両手はひどく震えていたので、コーヒーをこぼして火傷をしないうちにカップを下におろすように女に忠告してやりたい、とファーナムは思った。

「とてもだめ」と女はまたいった。それでも、子供がスープのカップを持つように両手でカップを持ったまま飲んだ。飲んでから彼らを見た女の表情は、まるで子供だった――疲れきった、訴えかけるような、あどけない表情……そしてどこか思いつめているような。なにがあったか知らないが、とにかくショックが女を小娘に変えてしまったのだ。まるでなにか目に見えない手が空からさっと舞いおりてきて、彼女から二十年という歳月をたたきだし、大人のアメリカ人の服を着た子供にして、クラウチ・エンドのこの白くて狭い訊問室に置いていったとでもいうようだった。

「ロニイ」と女はいった。「モンスターが」と女はいった。「助けて。どうか助けてください。もしかしたらあのひと、死んでいないかもしれない。たぶん——あたしはアメリカ市民です！」女はふいに叫んだ。それからとても恥ずかしいことをいってしまったとでもいうようにしくしく泣き出した。

ヴェターは女の肩をたたいた。「さあ、奥さん。あなたのロニイを探すお手伝いができると思いますよ。ご主人ですね？」

むせび泣きながら女はうなずいた。「ダニイとノーマはホテルにいます……ベビー・シッターがついて……眠っているでしょう……あたしたちが帰るのを、パパがキスしてくれるのを待っているんです……」

「じゃあまあちょっとお楽にして、なにがあったのか話してくださると——」

「それからどこでそれが起こったのか」ファーナムがいいそえた。ヴェターは眉をひそめ、さっと顔を上げて彼を見た。

「そこなのよ！」と女は叫んだ。「どこでそれが起こったのかわからないんです！　なにが起こったのかもよくわからない、ただ、と、とても、お、おそろしいことで！」

ヴェターはノートを取り出した。「お名前は、奥さん？」

「ドリス・フリーマン。主人はレオナルド・フリーマン。ホテル・インターコンチネンタルに泊まっています。あたしたちはアメリカ市民です」こんどは、自分の国籍を述べたことで、ちょっと落ち着いたらしかった。コーヒーを一口飲み、カップを下に置いた。女のてのひらがすっかり赤くなっているのにファーナムは気づいた。あとになって痛くなるよ、おねえちゃん、と彼は思った。

ヴェターは女の話を逐一ノートに書きとめていた。その彼がいまファーナム巡査のほうを遠慮がちにちらりと見た。

「休暇ですか？」と彼は訊いた。

「ええ……こちらで二週間、スペインで一週間。バルセロナに一週間滞在する予定でした……でもこんなこと、ロニィを見つける役には立たないわ！　なんでそんなばかな質問するんですか？」

「情況をつかんでおきませんとね、ミセス・フリーマン」とファーナムがいった。「特に打ち合わせたわけでもないのに、ふたりとも低いなだめるような声を出していた。「じゃあ、先に進んで、なにがあったのかお話しください。おたくなりの言葉でけっこうですよ」

「ロンドンではなんでこんなにタクシーを拾うのがたいへんなんですか？」唐突に女が訊いた。

ファーナムは答えに窮したが、ヴェターはまことに当を得た質問だとばかりにすぐさま答えた。

「それはなんともお答えが難しいが、奥さん。ひとつには旅行者のせいかもね。なぜです？　クラウチ・エンドまで来てくれるタクシーを探すのに苦労したとか？」

「ええ」と女はいった。「三時にホテルを出て、ハッチャーズに行きました。ご存じよね？」

「ええ、奥さん」とヴェターはいった。「なかなかいい大書店ですよね？」

「インターコンチネンタルからタクシーに乗るのに苦労はいりませんでした……表で行列して

ましたから。でもハッチャーズから出ると、タクシーはまったく見当たりませんでした。やっと一台止まってくれたと思ったのに、ロニイがクラウチ・エンドに行きたいというと、運転手はただ笑って頭を振りました」

「うん、郊外に出るっつうと文句つけやがるくそ野郎どもだからなあ。すいません、荒っぽい言葉使って、奥さん」

「チップを一ポンドはずむというのに断ったんですよ」ドリス・フリーマンはいった。なんともアメリカ人らしい戸惑いがその口調にしのびこんだ。「それから三十分近く待って、やっと行ってくれるというタクシーが捕まったんです。もう五時半になってました、四十五分くらいかしら。そしたらロニイが住所を書きとめたメモをなくしたっていいだして……」

女はまたカップをつかんだ。

「だれに会いに行こうとしていたんで？」ヴェターが訊いた。

「主人の仕事のお仲間です。ジョン・スクエイルズという弁護士です。主人はお会いしたことはなかったんですけど、両方の法律事務所が――」女は曖昧な身振りをした。

「提携している？」

「ええ、そうだと思うわ。あたしたちが休暇でロンドンに行くことをスクエイルズさんが知ると、ご自宅に夕食に招いてくださったんです。ロニイは手紙はいつも事務所のほうで書いていましたけど、スクエイルズさんのご自宅の住所はメモに控えてきたんです。タクシーに乗ると、そのメモがないのに気がつきました。覚えているのはただ、クラウチ・エンドという町の名だけでした」

女は真剣な顔でふたりを見つめた。

「クラウチ・エンド――なんだかいやな名前ですね」

ヴェターがいった。「それでどうしましたか？」

彼女は話しはじめた。話しおえるころには、さいしょのコーヒーも二杯目のコーヒーもなくなっていて、ヴェター巡査は、角ばった乱雑な書体でノートの数頁を埋めていた。

ロニイ・フリーマンは大柄な男、黒塗りのタクシーのゆったりした座席から前にかがみこんで、運転手に話しかけていた。その姿は、ドリスが大学の三年のころ、バスケットボールの試合で彼をはじめて見たときと、ほとんど変わっていないように思われた――あのときベンチにすわっていた彼は、膝が耳のあたりまで届いていて、太い手首の先は、両脚のあいだでぶらぶらしていた。あのときは、試合用のショーツをはき、タオルを首にひっかけていたが、いまの彼は背広にネクタイをしている。彼はほとんどの試合、コートには出なかった。それほど上手な選手ではなかったから、と彼女はいとおしい気持ちで思い出していた。おまけに彼ときたらよくひとの住所を控えたメモをなくした。

タクシーの運転手は、おおような物腰で、なくしたメモの話に耳をかたむけていた。夏向きの軽いグレイの背広をきちんと着こんだその中年の運転手は、ニューヨークのだらしないタクシー運転手とは大違いだった。ただ運転手の頭にのっているチェックのウールの帽子だけは場違いだったが、場違いとはいえ感じはよかった。小粋な魅力をかもしだしていた。ヘイマーケットの通りは間断なく車が流れていた。近くの劇場では、〈オペラ座の怪人〉がどうやら無期限の上演を告げていた。

「じゃあ、こうしましょうかね、だんな」と運転手はいった。「クラウチ・エンドまでとにかく行くから、電話ボックスんとこで止まって、そこでだんなが相方の住所をしらべなさって、そいからその相方の玄関の前に乗りつけるってのはどうかね」

「いうことなしよ」ドリスは、本気でそういった。ロンドンに滞在して六日になるけれど、こんなに親切でこんなに礼儀正しいひとにはまだ会った記憶がない。

「そりゃどうも」ロニイはいってシートによりかかった。ドリスの肩に腕をまわして微笑をうかべた。「ほらね？　なんの問題もない」

「おかげさまでね」彼女はうめいてみせ、夫の胃のあたりに軽いパンチを食わせた。

「さあ」と運転手はいった。「いざクラウチ・エンドへ」

八月も末だった。熱気をはらんだ風が吹き、路上のごみをからからと転がし、仕事帰りの家路を急ぐひとたちのジャケットやスカートをはためかせた。太陽は沈みかけていて、建物のあいだからのぞく陽射しは、夕暮れの赤みを帯びはじめていた。運転手はハミングをした。彼女はロニイの腕のなかですっかりくつろいでいた――彼とめぐりあってから、これほど長い時間いっしょにいるのは、この六日間がはじめてのような気がする。そしてそれに満足している自分がうれしかった。これまで一度もアメリカから出たことはなかった。だから、いまイギリスにいるのよ、これからバルセロナに行くのよ、こんなに幸せな人間はそうざらにいるものじゃないわ、と絶えず自分にいいきかせていた。

そのとき太陽がビルのかげに姿を消し、とたんに彼女は方向感覚を失った。ロンドンでタクシーに乗ると、しばしばそうなる。この街は、道路や裏小路や丘や囲い地（宿屋までも）がむやみやたらに広がった巨大な迷宮だった。いったいどうやってこんなところを行き来していけるのか彼女には理解できなかった。前日そのことをロニイにいうと、みんなとても慎重に行き来をしているんだよと彼は答えた……タクシー運転手はだれもみんなロンドン道路案内をダッシュボードの下にきちんと押しこんでいるのにきみは気づかなかったかい？

今回のタクシーの行程はこれまででいちばん長かった。街のおしゃれな通りはもう背後になった（同じところを堂々めぐりしているんじゃないかというあの変な感覚にもかかわらず）。それからコンクリート造りの団地を通りすぎたが、そこにはあらゆる生活の痕跡があるにもかかわらず、まったくひとの気配がなかった（いえ、と彼女は白い小部屋でヴェターとファーナムにその点について訂正した。たったひとり小さな男の子が歩道のへりにしゃがみこんでマッチを擦っていた）。それからみすぼらしい外見の小さな店や果物売りの屋台が並ぶ通りを過ぎ、それから——ロンドンの街を車で走ると、よそものは、ほんとうに方向感覚を失ってしまう——いきなりまたおしゃれな通りに入っていった。

「マクドナルドまであったんです」女はヴェターとファーナムに、スフィンクスとバビロンの空中庭園の話をもちだすときのような口調でいった。

「ほんとですか？」ヴェターは、相手に合わせて驚いてみせ、敬意をはらうような口調で答えた——女はどうやら完全に記憶をとりもどしたらしいので、その空気をこわすような真似はしたくなかったのだ。せめて女が話せることはすべて話してしまうまでは。やがて野っマクドナルドという目玉をもつおしゃれな通りはたちまちうしろに走り去った。

原にちょっとのあいだ入り、太陽は、地平線上にどっかりとすわるオレンジ色の玉になって、街路を異様な光で染め、道ゆくひとびとは、いまにもぼっと焔《ほのお》を噴き出しそうに見えた。

「そのときあたりの様子が変わりはじめたんです」女はいった。その声がちょっと低くなる。両手がふたたび震えだした。

ヴェターは勢いよく前にのりだした。「変わった？　どんなふうに？　どう様子が変わったんです、フリーマンさん？」

タクシーが新聞屋のウインドウの前を通りすぎたんです、と女はいった。表にある看板に、〈六十人、恐怖の地下で行方不明〉と書いてあった。

「ロニイ、あれを見て！」

「なにを？」彼は首をめぐらしたが、新聞屋はすでにうしろに過ぎ去っていた。

「看板に書いてあったのよ、〈六十人、恐怖の地下で行方不明〉って。地下鉄のことかしら？　その地下って？」

「そう――イギリスじゃ地下《アンダーグラウンド》とかチューブとかいうんだよ。衝突《クラッシュ》事故かな？」

「さあ」彼女は前にのりだした。「運転手さん、あれのことご存じ？　地下鉄の衝突《クラッシュ》事故があったのかしら？」

「衝突《コリジョン》で、奥さん？　わたしゃ、知りませんなあ」

「ラジオはないの？」

「タクシーにはないで、奥さん」

「ロニイ?」

「うん?」

だがロニイは興味を失っていた。ふたたびあちこちのポケットに手をつっこみ(というのも三つ揃いを着ていたので、探さなければならないポケットは山ほどあった)、ジョン・スクエイルズの住所を記した紙片を探している。

ボードにチョークで書かれていたあのメッセージが、彼女の頭のなかに繰り返し浮かび上がる。〈地下鉄事故で六十人死亡〉、と書かれるべきだ。だが……〈六十人、恐怖の地下で行方不明〉。不安がわいてくる。〈死亡〉とは書いてない、〈行方不明〉と書いてあった。その昔、海で溺れた水夫たちの記事をのせるとき、新聞はいつもそう報じたものだ。

恐怖の地下。

それも気に入らない。墓場とか下水とか、なんだか青白いぼってりとした悪臭を放つものが、ふいにうようよと這いだしてきて、地下鉄のプラットフォームにいる不運な通勤者たちの体に触肢を巻きつけ、暗闇のなかにひきずりこむような感じがする……

車は右折した。通りの角にオートバイを止めてたむろしているのは、革ジャンパーを着た三人の若者だった。彼らはタクシーを見た、その一瞬――沈む太陽はこの角度からだと彼女の顔を真正面から照らした――バイク乗りたちの頭が人間の頭に見えなかった。まさにその瞬間、黒い革のジャンパーの上にのっているのはのっぺりしたねずみの頭で、ねずみの黒い目がタクシーを見つめている、という胸の悪くなるような確信がわいたのだった。それから太陽の光がちょっと位置を変えると、むろん見間違いであることがわかった。アメリカのキャンディ・ストアのイギリス版といった店の前で三人の若者が煙草をふかしているだけだった。

「さあ来たぞ」ロニイはポケットの捜索をあきらめ、窓の外を指さした。〈クラウチ・ヒル・ロード〉と書かれた標識を通りすぎた。眠そうな貴族の末亡人みたいな古びた煉瓦造りの家並みが近づいてきて、ぽっかり空いたいくつもの窓がタクシーを見おろしているようだった。子供たちが数人、バイクや三輪車に乗って行ったり来たりしている。ほかにふたりばかり、スケートボードに挑戦しているが、どうもうまく乗りこなせないようだ。仕事帰りの父親たちが肩を並べて腰をおろし、煙草をふかし雑談しながら子供たちを眺めている。どれもほっとさせられるような日常の風景だった。

タクシーは、ウインドウに〈酒類販売認可店〉という汚れた小さな看板の出ている見すぼらしい店の前に横づけになった。ウインドウの中央には、店内でお持ち帰り用カレー売っていますという大きな看板がかかっていて、店内の棚に灰色の大きな猫が眠っていた。レストランの横に電話ボックスがあった。

「さあ、ここですよ、だんな」タクシーの運転手がいった。「お友だちの住所を見つけてくだされば、そこまでご案内しますよ」

「けっこうだ」ロニイは車をおりた。ドリスはしばらく車内にすわっていたが、同じように車をおりた。脚を伸ばしたいと思ったからだ。熱風がまだ吹いている。風は膝のあたりのスカートの裾をはためかせ、アイスクリームの包み紙を彼女の向こう脛に貼りつかせた。彼女は顔をしかめてそれをはがした。顔を上げると真正面のウインドウの内側に灰色の大きな猫がいた。その昔にひどい喧嘩をしたらしく、顔の半分が爪でむしりとられている。あとに残されているのは、ピンク色のねじれた皮膚組織、乳白色の濁った目、そしてわずかばかりの毛だった。猫が、ニャーオと鳴いたのがガラス越しに見えた。

嫌悪の情がわきおこるのを感じて、彼女は電話ボックスに近づき、汚いガラス窓からなかをのぞいた。ロニイは親指と人指し指で丸を作りウインクをしてみせた。それから彼は十ペンス玉をスロットに落とし、出たらしい相手と話をはじめた。彼は笑った――ガラス越しなので声は聞こえない。猫と同じだ。猫のほうを振り返ってみたが、ウィンドウはもう空っぽだった。振り返ってみると、ロニイはなにか急いでメモしているところだった。それからペンをしまい、その向こうの暗がりに、テーブルにのせた椅子と、モップを押している老人の姿が見えた。振り返ってみると、ロニイはなにか急いでメモしているところだった。それからペンをしまい、片手にその紙片を持ち――住所がメモしてあるのが見える――それから二言三言なにかいってから電話を切り、外に出てきた。

彼は得意気に住所を記したメモを振ってみせた。「オーケー、こいつが――」ロニイの目は彼女の肩の向こうを見た。彼は眉をひそめた。「あのあほなタクシーはどこへ行った？」

彼女はうしろを向いた。タクシーは消えていた。タクシーが去ったあとには、歩道の縁があり、数枚の紙きれが排水溝の上をゆっくりと舞っていく。通りの向かいでは、子供がふたり摑み合いをしながらきゃっきゃと笑っている。ひとりの子供の手が奇形なのにドリスは気づいた――まるで鉤爪のように見えた。ああいうものは、国民健康保険が面倒を見てくれるでしょうにと彼女は思った。子供たちは通りの向こうからこちらを見て、彼女が観察しているのに気づき、ふたたびじゃれあってきゃっきゃと笑った。

「わたしが知るはずないでしょ」とドリスはいった。方向感覚がなくなり、頭がぼうっとしているようだった。暑熱、雨を伴わず絶え間なく吹く風、あたりのものが絵具で描いたように見える妙な光線……

「それは何時だったんです？」ファーナムがふいに訊いた。

「わかりません」ドリス・フリーマンは、はっとしたように独り芝居の独白を止めた。

「六時、かしら。もしかすると二十分すぎごろ」

「なるほど、先をつづけて」ファーナムはいった。八月の日没は——いくらおおざっぱに計算したって——七時をまわらなければはじまらないことぐらいちゃんと知っていた。

「まったく、どうしちゃったんだろう？」ロニイは、あたりを見まわした。まるで苛立ちが、タクシーを視界にもどす役に立つとでもいうようだった。「ひとことの挨拶もなくさっさと行っちまったのか？」

「たぶんあなたが合図したからよ」ドリスは、ロニイが電話ボックスのなかでやったように、片手を上げて親指と人指し指で丸を作ってみせた。「あなたがこうするのを見て、もう帰っていいという合図だと思ったのかもしれない」

「メーターに二五〇と出たままのやつを追い払うには、かなりしつこく手を振る必要があるぜ」ロニイはぶつぶついうと、歩道の縁まで歩いていった。クラウチ・ヒル・ロードの向こう側には、小さな子供がふたり、まだきゃっきゃと笑っている。「おーい！」とロニイは声をはりあげた。「そこの子供たち！」

「あんた、アメリカ人だね、おっさん？」鉤爪のような手の少年が返事をした。「そうだ」ロニイは微笑した。「ここにいたタクシー、見ただろう？　どこへ行ったか見てたかい？」

ふたりの子供はその質問について考えているふうだった。少年の連れは五歳ぐらいの女の子で、だらしなく編んだおさげが両側に突きだしている。向こう側の歩道の縁に歩みよると、両手でメガホンを作り、笑みをうかべながら――メガホンにした両手と笑みのあいだから――彼らに向かって大声でわめいた。「うせやがれ、アメ公！」

ロニイの口がぱくりと開いた。

「閣下！　閣下！　閣下！」男の子がきいきいわめき、奇形の手で勢いよく敬礼の真似をした。それからふたりともくるりと向きを変えると、通りの角を曲がって見えなくなり、あとに笑い声がこだました。

ロニイは仰天して口のきけないままドリスを見つめた。

「クラウチ・エンドの子供たちは、アメリカ人が大好きというわけじゃなさそうだね」彼は力ない声でいった。

彼女は不安そうにあたりを見まわした。通りはばったりとひと気がとだえたように見えた。

ロニイは彼女の体に腕をまわした。「さあ、ハニー、どうやら徒歩旅行のようだね」

「ありがたくないわねえ。あの子たち、兄さんを連れにいったのかもしれないし」冗談だというつもりで笑ってみせたが、その声はけたたましくひびいた。夕暮れが超現実的な雰囲気を漂わせて、心地が悪かった。ホテルに残っていればよかったと思った。

けじゃなしさ」

「ほかにどうしようもないじゃないか」ロニイはいった。「通りにタクシーがあふれているわけじゃなしさ」

「ロニイ、あの運転手、どうしてあたしたちを置き去りにして行ってしまったのかしら？　とてもよさそうなひとだったのに」

「さっぱり見当もつかないよ。でもジョンが行き方をちゃんと教えてくれたからね。彼の家は、ブラス・エンドという通りにある、行き止まりの裏小路だそうだよ。道路案内にも出ていないといっていた」ロニイはそういいながら、彼女を電話ボックスから、持ち帰りのカレーを売っているレストランから、だれもいなくなった歩道の縁から遠ざけた。ふたりはクラウチ・ヒル・ロードをふたたび歩きだした。「ヒルフィールド・アヴェニューへ右折して、半分ほど行ったところで、最初の角を右に曲がる……それとも左だったかな？　とにかく、ペトリー・ストリートに入るんだ。二つ目の角を左に入ったところがブラス・エンドだ」

「あなた、それをみんな暗記したわけ？」

「ぼくは第一級の証人さ」彼が意気揚々といったので、彼女は思わず笑ってしまった。ロニイはものごとをいいほうに考えさせてくれる方法を知っている。

警察署のロビーの壁にクラウチ・エンド地区の地図がかかっており、それは、ロンドン道路案内よりはるかに詳細なものだった。ファーナムはそれに近づき、両手をポケットにつっこんで眺めた。署内はとても静かだった。ヴェターはまだ外にいる——脳味噌にくっついている変てこなものを、こそげおとしてから戻ってほしい——レイモンドは、バッグをひったくられた女の事情聴取をとっくに終えていた。

ファーナムは、タクシーの運転手がふたりを置き去りにしたらしい地点に指を当てた（女の話がすこしでも信用できるならばだが）。彼らの友人の家へ行くのはしごく簡単だった。クラウチ・ヒル・ロードからヒルフィールド・アヴェニューへ、それからヴィカーズ・レインへ左折、また左に曲がってペトリー・ストリートに入る。まるでだれかがあとで思いついてくっつけたようにペトリー・ストリートから出っ張ってくっついているのがブラス・エンド、家が八軒ほど連なっているだけだ。多めに見ても一マイルほど。たとえアメリカ人でもそれぐらいなら迷わずに行けるはずだった。

「レイモンド！」と彼は呼んだ「まだいるんですか？」

レイモンド巡査部長が入ってきた。すでに街着に着替え、軽いポプリンのウインドブレーカーをはおっている。「いま出るところだよ、髭なしのかわいこちゃん」

「やめてくださいよ」ファーナムは笑みをうかべた。レイモンドはちょっとばかり怖い。こういう不気味な手合いをひと目見れば、こいつが、いいやつがいるところと悪いやつがいるところの境に張ってあるフェンスにいささか近づきすぎているなということは、だれにもすぐわかる。左の口もとから喉ぼとけまで、太い紐みたいにねじれた白い傷痕が走っている。掏摸《すり》が壜のかけらで喉を切り裂こうとしたんだと彼は自慢していた。だからそいつの指を折ってやったとほざいたものだ。ファーナムは、あほくさい話だと思っている。レイモンドが、掏摸の指の骨を折るのは、その折れる音が好きだからだ。ことに関節でぽきんと折れる音がたまらないそうだ。

「モク持ってるかい？」レイモンドが訊いた。

ファーナムはためいきをついて一本くれてやった。自分も一本、火をつけながら訊いた。

「クラウチ・ヒル・ロードにカレー・ショップがありますか？」

「さあ存じませんなあ、ぼくのかわいこちゃんや」とレイモンドはいった。

「そうでしょうね」

「なにか問題でもあるのかい？」

「いや」ファーナムはちょっときつい口調でいった。ドリス・フリーマンのべったりと固まった髪の毛とぎらついた目を思い出しながら。


クラウチ・ヒル・ロードのてっぺんにあたるところで、ドリスとロニイ・フリーマンはそろってヒルフィールド・アヴェニューに入った。優雅な邸宅が並んでいた——といってもそれは外観だけで、おそらく内部は外科医のような正確さで寝室兼居間といった貸室に切り分けてあるにちがいないと、彼女は思った。

「まあここまではなんとかたどりついたね」ロニイはいった。

「ええ、そう——」と彼女がいいかけたとき、低いうめき声が聞こえてきた。

ふたりは立ち止まった。うめき声はほぼ右方から聞こえてくる。小さな庭に高い生け垣がめぐらしてあった。ロニイが音のするほうに行きかけると、彼女がその腕をつかんだ。

「ロニイ、だめよ！」

「だめって、どういう意味？」とロニイは訊いた。「だれか怪我をしてるんだ」

彼女は不安そうにロニイのあとを追った。生け垣は高いわりに厚みはない。かきわけると、花にかこまれた小さな方形の芝生が見えた。芝生は青々としていた。芝生のまんなかに煙をあげている黒い一画があった——すくなくともはじめはそんな印象だった。ふたたびロニイの肩のかげからのぞいてみると——彼の肩は高すぎて、肩ごしにのぞくというわけにはいかない——それは穴で、どことなく人間の形をしていた。触肢のような煙はその穴からあがっていた。

〈六十人、恐怖の地下で行方不明〉、彼女は唐突に考えた。

うめき声はその穴から聞こえてくる。ロニイは生け垣をむりやりかきわけて穴に近づこうとしている。

「ロニイ」と彼女はいった。「おねがいだから、行かないで」

「だれかが怪我をしているんだよ」と彼は繰り返し、ばりばりとなにかが引きちぎられるような音をたてながら生け垣を通り抜けた。そのとたん生け垣がぴしっと音をたてて元にもどり、あとにはただ、前に進んでいくぼんやりとした彼の影があった。彼女もあとから生け垣を通り抜けようとしたが、奮闘もむなしく、生け垣の短く硬い枝にひっかかれただけだった。あいにく袖なしのブラウスを着ていた。

「ロニイ！」ふいに彼女はひどく心配になって夫を呼んだ。「ロニイ、もどってきて！」

「すぐだよ、きみ」

家は生け垣越しに彼女を無表情に見おろしている。

うめき声はまだつづいているが、さっきより低くなっていた——しわがれたような、だがどことなく喜々とした声音。ロニイにはあれが聞こえないのかしら？

「おい、そこにだれかいるのか？」ロニイが尋ねている声がする。「だれか——ああっ！　おい！　なんてこった！」そしてふいにロニイが悲鳴をあげた。彼が悲鳴をあげるなんて聞いたことがない。その声で彼女の脚は、水袋みたいにくにゃくにゃになってしまった。生け垣の割れ目はないか、通り道はないかと必死に探したが、そんなものはどこにも見当たらない。目の前でさまざまなイメージが渦巻いた——一瞬ねずみのように見えたバイク乗りたち、ピンク色の歪んだ顔の猫、鉤爪みたいな手を持った男の子。

ロニイ！　叫ぼうとしても声が出ない。

争っているような物音が聞こえる。うめき声はやんでいた。だが生け垣の向こうから、ぴしゃぴしゃと濡れそぼった音が聞こえてくる。するとロニイが、うしろからものすごい勢いで突き飛ばされたとでもいうように、ほこりっぽい緑色の硬い剛毛のあいだからいきなり飛び出してきた。上着の左袖が引き裂かれ、黒くて細長いものがべたべたとくっついていて、芝生の穴からあがっていたような煙をあげているみたいに見えた。

「ドリス、逃げろ！」

「ロニイ、いったい——」

「逃げろ」彼の顔はチーズのように白っぽかった。

ドリスは警官の姿を求めて狂ったようにあたりを見まわした。警官じゃなくてもいい。だが、さっきまではたしかに生きているものの気配があったヒルフィールド・アヴェニューは、いまはさながら巨大な廃墟の街の一部だった。生け垣のほうを振り返ると、なにかがその向こうでうごめいていた、黒よりももっと黒いものが。それは光とは正反対、黒檀みたいに真黒だった。

そしてぴしゃぴしゃと音をたてている。

それからすぐに、生け垣の硬く短い枝がざわざわといった。彼女は催眠術にかかったように凝視した。もしロニイが乱暴に腕をつかんでわめきたてなかったら永久にそこに立っていたかもしれない（彼女はヴェターとファーナムにそういった）——そう、子供たちにさえ声を荒らげたことのないロニイが、絶叫したのだ——彼女はそれでもそこに突っ立っていたかもしれない。そこに突っ立っていたか、あるいは……

だがふたりは走った。

どこへ？　ファーナムは尋ねたが、彼女にはわからなかった。ロニイはまったく動転していて、パニックと烈しい嫌悪感のためにヒステリー状態だった——わかっているのはそれだけだった。ロニイが手錠のように彼女の手をがっちりとつかみ、ふたりは生け垣の向こうにそびえている家から、煙をあげている芝生の穴からやみくもに逃げた。はっきり覚えているのはそれだけだ。ほかのことはいっさい一連のぼんやりした印象にすぎない。

はじめは走るのがしんどかったが、下り坂にかかると楽になった。振り返ってみた、そしてまた振り返ってみた。玄関口に高い階段のある、グリーンのシェードをおろした灰色の家が、盲目の年金生活者のように彼らを見つめていた。ロニイが、黒いべたべたしたものが飛び散っているジャケットを脱いで投げ捨てたのを彼女は覚えている。ようやく広い通りに出た。

「待って」彼女は喘いだ。「待って、もうだめ！」片方の手で脇腹をおさえた。真っ赤に焼けた大釘が突き刺さったみたいだった。

それで彼は立ち止まった。住宅地域は抜けて、クラウチ・レインとノリス・ロードの角に来ていた。ノリス・ロードの向こうはしに立っている標識によると、彼らは、スローター・タウエンからわずか一マイルのところにいるのだった。

タウン？　ヴェターが口を添えた。

いいえ、とドリス・フリーマンはいった。スローター・タウエン。エという文字が入っていた。

レイモンドは、ファーナムにねだった煙草を押しつぶした。「帰るぞ」と宣言すると、ファーナムに顔を近づけた。「おれのかわいこちゃんは、もっと体を大事にしないとな。目のまわりに黒い隈ができてるぞ。てのひらにゃ毛が生えてるかもしれないな、ぼうや？」彼はげらげらと笑った。

「クラウチ・レインというのを聞いたことがありますか」ファーナムは訊いた。

「クラウチ・ヒル・ロードのことかい？」

「いいえ、クラウチ・レインです」

「そんなの聞いたことがないな」

「ノリス・ロードっていうのはどうです？」

「ベイジング・ストークの本通りから入ったところに一本――」

「いや、ここですよ」

「いや――ここにはないよ、かわいこちゃん」

どういうわけか彼にはよく理解できなかった――あの女はたしかにそういった――ファーナ

ムはあきらめずに追及した。「スローター・タウエンは？」

「タウエン、といったのか？　タウンじゃなく？」

「ええ、そうですよ」

「聞いたこともないな、だけど聞いてたら、きっとそんなところは避けるだろうな」

「どうして？」

「なぜなら、古いドルイドの言語では、トウエンとかタウエンとかいうのは、生贄を捧げる儀式の場所だ——いいかえればそこで、彼らはおまえさんの肝臓や肺臓を抜き出すんだな」レイモンドはウインドブレーカーのジッパーを上げるとするりと出ていった。

ファーナムは不安そうに彼を見送った。あの最後の話はやつのでっちあげさ、と彼は思った。シド・レイモンドごときあらくれ男のデカが、ドルイドのなにを知っているというんだ。やつの頭に比べれば、針の頭のほうがまだ主禱文を彫りこむ余裕があるくらいのもんだ。そうとも。それにたとえああいうたぐいの知識をやつがちょっぴり仕入れていたとしても、あの事実には変わりはないんだ、女は……

「頭がおかしくなってきたのかも」ロニイは、おぼつかない声で笑った。

ドリスはさっき時計を見たが、いつのまにかもう七時四十五分になっていた。光線が変化していた。澄んだオレンジ色から、どんよりとくすんだ赤になり、ノリス・ロードに並ぶ店のウインドウにぎらぎらと反射し、さらに道の向こう側の教会の尖塔を真っ向から血糊の色に染めていた。太陽は地平線上で扁平な円になっていた。

「いったいあそこでなにがあったの？」ドリスは訊いた。「あれはなんだったの、ロニイ？」

「ジャケットをなくした。なんてこった」

「なくしたんじゃない、自分で脱ぎ捨てたのよ。そこらじゅうにべったり――」

「ばかいうな！」彼はぴしゃりといった。だがその目は怒ってはいない。ショックを受け、きょときょとして焦点が合わなかった。「なくしたんだ、そうにきまってる」

「ロニイ、あの生け垣を通り抜けてからなにがあったの？」

「なにも。そんな話はやめようじゃないか。ぼくたち、いまどこにいるんだ？」

「ロニイ――」

「思い出せないんだ」彼は前より穏やかにいった。「空白なんだよ。ぼくたちはあそこに行った……音を聞いた……するとぼくは駆けだしていた。それだけしか思い出せない」それからびっくりするほど子供っぽい声でこうつけくわえた。「どうしてジャケットを投げ捨てたりしたんだろう？　あれは気に入っていたのに。ズボンに合っていたから」彼は頭をのけぞらせ狂ったように怯えた笑い声をあげた。ドリスはふいに悟った。彼が生け垣の向こうでなにを見たにせよ、それが彼の一部を錯乱させてしまったのはたしかだ。自分も同じようになったかどうか、それはわからない……たとえそれを見たとしても。そんなことはどうでもいい。とにかくここから出なければならない。子供たちのいるホテルにもどらねば。

「タクシーを拾いましょう。ホテルに帰りたいの」

「でもジョンが――」と彼がいいだした。

「ジョンなんてどうでもいいわ！」彼女は叫んだ。「おかしいわよ。ここはなにもかもおかしい。だからタクシーを拾ってホテルに帰りたいの！」

「ああ、わかった。オーケー」ロニイは、震える手を額にあてた。「きみのいうとおりだ。問題はだ、タクシーがどこにもいないってことだよ」

じっさい丸石を敷きつめた広いノリス・ロードにはまったく車の往来というものがなかった。道の中央を古い路面電車の線路が通っている。向こう側の花屋の前には、大昔の三輪のDカーが駐まっている。こちら側をさらに下ったところには、ヤマハのオートバイがスタンドを立て車体を傾けて駐まっている。それだけだった。車の音は聞こえるのに、音は拡散されてとても遠くに聞こえる。

「きっとこの通りは道路工事で閉鎖されているんだよ」とロニイがつぶやき、それから奇妙なことをした……すくなくとも、ふだんはとてものんびり屋で自信家の彼にしては、奇妙な振舞いだった。あとをつけられているのではないかとでもいうように、肩ごしに振り返ったのだ。

「歩きましょう」ドリスはいった。

「どこへ？」

「どこでも。とにかくクラウチ・エンドから出るのよ。ここから出ればタクシーは捕まるわ」ほかのことはともかく、それだけはふいに自信が持てた。

「わかったよ」ロニイはどうやら、事態の主導権を彼女の手に完全に委ねる気になったらしい。

ふたりはノリス・ロードを沈む太陽に向かって歩き出した。遠くを行き交っている車の音はずっとそのままで、低くなることも大きくなることもなかった。まるで絶え間なく吹きつづける風のようだった。この索漠とした無人の境は、彼女の神経をちくちくとつつきはじめていた。

なんだか監視されているような気がする。無視しようとしてもどうしても気になる。自分たちの足音が

〈六十人、恐怖の地下で行方不明〉

こつこつと追いかけてきた。あの生け垣での出来事が心にのしかかって、とうとうまた訊いてしまった。

「ロニイ、いったいあれはなんだったの？」

彼はただこう答えた。「忘れた。思い出したくもない」

彼らは閉店しているマーケットの前を通りすぎた――しなびた頭みたいなココナッツの山がウインドウに積み上げられている。コインランドリーの前を通りすぎるとき、色あせたピンク色の石膏ボードに取り付けてあった洗濯機が、腐った歯茎から四角い歯を抜いたようにごそっと引き抜かれているのが見えた。貸店舗の古い看板が表に出ている店、石鹸を縞状に塗ったショウウインドウの前を通りすぎた。石鹸の縞の向こうでなにかが動いてこっちを見ていた。ところどころ毛が残っているピンク色の傷痕のある猫の顔。前に見たあの灰色の雄猫。

ドリスは自分の体内の機能をしらべ、自分が徐々にたかまりゆく恐怖にとらわれていることを知った。腸が、腹のなかでゆっくりくりとのたうちまわりはじめる感覚があった。口のなかはひりひりと不快な味がして、まるで強烈なうがい薬をのまされたようだ。ノリス・ロードの石畳は、日没とともに新しい血を流した。

ガード下の地下道が近づいてきた。そこは暗かった。あそこは通れない、頭が事務的にそう告げた。あそこの下をくぐることはできない。あそこにはなにがいるかわかったもんじゃない。

くぐれなんていわないで、あたしにはとてもくぐれない。

頭の別の一部が、自分たちの足どりをもう一度逆にたどることに耐えられるかどうかと訊いていた。動きまわる猫（どうやってあのレストランからここまでやってきたのか？　訊かないのがいちばん、深く考えないのがいちばん）のいるあの空き店舗の前を通り、めちゃめちゃになった口のなかのような奇妙な荒れ方をしたコインランドリーの前を通り、ひからびた頭が並んだマーケットの前を通る。耐えられるとは思えない。

ガード下の地下道にだんだん近づいてきた。奇妙な色に塗られた六輛編成の列車が——骨のような白い色だった——ぎょっとするほどふいにガードの上を走っていった。気の狂った鋼鉄の花嫁が花婿に会うために走っていくようだった。車輪が明るい火花の輪を蹴散らした。ふたりとも無意識のうちにうしろに跳びさがったが、叫び声をあげたのはロニイだった。夫を見ると、この一時間のあいだに、これまで見たこともない、いまだかつて考えもしなかったような人物に変貌していた。髪の毛はいよいよ白さを増していた。これは光線のいたずらなんだと断固として——できるかぎり断固として——考えてみたものの、その髪の毛の具合が彼女に決心をさせた。ロニイはとても引き返せるような状態ではない。したがって、ガード下の地下道。

「行きましょう」彼女はロニイの手を取った。自分自身の震えを彼に気取らせないように勢いよく取った。「さっさとやればさっさと終わる」彼女が歩きだすと、ロニイはおとなしくついてきた。

ふたりはほとんど通りすぎようとしていた。とても短い地下道だ、と彼女が理不尽な安堵とともにそう考えたとき——あの手が彼女の上腕をつかんだのだ。

悲鳴はあげなかった。彼女の肺は、小さく丸めた紙袋みたいにぺしゃんこになった。頭は、自分の肉体を置き去りにして……飛びたがっていた。ロニイの手がはなれた。彼はなにも気づいていないようだった。そのまま向うに歩いていく——ほんの一瞬、沈んでいく太陽の血のような凄まじい色を背景に、ひょろりとした黒いシルエットがうかびあがり、そして彼の姿は消えた。

彼女の上腕をつかんでいる手は、毛むくじゃらで猿の手みたいだった。その手は彼女の体を容赦なくまわし、煤けたコンクリートの壁にぐんにゃりとよりかかっているもののほうに向けさせた。それは二基のコンクリートの柱の二重の影のあいだにぶらさがっていた。彼女に見分けられるのは、その物体の輪郭だけ、そして二つの緑色に光る目だった。

「モクくれや、ねえちゃん」コクニー訛りのかすれた声がいった。生肉とポテトチップスとなにか甘ったるいいやなにおい、ごみ箱の底にたまっている残りかすみたいなにおいがした。

緑色の目は猫の目だった。そしてふいに慄然とするような確信がわいた。もしあのぐんにゃりしたものが影から出てきたら、水晶体の白く濁った目と、ピンク色をした傷痕と、ひとつかみの灰色の毛を見ることになるだろうと。

彼女はその手をふりほどき後じさりすると、なにかがすぐそばの空気をさっと切り裂くのを感じた。手？　鉤爪？　唾《つば》を吐くようなしゅっという音——

頭上をまた列車が驀進していった。頭がくらくらするような凄まじい轟音だ。煤煙が黒い雪のように降ってくる。彼女はパニックに襲われて一目散に逃げ出した、この夕方、これで二度目、どこへ逃げていくのか……どれだけの時間なのかわからない。

彼女がわれにかえったのは、ロニイがいなくなったという事実に気づいたときだ。汚れた煉瓦の壁になかばくずおれるようによりかかり、肺がちぎれそうな喘ぎをもらしていた。まだノリス・ロードにいた（すくなくとも自分はそう信じていた、と彼女はふたりの巡査に語った。まだ広い通りはまだ丸石が敷きつめられていて、路面電車の線路もまだ広い道のまんなかをまっすぐに走っていた）、だが打ち捨てられた廃屋の店舗は、打ち捨てられた廃屋の倉庫にとってかわっていた。〈ドーグリッシュ・アンド・サンズ〉という煤で汚れた看板がその一軒にかかっている。もう一軒は、色褪せた煉瓦の壁に大昔の緑色のペンキで〈アルハザード〉という名前が記されていた。その名前の下に、のたくったアラビア文字やダッシュがずらずらと並んでいる。

「ロニイ！」彼女は大声で呼んだ。あたりの静寂にもかかわらず（いいえ、完全に静寂というわけではなかった、と彼女は警官たちに語った。行き来する車の音はまだ聞こえていて、前よりも近くなったかもしれないが、それほど近くではなかった）、反響もなく、音波の伝達もなかった。夫の呼び名は、口からこぼれて石のように足もとに落ちたみたいだった。日没の血は、たそがれの冷やかなグレイの灰に変わった。そのときはじめて、ここクラウチ・エンドの上に夜が落ちるかもしれないという考えが頭にうかんだ——もしまだほんとうにクラウチ・エンドにいるのだとしたら——そう考えると、新たな恐怖がわいた。

彼女はヴェターとファーナムに語った。つまり電話ボックスに着いたときから最後の恐怖に至るまでどれほどの時間が経過したかわからないが、彼女には情況をじっくり考え直そうとか、論理的に考えてみようという気力はなかった。怯えた獣のようにただ反射的に行動するだけだった。そしていまや彼女はひとりぼっち。ロニイにもどってもらいたい、そこまでは意識にあったものの、そのあとのことはなにも考えられなかった。この地域が、ケンブリッジ・サーカスから五マイルたらずのこの地域が、なぜひと気がまったく絶え、これほど索漠としているのかなどと怪しむ気力すらなかった。

ドリス・フリーマンは夫の名を呼びながら歩き出した。その声は反響しなかったが、足音は反響するように思われた。ノリス・ロードを影が満たしはじめた。頭上の空はいまは紫色だった。ものを歪めて見せる黄昏のある種の現象だったのかもしれない、あるいは彼女自身の疲労のせいか。だが倉庫は飢えたみたいに道路にのしかかっているように見えた。何十年もの——おそらく何世紀もの——埃がこびりついた窓は、彼女を見つめているように思われた。そして看板の名前はどんどん奇妙なもの、おかしなものになり、およそ発音不可能になっていた。母音は変な位置にあり、子音は数珠つなぎになって、人間の舌ではとうてい発音するのは不可能だろう。CTHULHU KRYONという名前があり、その下に例ののたくったアラビア文字がずらずらと並んでいる。YOGSOGGOTH、という名前もある。RYELEHなどというのもある。彼女が特に覚えているのはこうだ。NRTESN NYARLAHOTEP。

「どうしてそんなわけのわからないものを覚えていたんです？」ファーナムが訊いた。

ドリス・フリーマンは、のろのろと首を振った。「わかりません。ほんとにわからないんです。目が醒めたらすぐに忘れたい悪夢みたい、でもふつうの夢みたいに消えていかないんです。いつまでもいつまでもいつまでも、頭に残っているんです」

ノリス・ロードの、路面電車の線路に二分された石畳は無限に伸びているように思われた。だが彼女は歩きつづけた――走れるとはとうてい思えなかったのに、そのうちに走っていたと彼女はいった――もうロニイの名は呼ばなかった。骨がかたかたするくらい凄まじい恐怖に捕らえられていた。人間が、気も狂わず、死にもせずに、この恐怖に耐えることができるとはとうてい信じられない。この恐怖をはっきり示すにはたったひとつの表現しかなかった。それでさえも、と彼女はいった、自分の頭と心のあいだにできた深淵にたったいま橋をかけはじめたばかりだと。自分はもう地球にいるのではなく、別の惑星にいるのではないか。あまりにも異質な場所なので、人間の頭ではまったく理解が及ばない。アングルが異なっているようだった、と彼女はいった。色彩も異質だった。それから……そんなことをいっても詮ないことだ。

のしかかってくるような不気味な建物のあいだ、プラム色のねじれた空の下をただ歩きつづけ、終わりがいつかくることを願うばかりだった。

やがて終わりがやってきた。

前方の歩道にふたりの人間が立っていた――彼女とロニイがさっき見かけた子供たちだ。男の子は鉤爪の手を使って小さな女の子のぼさぼさのおさげを撫でてやっている。

「アメリカ人の女だよ」男の子がいった。

「あのひと、道に迷った」女の子がいった。

「主人をなくした」

「道に迷った」

「暗い道が見つかった」

「行き着く先は漏斗《じょうご》」

「希望をなくした」

「星からやってきた口笛吹きを見つけて――」

「――次元を食うもの――」

「――盲目《めしい》の笛吹き――」

出てくる言葉はどんどん早くなる。息もつかぬ連禱、閃く光。彼女の頭もそれといっしょにくるくるまわった。建物がのしかかってくる。星が消えたが、その星は彼女の星ではなかった。少女のとき祈った星でもなく、若いときにその下で愛を交わした星空でもなく、発狂した宇宙の狂った星たち。両手で耳をふさいだが、彼らの言葉を閉め出すことはできず、とうとう彼女は子供たちに向かって絶叫した。

「あたしの主人はどこ？　ロニイはどこなの？　あんたたち、あのひとになにをしたの？」

沈黙があった。やがて女の子がいった。「下へ行ったんだよ」

男の子。「千人の子を連れて山羊のところへ行ったんだよ」

女の子は笑みをうかべた――あどけなさをたたえた邪悪な笑み。「行くときまっていたんだよ、そうだろ？　徴《しるし》がつけられていた。おまえも行くのさ」

「ロニイ！　いったいあんたたちはなにを――」

男の子は片手を上げ、フルートのように甲高い言葉を唱えだしたが、彼女に理解できる言葉ではなかった――だがその声音は、ドリス・フリーマンを恐怖におとしいれ発狂させそうだった。

「そのとき道が動きだしたんです」彼女はヴェターとファーナムにいった。「石畳が絨毯みたいに波うちはじめたんです。せり上がっては落ち、せり上がっては落ちた。路面電車の線路は浮き上がって空中に飛んでいった――それは覚えてるの、星の光があたってきらめいていたから――それから石畳がばらばらになって、はじめはひとつずつ、そのうちにごっそりかたまったまま。ただ暗闇のなかに飛んでいった。浮き上がるときに引き裂くような音がした。がりがりと引きちぎれるような音……地震のときにあんな音がすると思うわ。それから――なにかがあらわれて――」

「なに？」ヴェターが訊いた。彼は身をのりだし、目は彼女を突き刺すように見た。「なにを見たんです？　それはなんだった？」

「触肢」彼女はゆっくりとたどたどしくいった。「触肢だと思うわ。でもベンガル菩提樹の古木ほど太くて、触肢の一本一本がまた何千というもっと小さい触肢からできているみたい……それから吸盤みたいなピンク色のものがついていて……ただときどきそれが顔みたいに見えて……そのひとつがロニイの顔みたいに見えて……それにどの顔もみんな苦しそうに悶えていて。その下に、道の下の暗闇に――地下の暗闇に――なにかほかのものがいて。なにか目玉みたいなものが……」

その時点で彼女はがっくりと挫け、しばらくのあいだ口がきけなかったが、けっきょく話すことはもうなかったのだ。次に彼女がはっきりと覚えているのは、閉店した新聞屋の店先にしゃがみこんでいたことだ。すこしはなれたところに車が行き来しているのが見えなかったら、街灯のアークライトの心強い光が見えなかったら、そこにずっとうずくまっていたかもしれない。目の前をふたりの人間が通っていったが、ドリスは、あの邪悪なふたりの子供を恐れ、影のなかでいよいよ身を縮めた。だがあの子供たちではなかった。十代の少年と少女が手をつないで歩いているのだった。少年は、マーティン・スコセッシの新作の映画のことかなにか喋っていた。

彼女は用心深く歩道のほうに出ていった、いざというときはすぐにでも新聞屋の店先という安全な場所に逃げこめる態勢で。だがその必要はなかった。五十ヤード先には、かなり賑やかな交差点があり、乗用車やトラックが何台も信号待ちをしていた。通りの向こう側には宝石店があり、ショウウインドウには明かりつきの置き時計が飾ってある。鋼鉄製のアコーディオン・グリルが引かれていたが、なんとか時間を読みとることはできた。十時五分前だった。

やがて彼女は交差点のところまで歩いていった。街灯や行き交う車の心やすまる音にもかかわらず、彼女は絶えず、肩ごしに怯えた視線を投げつづけた。体じゅうがずきずきと痛む。片方の靴の踵がとれているので足をひきずっていた。おなかと両脚が引きつった――右足がことにひどく、どこかがひどく突っ張ったみたいだった。

交差点のところで、ヒルフィールド・アヴェニューとトテナム・ロードの角までなんとかたどりついたことがわかった。街灯の下に、頭を包んだ布から白髪がはみだしている六十がらみの女のひとが、同じ年ごろの男のひとと喋っている。ふたりとも、なにやらおぞましい幽霊でも見るような目つきでドリスを見た。

「警察」ドリス・フリーマンはしゃがれ声でいった。「警察署はどこ？　あたしはアメリカ市民です……夫がいなくなったんです……警察に行かないと」

「なにがあったの、嬢ちゃんや」女の口調に刺はなかった。「なんだかたいへんなことに巻きこまれたようだ」

「車の事故かね？」連れの男が訊いた。

「いいえ。そうじゃない……そうじゃない……おねがい、この近くに警察はありませんか？」

「トテナム・ロードをちょっと行ったところに」男がいった。そしてポケットからプレイヤーズのパックを取り出した。「モクはどうかね？　一本吸えば気つけになりそうだな」

「どうも」といって彼女は煙草を受け取った。四年ほど前に禁煙したはずなのに。初老の男は、煙草に火をつけてやろうとしたが、震えている煙草の先を火のついたマッチで追いかけるのに苦労した。

男は髪の毛を布で包んでいる女のほうをちらりと見た。「このひととちょっくら散歩してくるよ、イヴィー。ちゃんとあそこまでたどりつけるように」

「あたしもいっしょに行くよ、いいだろう？」イヴィーは、ドリスの肩に腕をまわした。「さあ、いったいどうしたの、嬢ちゃんや？　だれかに襲われそうになったのかい？」

「いいえ」ドリスはいった。「あれが……あたし……あたし……道が……片目の猫がいて……道が口を開けて……あたし、あれを見た……それからあの子たちが盲目《めしい》の笛吹きとかいって……ロニイを探さなきゃ！」

自分が支離滅裂なことを喋っているのはわかっていたが、はっきりと話をする気力はまったくなかった。でもとにかく、それほど支離滅裂な話をしてたわけじゃなかったんです、と彼女はヴェターとファーナムにいった。だってあの男のひとと女のひとは、あたしを避けるように身を引いたんですもの。イヴィーに、いったいどうしたのと訊かれたとき、じつは腺ペストなんです、とあたしが答えたとでもいうようでした。

そのとき男がなにかいった――「また起きたんだ」ドリスにはそう聞こえた。

女のひとが指さした。「警察はあそこだよ。前に球がぶらさがってるから。見えるからね」

ふたりはそそくさと歩き出した。女は肩ごしに一度振り返った。ドリス・フリーマンは、丸くぎらぎら光る目を見た。ドリスは二歩ほどふたりを追った、理由はわからない。「そばによるな！」イヴィーが金切り声で叫び、人指し指と中指で魔除けのしるしを作り、ドリスに突きつけた。それと同時に彼女は竦んだように男に身を寄せ、男はその体に腕をまわした。「そばによるな、クラウチ・エンド・タウエンにいたんなら！」

その言葉とともに、ふたりは夜の闇に姿を消した。


さてファーナム巡査は、共同事務室と文書整理室のあいだの扉によりかかっていた――もっともヴェターがいっていた未処理の事件簿は、ここに保管されていないことはたしかだ。ファーナムは自分でお茶をいれ、パックに残っていた煙草の最後の一本を吸った――あの女にも何本か吸われてしまった。

ヴェターが呼んだ看護婦に付き添われて、女はホテルに帰っていった――看護婦は今晩いっしょに泊まって、あすの朝になったら、女を入院させるかどうかきめることになっている。子供たちがいるので入院は難しいかもしれないとファーナムは思った。あの女がアメリカ人とあっては第一級のごたごたはほぼ確実だ。あすの朝子供たちが目を醒ましたとき、彼女に話ができるとしてだが、いったいどう説明するのだろうか。子供たちをそばに呼んで、クラウチ・エンド・タウン
（タウエン）
の悪い大きなモンスターが、お伽話の人食い鬼みたいにパパを食べちゃったと話すのだろうか？

ファーナムは顔をしかめて茶碗を置いた。これは自分が扱う問題じゃない。よくても悪くても、ミセス・フリーマンは、二つの政府が踊る外交ワルツのはざまで、イギリス警察とアメリカ大使館の板挟みになるだろう。これは自分の知ったことじゃない。自分は、しがない巡査、こんなことはみんな忘れたい。報告書はヴェターに書かせればいい。ヴェターならこういう狂気のブーケに自分の名前を添えたってどうということはない。彼は年寄りで、もう用ずみだ。夜勤の巡査のままで金時計と年金と公団アパートを手に入れるだろう。一方ファーナムは、もうじき巡査部長に昇進という野望はあるし、そのためには些細なことでもひとつひとつ用心していかないといけない。

ところでヴェターだが、いったいどこへ行ったんだろう？　夜の空気を吸いに行くと出ていってもうだいぶ経つ。

ファーナムは共同事務室を横切って外に出た。明かりのついた二つの球のあいだに立って、トテナム・ロードの向こう側を見た。ヴェターの姿はどこにもなかった。もう午前三時すぎ、そして静寂が、屍衣のようにのっぺり重く横たわっていた。ワーズワースのあの詩句はなんて

いうんだっけ？〈あれほど多くの偉大な人たちがじっと動かずに横たわっている〉、とかなにかそんなような詩だった。

階段をおりて歩道に立つと、かすかな不安が芽生えるのを感じた。むろんばかげている。あの女のいかれた話をほんのちょっぴりでも、自分の頭のなかに植えつけてしまった自分にひどく腹が立った。シド・レイモンドみたいな乱暴者のおまわりを怖がるのは当然だろうが。

ファーナムはゆっくりと通りの角まで歩いていった。深夜のパトロールから帰ってくるヴェターに会うかもしれないと思ったのだ。だがそれ以上先へは行かなかった。署を、ほんのわずかのあいだにしろ空っぽにしてしまっては、もし見つかったらどえらいことになる。角にたどりつくとあたりを見まわした。奇妙なことに、アーク灯がここではぜんぶ消えてしまったようだ。街灯が消えていると通り全体がすっかり変わって見える。これは報告すべきだろうか、と彼は思案した。それにヴェターはどこにいるのだ。

もうちょっと先まで行って、様子を見てこよう。だがそう遠くまでは行けない。署を長いこと無人のままにして遠出をするなど、どう考えてもできない。

ほんのちょっとそこまで。

ヴェターは、ファーナムが出ていってから五分後にもどってきた。ファーナムは反対の方角に向かったのだ。ヴェターがもう一分早くもどっていれば、若い巡査が通りの角にたたずんでどうしようかと迷っている姿を見たはずだった。彼が角を曲がって永久に姿を消す前に。

「ファーナム？」

答えはなく、壁の時計がぶーんと音をたてているだけだ。
「ファーナム？」彼はもう一度呼び、それからてのひらで口を拭った。

ロニイ・フリーマンはとうとう発見されなかった。けっきょく彼の妻は（こめかみのあたりに白いものが見えはじめていた）子供たちといっしょにアメリカへ帰った。コンコルドで飛んでいった。一ヵ月後彼女は自殺をはかった。療養所で九十日過ごしたのち、かなり回復して退所した。ときどき眠れないとき――太陽が赤とオレンジ色の球になって沈んだ夜にしばしばそうなった――彼女はクロゼットに這いこんで、吊るしてある服の下を奥まで這いずっていき、そこで芯の柔らかい鉛筆で、千人の子を連れた山羊にご用心、と何度も何度も書いた。そうやって書いているとなんだか気持ちが落ち着くのだった。

ロバート・ファーナム巡査は妻と二歳になる双子の女の子を残していった。シェイラ・ファーナムは、ロンドン警視庁《MP》に抗議の手紙を何通も出した。その手紙で彼女は、なにかが起こっている、なにかが隠蔽されている、夫のボブは、なにか危険な極秘の任務に着くよう命じられたのだと主張した。夫は巡査部長に昇進するためにはなんでもやったはずです、とミセス・ファーナムは繰り返しロンドン警視庁に手紙を書いた。けっきょく手紙を受け取ったご仁は、彼女の手紙に返事を書くことを止め、それとほぼ同じ時期に、ドリス・フリーマンは、療養所を退所したが、その髪はほとんど真っ白になっていた。ミセス・ファーナムは両親の住んでいるエセックスに帰った。けっきょく彼女はもっと安全な職業の男と結婚した――フランク・ホブズは、フォードの組み立てラインのバンパー検査員だった。夫のボブとは、配偶者の意図的遺棄を理由に離婚を成立させることが必要だったが、それは容易に成立した。
ヴェターはドリス・フリーマンがトテナム・レインの警察署によろめきながら入ってきてから四ヵ月後に早期退職を果たした。そしてフリムリーにある店舗の二階にある二間続きの公営のアパートメントに移り住んだ。六ヵ月後、片手にハープ・ラガーの缶を持ったまま心臓発作で死んでいる彼が発見された。そしてクラウチ・エンドでは、ほんとうに閑静なロンドン郊外のここでは、不思議なことがいまだにときどき起こり、ひとびとは、よく迷子になるといわれている。そのなかの何人かは永久に迷子になったままだ。

(*Crouch End*)

メイプル・ストリートの家

永井淳［訳］

年はまだやっと五歳、ブラッドベリ家の子供たちのなかでは末っ子だというのに、メリッサはたいそう鋭敏な目を持っていたから、ブラッドベリ一家がイギリスで夏の休暇をすごしていた間にメイプル・ストリートの家で起きた異変に、最初に気がついたのが彼女であったからといって驚くには当らなかった。

彼女は走って兄のブライアンを呼びに行き、三階でおかしなことが起きていると告げた。これから連れてってあげるけど、その前にあたしが発見したことをだれにも話さないと誓ってちょうだい、と彼女はいった。ブライアンはリッサが恐れているのは彼らの継父のことだとわかったので、いわれたとおりに誓った。ダディ・ルーはブラッドベリ家の子供たちが「ばかをしでかす」(それが彼の口癖だった)のを嫌っていて、その点ではメリッサがいちばん危いと思いこんでいた。盲目でないと同じように愚かでもないリッサは、ルーの自分に対する偏見に気づいて、そのことに警戒心を抱くようになっていた。じつをいうと、ブラッドベリ家の子供たち全員が母親の二番目の夫にいくぶん警戒心を抱いていた。

いずれにしろべつに騒ぐほどのことではなかったかもしれないが、ブライアンはイギリスから家に帰ってきたことがうれしくて、少くともしばらくは幼い妹(ブライアンは彼女よりまる二歳年上だった）に調子を合わせてやってもよい気分だった。そこでなにも文句をいわずに彼女について三階の廊下を進んで行き、途中で一度彼女のお下げ髪を引っぱった――彼はその行為を「緊急停止」と呼んでいた――だけだった。

彼らは三階では唯一仕上げのすんだ部屋、ルーの書斎の前を忍び足で通りすぎなくてはならなかった。部屋のなかではルーがノートや書類を鞄から出しながら、不機嫌な声でぶつぶつ呟いていたからである。彼らが廊下のはずれに達したとき、ブライアンの考えはすでに今夜のテレビ番組に移っていた――三か月間BBCとITVを見つづけたあとでは、なつかしいアメリカのテレビ番組を見るのが楽しみだったからである。

妹が指さしたものを見たとたんに、ブライアン・ブラッドベリの頭からテレビのことがすっとんだ。

「もう一度誓って！」と、リッサが声をひそめていった。「だれにも話しちゃだめ。ダディ・ルーだけじゃなく、ほかのだれにも話さないと誓って！」

「誓うよ」ブライアンはなおも妹が指さしたものをみつめながら答えた。そして彼が自分の部屋で荷物をほどいている姉のローリーにこの秘密を話したのは、それから三十分後だった。ローリーは十一歳の女の子らしく部屋に人を入れたがらず、ちゃんと服を着ていたにもかかわらず、ノックをせずにいきなり入ってきたブライアンにがみがみ文句をいった。

「ごめん」と、ブライアンは謝った。「でも見せたいものがあるんだ。すごく気味が悪いんだよ」

「どこに？」彼女はまるで関心がないかのように、間抜けな七歳の子供が、少しでも関心を持てそうな話などするはずがないとでもいうように、衣類をスーツケースから出してひきだしにしまいつづけた。しかし眼力という点では、ブライアンの目はかならずしも節穴ではなかった。彼はローリーの関心を見抜く目を持っていたし、今彼女は明らかに関心を持っていた。

「階上《うえ》だよ。三階の、ダディ・ルーの書斎を通りすぎた廊下のはずれだ」

ブライアンかリッサがダディ・ルーと呼ぶたびにいつもそうするように、ローリーが顔をしかめて鼻に皺を寄せた。彼女とトレントは実の父親の記憶がはっきりしていて、その代用品に全然なつかなかった。だから彼を単にルーと呼ぶことにしていた。ルイス・エヴァンズが明らかにその呼び方を快く思っていないことが——実際は小癪《こしゃく》だとさえ思っていた——それこそ最近母親が一緒に寝ている（いやらしい！）男にふさわしい呼び方だという、ローリーとトレントの口には出さないが根強い確信をいっそう深めた。

「わたし、三階へなんか行きたくないわ」と、ローリーはいった。「彼は家へ帰ってからずっと機嫌が悪いんだもの。トレントは学校が始まってふだんの生活に戻るまでその調子が続くだろうっていってるわ」

「ドアはしまってるよ。こっそり歩けばだいじょうぶさ。リッサとぼく《ミー》がさっき行ったときも、彼は全然気がつかなかったよ」

「リッサとぼく《アイ》でしょう」

「わかったよ。ぼくたちならいいだろう。とにかくだいじょうぶだよ。ドアはしまっているし、彼はなにかに熱中しているときの癖でぶつぶつ独り言をいってたから」

「彼のその癖が嫌いよ。わたしたちのほんとのパパは独り言なんかいわなかったし、鍵をかけて独りで部屋にこもったりもしなかったわ」

「どうかな、鍵をかけているとは思わないけど」と、ブライアンがいった。「でも彼が出てくるのがそんなに心配なら、空っぽのスーツケースを持って行くといいよ。もしも彼が出てきたら、スーツケースをいつものクローゼットへ戻しに行くふりをすればいいじゃないか」

「そのふしぎなものってなんなの？」と、ローリーは拳を腰に当ててきいた。

「今見せるよ」と、ブライアンは勢いこんでいった。「そのかわり、だれにも話さないとママの名前にかけて誓ってくれよ」彼はちょっと間をおいて考えてから続けた。「とくにリッサには話しちゃだめだ、だれにも話さないってあいつに誓ったから」

ローリーはついにその気になった。とんだ空騒ぎかもしれないが、そろそろ衣類のかたづけにもうんざりしていた。わずか三か月でよくもこんなにたくさんつまらないものを買いこんだものだった。「オーケー、誓うわ」

彼らはそれぞれ空っぽのスーツケースを一個ずつ持ったが、結局その用心は無駄だった。継父は部屋から出てこなかったからである。おそらく出てこなくて幸いだった。物音から判断するに、彼の苛立ちは頂点に達していたからである。足を踏み鳴らして歩きまわる音、呟き声、そしてひきだしをあけ、また乱暴にしめる音が二人の子供たちの耳に達した。ドアの下からおなじみの匂いが漂ってきた——ローリーにいわせれば、それはスポーツ・ソックスが焦げるような匂いだった。ルーはパイプを吸っていた。

彼女は舌を出し、寄り目になり、指を耳の穴に突っこんで手をひらひらさせながら、部屋の前を忍び足で通りすぎた。

だがその直後に、リッサがブライアンに指さし、今ブライアンがローリーに指さしている場所を見たとき、ブライアンがその晩テレビで見られるすばらしい番組のことを完全に忘れてしまったように、彼女もルーのことをきれいさっぱり忘れた。

「なに、これ？」と、彼女は小声でブライアンにきいた。「ねえ、いったいどういうこと？」

「知らないよ」と、ブライアンが答えた。「でも忘れるなよ、ママの名前にかけて誓ったんだからな、ローリー」

「ええ、わかってるわ、でも——」

「もう一度いえよ！」ブライアンは彼女の目つきが気に入らなかった。それは秘、密、を、ば、ら、し、そ、う、な目つきだったので、彼はもう一度念を押す必要を感じた。

「わかった、誓うわ、ママの名にかけて」と、彼女はおざなりにいった。「でも、ブライアン、いったいこれ——」

「嘘ついたら死んでもいい、それを忘れるなよ」

「まあ、ブライアンたら、しつこいわよ！」

「いいから早くいえよ！」

「嘘ついたら死んでもいい、嘘ついたら死んでもいい、これで満足？　ねえ、あんたってどうしてそんなにしつこいの？」

「わかんないよ」彼は彼女の大嫌いなにやにや笑いをうかべながら答えた。「ただ運がいいだけじゃないかな」

彼女はブライアンの首をしめてやりたかった……しかし約束は約束だったし、とりわけかけがえのない母親の名にかけて誓った約束を破るわけにはいかなかったので、ローリーはトレントをつかまえて問題のものを見せるまで、たっぷり一時間以上も我慢した。彼女もトレントに誓わせたが、トレントなら約束を守ってだれにも話さないだろうと信じたのには確かな根拠があった。彼はもうすぐ十四歳で、いちばん年上だから、もし話すとすれば……相手は大人しかいなかった。母親は偏頭痛ですでにベッドに入っていたし、残るはルーだけだから、つまり話す相手がいないに等しかった。

ブラッドベリ家の上の子二人は、カムフラージュのためにスーツケースを持ちだす必要がなかった。継父は一階にいて、イギリス人の学者がノルマン人とサクソン人（ノルマン人とサクソン人は大学でのルーの専門だった）について講演したヴィデオを見ながら、お気に入りの午後のスナック——ミルクとケチャップ・サンドイッチを楽しんでいたからである。

トレントは廊下のはずれに立って、前にほかの子供たちが見たものをじっと眺めた。長い間そこに立っていた。

「なんなの、トレント？」と、しびれを切らしたローリーがきいた。トレントにもわからないかもしれないとは夢にも思わなかった。トレントはなんでも知っていた。だから彼がゆっくり首を横に振るのを、ほとんど信じられない思いで見守った。

「わからない」彼は割れ目をのぞきこみながら答えた。「金属みたいだけど」ペンライトを持ってくればよかった」彼は割れ目に手をのばしてこつこつ叩いてみた。ローリーはそれを見て漠とした不安に駆られ、トレントが指を引っこめたのでほっとした。「うん、やっぱり金属だよ」

「ここにあって当り前のものなの？　つまり、前からここにあったの？」

「いや。漆喰を塗りかえたときのことを覚えている。あれはママが彼と結婚した直後だった。そのときは木摺《きずり》しかなかったよ」

「木摺ってなんのこと？」

「細長い板だよ。漆喰と外壁の間に入れるんだ」トレントは壁の割れ目に手をのばして、くすんだ白っぽい色を見せている金属にもう一度触れた。割れ目は長さが約四インチ、幅がいちばん広いところで半インチほどだった。

「それから断熱材も入れるんだ」といいながら眉をひそめて考えこみ、両手を洗いざらしのジーンズのヒップ・ポケットに突っこんだ。「思いだしたよ。コットン・キャンディに似たピンク色の波型の材料だった」

「それはどこにあるの？　ピンク色のものなんか見えないけど」

「ぼくにも見えないよ。だけど入れたことは確かなんだ。はっきり覚えている」彼の視線が四インチの割れ目にそって移動した。「この壁のなかの金属は前からあったものじゃない。大きさはどれくらいかな？　三階だけなのか、それとも……」

「それとも？」ローリーは大きな丸い目で彼を見た。少しこわくなりはじめていた。

「それとも家全体に拡がっているのか」と、トレントが考えこむように続けた。

つぎの日の放課後、トレントはブラッドベリ家の子供たち四人のミーティングを招集した。リッサが彼女のいう「厳粛な誓い」を破ったという理由でブライアンを非難し、困りはてたブライアンが、トレントに話すことで母親の魂を恐ろしい危険にさらしたローリーを非難するといったぐあいで、滑りだしはぎくしゃくした。ブライアンは魂がどういうものかよくは知らなかったが（ブラッドベリ一家はユニテリアン教徒だった）、ローリーが母親を地獄へ落としたと確信しているようだった。

「だけどあんたにも責任があるわよ、ブライアン」と、ローリーが反論した。「だってこの問題にママを引っぱりこんだのはあんたなんだもの。ルーの名前にかけてわたしに誓わせるべきだったわ。彼なら地獄へ落ちたって平気だもの」

まだ幼なくて、だれも地獄へ落ちることを望まない心やさしいリッサが、いい争いを聞いているうちに悲しくなって泣きだしてしまった。

「みんな静かにしろ」と、トレントがいい、リッサを抱きしめたので、彼女はどうにか泣きやんだ。「やってしまったことは仕方がないし、ぼくは結果的にこれがいちばんよかったんじゃないかと思う」

「そうなの？」と、ブライアンがきいた。トレントがこれでよいというなら、彼の意見を無条件に支持するつもりだったが、問題はローリーがママの名にかけて誓ったことだった。

「こんな気味の悪いことは調べてみる必要があるけど、だれが約束を破ったかでだらだら時間をつぶしていたら、いつまでたっても終らないよ」

トレントはミーティングの場所になった自分の部屋の壁の時計に鋭い視線を向けた。三時二十分だった。それ以上なにもいう必要はなかった。母親は今朝は起きだしてルーの朝食――三分間茹でた卵二個にマーマレードつきの全粒粉のトースト――を用意していたが、そのあとまたベッドに戻ったきりだった。彼女はひどい頭痛持ちで、偏頭痛がときには二日か三日にわたって無防備な（そして当惑した）脳に、唸り声をあげ、爪を立てて襲いかかり、それが一か月ほどの間隔でくりかえされるのだった。

だから彼女が三階にいる子供たちに気づいて、なにをしているのかと怪しむ心配はなかったが、〝ダディ・ルー〟のほうが厄介だった。彼の書斎が壁の不思議な割れ目のすぐ手前の廊下に面しているので、彼に見つかってあれこれ詮索されるのを防ぐには、彼の留守の間に調べるしかなく、トレントが時計を見あげたのはそのためだった。

一家はルーの大学の講義が始まる十日前に帰国していたが、彼は大学から十マイル以内に戻ったとたんに、魚が水のないところでは生きられないように、もはや家にじっとしてはいられなかった。彼はイングランドのさまざまな史蹟で集めた資料を書類鞄に詰めこんで、午すぎ間もなく大学へでかけていた。集めた資料を整理するのだといっていたが、じつは机のひきだしに資料を押しこんでから、部屋に鍵をかけて歴史学科の教授談話室へ行くのだろうとトレントは思った。そこでコーヒーを飲みながら仲間とおしゃべりをする……ただし、大学教授の仲間という言い方はおかしいことをトレントは知っていた。仲間ではなく同僚というのが正しい。そんなわけで都合のよいことに彼は留守だったが、今から五時までの間にいつ帰ってくるかわからない点が不都合だった。だが、とにかく時間はあった。トレントはだれがだれになにを誓ったかで揉めてその時間を無駄にするつもりはなかった。

「みんな、聞いてくれ」と、彼はいった。そしてこれから調べが始まるという興奮で、みんなが対立や泥試合を忘れて真剣に耳を傾けはじめたことに満足した。また、リッサの発見をトレントが説明できないことも彼らには意外だった。ほかの二人も少くともある程度までは、ブライアンと同じようにトレントを無条件に信頼していた——トレントにもわからないことがあるとすれば、彼が首をひねったり驚いたりするようなことがあるとすれば、ほかのみんなにわかるはずはなかった。

ローリーが三人を代表して発言した。「ねえ、わたしたちはなにをすればいいの、トレント——いってくれればなんでもするわ」

「よし。まずいくつか用意しなきゃならないものがある」トレントは深呼吸をしてそれがなんであるかを説明しはじめた。

全員が三階の廊下のはずれの壁にできた割れ目の前に集まると、トレントがリッサを抱きあげて、割れ目をペンライトで——それは子供たちのぐあいが悪いときに、母親が耳や目や鼻を調べるのに使うライトだった——照らさせた。四人とも割れ目の金属を見ることができた。それはペンライトの光を反射するほどぴかぴかではなかったが、それでもシルクのような光沢を放っていた。スチールだろう、というのがトレントの意見だった——スチールか、でなければ合金の一種だろう。

「合金てなんなの、トレント?」と、ブライアンがきいた。

トレントは首を振った。彼もよくは知らなかった。ローリーのほうを向いて、ドリルをといった。

ローリーがドリルを手渡すのを見て、ブライアンとリッサが心配そうに目を見合わせた。ドリルは地下の工作室から持ちだしたもので、実の父親の縄張りで今も残っているのはそこだけだった。ダディ・ルーはキャサリン・ブラッドベリと結婚してから、十回とは地下室へ降りていなかった。下の二人もトレントやローリーと同じようにそのことをよく知っていた。だからだれかがドリルを持ちだして使っていることに、ダディ・ルーが気づく心配はなかった。心配なのは彼の書斎の外の壁にあいた穴に気づかれることだった。だれもそのことを口に出してはいわなかったが、トレントは三人の心配そうな顔からその不安を読みとった。

「いいかい」トレントはほかの三人によく見えるようにドリルを持ちあげた。「これはニードル・ポイントと呼ばれるドリルの刃だ。このとおりすごく細いだろう？　それに、穴をあけるのは絵の裏側だから、たぶん見つかる心配はないよ」

三階の廊下の壁には十点あまりの額縁入りの版画が飾られていて、その半分は書斎のドアの先、廊下のはずれのスーツケースをしまっておくクローゼットへの途中にあった。版画の大部分はブラッドベリ一家の住むタイタスヴィルの大昔の（そしてほとんどは面白味のない）風景だった。

「彼は版画なんか見もしないし、裏側なら絶対安全よ」と、ローリーが賛成した。

ブライアンがドリルの刃に指でさわってからうなずいた。メリッサがそれを見ていたが、やがてそっくりブライアンの真似をした。ローリーがだいじょうぶといえば、たぶんだいじょうぶだった。トレントが保証したら、ほぼ百パーセントだいじょうぶだった。二人が口を揃えて保証するのなら、なにも問題はなかった。

ローリーが壁の細長い割れ目にいちばん近い絵をはずしてブライアンに手渡した。トレントがドリルで穴をあけはじめた。ほかの三人は試合の山場でピッチャーを励ます内野手のように、小さな輪になって彼をとりかこみながら見守った。

ドリルの刃は造作なく壁に食いこみ、その穴は予想どおりごく小さかった。ローリーが額縁をフックからはずしたときに現われた、ほかよりも色の濃い壁紙の四角い痕も、彼らを勇気づけた。それはタイタスヴィル公立図書館を描いた黒い線描の版画が、長い間フックからはずされていない証拠だった。

トレントがドリルのハンドルを十回あまり回してから、今度は逆回転させて刃を引き抜いた。

「どうしてやめたの？」と、ブライアンがきいた。

「なにか固いものに当ったんだよ」

「また金属なの？」と、リッサ。

「そうらしい。木じゃないことは確かだよ。どれ」彼は穴をライトで照らし、さまざまな角度に首をかしげてのぞいたあと、諦めて首を振った。「ぼくの頭じゃ大きすぎる。リッサを抱きあげよう」

ローリーとトレントがリッサを抱きあげ、ブライアンが彼女にペンライトを渡した。リッサは目を細めてしばらくのぞいてからいった。「あたしが見つけた割れ目のなかと同じよ」

「よし」と、トレントがいった。「つぎの絵だ」

二枚目、三枚目の絵の裏側でも、ドリルは金属にぶつかった。四枚目では——それはルーの書斎のドアのすぐ近くだった——トレントが引き抜く前にドリルの刃が根元まで入りこんだ。今度は抱きあげられて穴をのぞいたリッサが、「なにかピンク色のものが見える」と報告した。

「うん、前に話した断熱材だよ」と、トレントがローリーにいった。「廊下の反対側も調べてみよう」

廊下の東側の壁に飾られた四枚の絵の裏側にドリルで穴をあけたあとで、初めて漆喰の裏側の木摺と断熱材にぶつかった——そして最後の絵を壁にかけなおしているときに、私道に入ってくるルーの年代物のポルシェの調子っぱずれのエンジン音が聞えた。

絵をかけなおす役目だったブライアンが——爪先立ちしてちょうどフックに届く背丈だった——それを取りおとした。ローリーがさっと手をのばして、床に落ちる前に額縁を受けとめた。だが、間もなく手がひどく震えだして、トレントに絵を渡さなければ今度は自分が落としてしまいそうだった。

「あんたがかけてよ、トレント」と、彼女はおびえた顔で兄のほうを向いていった。「自分のやっていることを考えていたら、たぶん落っことしてたわ。きっと」

トレントは市立公園のなかを通る馬車を描いた絵を壁にかけなおして、少し曲がっていることに気がついた。曲がりをなおそうとして手をのばしたが、指先が額縁に触れる直前にその手を引っこめた。妹たちや弟は彼を神のような存在とみなしていた。だがトレント自身は自分がただの子供にすぎないことを自覚していた。しかし子供でも——多少の知恵があれば——今やっているようなことが予定どおりに運ばなくなったときは、成行きまかせにするほかないことを知っていた。絵の曲がりをなおそうとすれば、きっとそれを落としてしまい、ガラスの破片が床にとび散ることになるだろう。なぜかトレントにはそのことがわかっていた。

「引きあげよう！」と、彼は小声でいった。「一階のテレビ室へ！」

階下で裏口のドアがばたんと鳴って、ルーが家に入ってきた。「トレント、これじゃ——」

「でもまっすぐじゃないわ！」と、リッサが抗議した。「トレントのいうとおりにして！」

「いいの！」と、ローリーがいった。

トレントとローリーは目を大きく見開いて顔を見合わせた。ルーがキッチンへ行って、夕食までの一時しのぎにつまみ食いをするようなら、まだなんとか間に合う。でなければ、彼は階段でリッサやブライアンと鉢合わせするだろう。ひと目でなにかを企んでいたことがばれてしまう。ブラッドベリ家の下の子供たち二人は、口を閉ざすことを知っている年齢だが、まだ顔の表情を閉ざすことまでは知らなかった。

ブライアンとリッサは急いで階段を降りた。

トレントとローリーは聴耳を立てながらゆっくりあとに続いた。聞えるのは階段を降りて行く小さな子供たちの足音だけで、ほとんど耐えがたいほどのスリルにみちた一瞬だった。やがてキッチンからルーのどなり声が聞えてきた。「**静かにしろ！　お母さんが眠っているんだぞ！**」

その声でママが目をさまさないとしたら、とローリーは思った。どんな音でも目をさまさないわ。

その夜遅く、トレントが眠りかけたところへ、ローリーが彼の部屋のドアをあけて入ってくると、ベッドの端に腰かけた。

「あんたは彼が好きじゃないけど、それだけじゃないわ」と、彼女はいった。

「だれが、どうしたって？」と、トレントが用心深く目をあけてきいた。

「ルーよ」ローリーは小声でいった。「だれのことかわかってるでしょう、トレント」

「ああ」彼は降参した。「おまえのいうとおりさ。ぼくは彼が好きじゃない」

「好かないだけじゃなく、こわいんでしょう？」

長い長い沈黙のあとで、トレントが答えた。「うん。少しね」

「少しだけなの？」

「もうちょっとかな」トレントは彼女にウィンクして笑わせようとしたが、ローリーがじっと顔をみつめているだけなので諦めた。彼女が持ちだした話をそらすことは、少くとも今夜はできそうになかった。

「どうして？　彼がわたしたちを痛い目にあわせると思うから？」

ルーは子供たちをしょっちゅうどなりつけたが、手をあげたことは一度もなかった。いいえ、そうじゃないわ。ローリーは急に思いだした。一度ブライアンがノックをせずに書斎に入りこんだとき、ルーがお尻をぶったことがあった。容赦ないお仕置きだった。ブライアンは懸命にこらえたが、しまいには泣きだしてしまった。そのときはママも泣いた。それでもお仕置きを止めようとはしなかったけど。だがあとでルーになにかいったらしく、ローリーは彼がママをどなりつけるのを聞いた。

とはいうものの、それは児童虐待などではなく、あくまでもお仕置きだったし、ブライアンはその気になると手に負えないいたずらっ子だった。

あの晩ブライアンはその気だったのだろうか？　と、ローリーは考えた。それともルーはたかが悪気のない小さな子供の過ちで、ブライアンのお尻をぶって泣かせたのだろうか？　答はどっちかわからなかったが、とつぜんあまり歓迎したくない洞察がひらめいた。大人になりたくないというピーター・パンの願いは正しかったという考えが。自分が答を知りたいのかどうか自信がなかった。ただひとつ知っているのは、この家でほんとにいやなやつはだれかということだった。

彼女はトレントがまだ質問に答えていないことに気づいて、彼を突っついた。「猫に舌をとられてしまったの？」

「考えているんだよ」と、彼が答えた。「難しい問題だからな」

「そうね」彼女は真剣に答えた。「わかってるわ」

そして今度は彼に考える時間を与えた。

「違うな」と、ようやくトレントがいい、頭のうしろで両手を組んだ。「ぼくはそうは思わないな、おちびさん《スプラット》」彼女はそう呼ばれるのがいやだったが、今夜は大目に見ることにした。

「彼がぼくたちを痛い目にあわせようとしているとは思わない……だがその気になれば痛い目にあわせることはできると思う」彼は片肘ついて体を起こし、より真剣な表情で彼女を見た。

「ただし彼はママを悲しませていると思う。おまけに一日ごとにひどくなってゆくようだ」

「ママは後悔しているんでしょう？」と、ローリーがきいた。彼女は急に泣きたくなった。子供には簡単にわかる理屈なのに、なぜ大人はときどきこうも愚かなのだろうか？　ほんとに蹴とばしてやりたくなる。「だいたいママはイギリスへなんか行きたくなかったんだし……それに彼がときどきママをどなりつけるところを見ていると……」

「それにママの頭痛もある」トレントが断定口調でいった。「彼にいわせれば、ママが自分で作りだしている頭痛だ。そう、ママは後悔しているさ」

「ひょっとしてママは……その……」

「彼と離婚するかって?」

「ええ、そう」ローリーはほっとしていった。彼女は離婚という言葉を自分から持ちだせたかどうか自信がなかった。その点で自分がどれほど母親似であるかに気づいていたら、その疑問に自分で答を出すことができただろう。

「いや」と、トレントが答えた。「ママは離婚しないよ」

「それじゃわたしたちにできることはなにもないわ」ローリーは溜息をついた。

トレントはほとんど彼女に聞きとれないほど小さな声でいった。「そうかな?」


それから一週間半の間に、彼らはだれかに見つかる心配のないときを見はからって、家じゅうのあちこちに新しい小さな穴をあけた。それぞれの部屋のポスターの裏側や、食料貯蔵室の冷蔵庫の裏側や(ブライアンが辛うじてもぐりこんでドリルを使うだけの隙間があった)、一階のクローゼットの壁などが選ばれた。トレントは食堂の壁の、一日じゅう影になっている一隅の、天井に近い場所にまで穴をあけた。脚立のいちばん上の段まで登って、ローリーに脚をおさえさせなくてはならなかった。

金属はどこにも見当らなかった。木摺だけだった。

子供たちはしばらくそのことを忘れた。

一か月たったある日、ルーが大学に戻ってフルタイムで講義をするようになったあとで、ブライアンがトレントのところへやってきて、三階の漆喰壁に新しい割れ目ができていて、そのなかにも金属が見えると報告した。トレントとリッサがすぐに見に行った。ローリーはバンドの練習でまだ学校から帰っていなかった。

最初の割れ目を発見したときと同じように、母親は頭痛で寝ていた。ルーの機嫌は大学に戻ったとたんになおっていたが（トレントとローリーの予想どおりだった）、前の晩彼らの母親と激しい口論をしていた。原因は彼が歴史学科の教授仲間を自宅に招いてパーティを開きたいといいだしたことだった。かつてのミセス・ブラッドベリが忌み嫌っていることがあるとすれば、それは教授たちのパーティでホステスの役割を演じることだった。ところがルーはこのパーティに限ってどうしてもやりたいといいはり、彼女はとうとう押し切られたのだった。そして今、おそらくルーが教授談話室で招待状を配りながら同僚たちの肩を叩いてまわっている間に、彼女は濡れタオルで目を覆い、ナイト・テーブルにフィオリナールの壜を用意して、薄暗くした寝室で横になっているところだった。

新しい割れ目は廊下の西側、書斎のドアと階段の吹抜けの間で見つかった。

「ほんとにそのなかにも金属が見えたんだろうな？」と、トレントがきいた。「こちら側はもう調べたんだぞ、ブライ」

「自分で見てみなよ」とブライアンが答えたので、トレントはそうした。ライトで照らすまでもなかった。その割れ目は前のよりも幅が広く、なかに金属があることは疑う余地がなかった。長い間それを眺めたあとで、トレントは今すぐ金物屋へ行かなくてはならない、といった。

「なにしに？」と、リッサがきいた。

「漆喰がいるんだよ。この割れ目を彼に見られたくないんだ」彼はちょっとためらってからつけくわえた。「それから、とくになかの金属を見られたくない」

リッサが眉をひそめた。「なぜなの、トレント？」

しかしトレントにも理由はよくわからなかった。少くとも今のところは。

彼らはふたたびドリルで壁に穴をあけはじめた。今度はルーの書斎も含めて、三階のすべての壁のなかから金属が見つかった。ある日の午後、ルーが大学へ行き、母親が近くにせまったパーティのための買物にでかけた留守に、トレントが書斎に忍びこんだのだった。

元ミセス・ブラッドベリは、このところひどく顔色が悪く、やつれていたが――幼いリッサでさえそのことに気がついていた――子供たちのだれかがだいじょうぶかときくと、いつも気がかりな、明るすぎる微笑をうかべて、気分は最高、調子は上々、元気いっぱいよと答えるのだった。思ったことをずけずけ口に出すローリーが、ママは痩せすぎよというと、母親はいいえ、そんなことはないわ、イギリスにいるときルーに太ったといわれたので――あのおいしいティーのせいだけど――元の体型に戻そうとしているだけよ、と答えた。

ローリーはそうではないことを知っていたが、さすがに面と向かって母親を嘘つきと呼ぶ勇気はなかった。もしも四人が同時に、いわば束になって反対したら、別の答を引きだせたかもしれない。だがトレントでさえその気にはなれなかった。

ルーの上級学位のひとつが、額におさめられて机の上の壁にかかっていた。ほかの三人がドアの外に集まって、恐怖心で吐きそうな顔をしている間に、トレントが額縁入りの学位証書をフックからはずして、机の上に置き、壁に残された四角い痕の真中にドリルで小さな穴をあけた。ドリルの刃が二インチ入りこんだところで金属にぶつかった。

トレントは証書をかけなおして――曲がっていないことを確かめた――部屋から出た。

リッサがほっとして泣きだし、すぐにブライアンも泣きだした。泣きだした自分が情なさそうだったが、泣かずにいられないようだった。ローリーは涙を見せまいとして必死にこらえた。

彼らは二階へ降りる階段の壁にも一定の間隔で穴をあけ、そこでも金属を発見した。金属は家の正面に向かってのびる二階の廊下のほぼ中間まで続いていた。ブライアンの部屋は四方の壁のなかに金属があったが、ローリーの部屋は一方の壁のなかにしかなかった。

「ここではまだ成長が終っていないんだわ」と、ローリーが謎めいたことをいった。

トレントが驚いて彼女を見た。「なんだって?」

彼女が答える前に、ブライアンの頭にある考えがひらめいた。

「床を調べてみてよ、トレント!」と、彼はいった。「床にも金属があるかどうか調べてみて」

トレントはその提案を熟考してから、肩をすくめて、ローリーの部屋の床にドリルで穴をあけた。刃はなんの抵抗もなく根元まで入りこんだが、自分の部屋でベッドの足もとのカーペットをめくって床に穴をあけたときは、間もなく固い鋼鉄に……あるいは正体不明の固いものにぶつかった。

続いて、リッサに催促されてストゥールの上に立ち、顔に降りかかる漆喰の粉をよけるために目を細めながら、天井に穴をあけた。

「あったぞ」と、しばらくして彼はいった。「ここにも金属が。今日はこれぐらいにしておこう」

トレントのひどく心配そうな表情に気づいたのはローリーだけだった。

その夜消灯後に、今度はトレントがローリーの部屋へやってきた。ローリーは睡そうなふりさえしなかった。じつをいうと、二人ともこの二週間あまりよく眠れなかった。

「あれはどういう意味だ？」と、トレントが彼女と並んで腰をおろして小声できいた。

「なんのこと？」ローリーは片肘ついて体を起こした。

「おまえの部屋ではまだ成長が終ってないといったじゃないか。それはどういう意味かときいてるんだよ」

「よしてよ、トレント――あんたはばかじゃないわ」

「そうさ、ぼくはばかじゃない」と、彼はすなおにいった。「たぶんおまえの口から聞きたかったんだよ、おちびさん」

「わたしをそう呼んだら、絶対に答えてやらないから」

「悪かったよ。ローリー、ローリー、ローリー。これで満足したかい？」

「ええ。あれは家じゅうで成長しているのよ」それからちょっと間をおいて、「いいえ、このいい方は正確じゃないわ。家の下で成長しているのよ」

「それも正確じゃないいな」

ローリーはしばらく考えてから溜息をついた。「じゃあ、家のなかで成長しているのよ。あれはこの家を盗もうとしてるんだわ。これでどう、お利口さん？」

「家を盗もうとしている……」トレントはベッドの彼女の隣りに静かに腰かけて、クリシー・ハインドのポスターを眺めながら、ローリーが口に出した言葉を反芻しているようだった。やがて彼はうなずいて、ローリーの好きな微笑をうかべた。「うん――それは当っている」

「呼び方はどうでも、あれはまるで生きものみたいに振舞ってるわ」

トレントはうなずいた。彼自身もすでに同じことを考えていた。金属が生きものであるはずはなかったが、少くともさしあたり彼女の結論を避けて通ることはできなかった。

「しかも最悪なのはそのことじゃないわ」

「じゃ、なにが最悪なんだ？」

「こそこそしていることよ」トレントの目を真剣にみつめる彼女の目は、大きく見開かれ、おびえていた。「わたしはそこが気に入らないの。なにがきっかけであれが始まったのか、なにを意味しているのか、わたしにはわからないし、べつにわからなくたって構やしないわ。でも、あいつはこそこそしているのよ」

彼女は豊かなブロンドの髪に指をくぐらせて、こめかみから押しあげた。その苛立った無意識のしぐさが、トレントにまったく同じ色の髪を持っていた父親を痛いほど思いださせた。

「なにかが起こりそうな気がするんだけど、それがなんだかわからないし、まるで絶対に逃げだせない悪い夢でも見ているような気がするのよ。あんたもそんなふうに感じることがある、トレント？」

「少しはね。しかしぼくはなにかが起きることを知っている。それがなにかってことさえ知っているような気がする」

彼女がさっと上体を起こして彼の両手をつかんだ。「知ってるの？　なんなの？　なにが起きるの？」

「断言はできない」トレントは立ちあがりながらいった。「知っているような気がするが、今はまだいえない。もう少し観察してからだ」

「これ以上ドリルで穴をあけたら家が倒れちゃうわよ！」

「穴をあけるんじゃなくて観察するといったんだよ」

「なにを観察するの？」

「まだ姿を現わしていないもの――まだ成長しきっていないなにかをだ。成長が終れば隠れていることはできないと思う」

「教えてよ、トレント！」

「まだだ」彼はローリーの頰にすばやく軽いキスをした。「それに――好奇心は体に毒だよ」

「あんたなんか嫌い！」彼女は低い声で叫んで、どすんと横になり、頭からシーツをかぶった。

だがトレントと話したおかげで気分がよくなり、一週間ぶりによく眠れた。

トレントは盛大なパーティの二日前に捜していたものを発見した。いちばん上の子である彼は、母親が気がかりなほど健康を害し、皮膚がてかてかと頰骨に張りつき、顔が醜い黄色に見えるほど血の気が失せてしまったことに気づくべきだったかもしれない。彼女が偏頭痛に悩まされていることを、あるいは偏頭痛が一週間以上も続いていることを――ほとんどパニック状態で――否定したにもかかわらず、ひっきりなしにこめかみを揉んでいることに気づくべきだった。

ところが彼はそうしたことに気づかなかった。観察に忙しすぎて気づく暇がなかった。就寝時間後にローリーと話をしてから捜していたものを発見するまでの四、五日間に、古い大きな家のすべてのクローゼットを少くとも三回は調べてみた。ルーの書斎の天井裏の空間を五回か六回、大きな古い地下室を六回は虱つぶしに調べてみた。

そしてついにワイン・セラーでそれを発見した。

といってもほかの場所では奇妙なものを発見しなかったわけではない。いたるところで妙なものにでくわしていた。二階のクローゼットの天井からは、ステンレス・スチールの把手が一個突きでていた。三階のスーツケース用のクローゼットでは、湾曲した金属の補強材らしきものが壁を破って顔をのぞかせていた。色は鈍い光沢をおびた灰色だった――彼が手を触れるまでは。手を触れると同時に黒ずんだバラ色に変り、壁の奥のほうでかすかだが力強いぶうんという音が聞えた。彼は熱いものにでもさわったようにさっと手を引っこめた（事実最初、彼が電気ストーヴのバーナーを連想した色に変ったときは、それは間違いなく熱かった）。手をはなすと、湾曲した金属の補強材は元の灰色に戻った。ぶうんという音もすぐに止んだ。

その前の日は、屋根裏部屋で、庇の下の低く暗い一隅で成長する、からみあって蜘蛛の巣状になった細いケーブルを見つけていた。四つん這いになって動きまわり、汗をかき、埃にまみれただけでなんの収穫もなさそうだと思ったときに、ふいにこのふしぎな現象にでくわしたのである。トレントはその場に凍りついて、もつれた髪の毛の間から、どこからともなく紡ぎだされたケーブルが（いずれにせよ彼にはそう見えた）、出会い、一本に溶けあうかと見えるほどしっかりとからみあい、床に達するまでのび、夢のなかの出来事のようにかすかに鋸くずを散らしながら、床に穴をあけて自分を固定するのを見守った。彼らはある種のしなやかな筋違《すじかい》の役目を果しているように見え、いかにも丈夫そうで、激しい震動や強い衝撃にあっても家がばらばらにならずにすむように見えた。

しかし、どんな震動か？

どんな強い衝撃か？

その答も、トレントは知っているような気がした。信じがたいことだが、答を知っていると思った。

地下室の北端、工作室と暖房炉のずっと先に、小さなクローゼットがあった。彼らの実の父親はそこを〝ワイン・セラー〟と呼んでいて、わずか二ダースほどの安ワイン《プロンク》（母親はその言葉を聞くたびにくすくす笑った）しかないのに、父親手作りのワイン・ラックに大切に貯蔵されていた。

ルーがこの場所に立入ることは工作室よりも稀だった。ワインを飲まなかったからである。母親は死んだ父親と一緒によくグラス一杯か二杯飲んだものだったが、今はそれもやめていた。トレントは、なぜ前みたいに暖炉の前でプロンクを飲まないのかとブライアンがたずねたとき、彼女がとても悲しそうな顔をしたことを覚えていた。

「ルーがいやがるのよ」と、彼女はブライアンに答えた。「飲酒は人間の弱点だって」

ワイン・セラーのドアには南京錠がついていたが、それはドアがひとりでにあいて、暖房炉の熱が入りこむのを防ぐことだけが目的だった。ドアの横には鍵がぶらさがっていたが、トレントはそれを必要としなかった。最初にワイン・セラーを調べて、錠をかけずにおいたあと、ここへやってきて錠を閉めた者は一人もいなかったからである。彼の知るかぎり、地下室のこの部分にはもうだれも足を踏みいれなかった。

ドアに近づいたとき、こぼれたワインのすっぱい匂いが鼻をついてもあまり驚かなかった。それは彼とローリーがすでに知っていることの新たな証拠でしかなかった――変化はひそかに家じゅういたるところで進行していた。ドアをあけたとき、目の前の光景にぞっとしたが、とくに驚きはしなかった。

金属の構造物が二方の壁を突き破って、ダイヤ型に仕切られたワイン・ラックをこわし、ボランジェとモンダヴィのボトルが床に落ちて割れていた。

屋根裏のケーブルと同じように、ここで形作られつつあるもの――ローリーの言葉を借りれば、成長しつつあるもの――がなんであれ、それはまだ完成していなかった。それから発する光でトレントの目が痛くなり、軽い吐気に襲われた。

しかし、ここにはケーブルも湾曲した補強材もなかった。実父の忘れられたワイン・セラーで成長しているものは、キャビネットやコンソールや計器盤などに似ていた。そして、彼の目の前で、初めは漠然としていた形が、蛇が鎌首をもたげるように隆起して、はっきりした形をとり、ダイアルやレヴァーや表示器に変っていった。点滅ライトも数個現われた。そのいくつかは目の前で実際に点滅しはじめた。

この創造過程には低い吐息のような音が伴っていた。

トレントは小部屋のなかへ用心深く一歩足を踏みいれた。とりわけ明るい赤いライトが、というか一連のライトが、目に止まった。彼は前に進みながらくしゃみをした――古いコンクリートの壁を突き破った機械やコンソールが、おびただしい埃をたてていた。

彼の注意を惹いた一連のライトは数字だった。それはひとつのコンソールから現われた金属の構造物の細長いガラス窓に表示されていた。この新しい物体は、坐り心地はひどく悪そうだったが、ある種の椅子に似ていた。少くとも人間の形をしたものには坐りにくそうだと、トレントは少しぞっとしながら思った。

細長いガラス窓は、この歪んだ椅子――もしも椅子だとすればの話だが――の一方のアームについていた。そして数字が目に止まったのはたぶん動いていたからだった。

72：34：18が、

72：34：17に変り、続いて

72：34：16に変った。

トレントは中央秒針のついた自分の時計を見て、すでに目が教えてくれたことを確認した。その椅子は実際は椅子かどうかわからなかったが、細長いガラス窓の数字はまぎれもなくディジタル時計だった。時計は逆に動いていた。一秒刻みでカウントダウンしていた。この表示がやがて

00：00：01　から
00：00：00　へと

変る今からほぼ三日後に、いったいなにが起きるのだろうか？

彼にはその答を知っているという確信があった。アメリカの男の子なら、逆に進む時計がゼロを指したときに起きることは二つにひとつしかないことをだれでも知っている。爆発か離陸だ。トレントは爆発にしては装置や仕掛けが多すぎると考えた。

彼らがイギリスへ行っていた留守の間に、なにかが家のなかに入りこんだのだ。おそらく十億年間宇宙を漂った末に、地球の重力につかまって、微風に乗った植物の綿毛のように大気中を旋回しながら落下してきたある種の種子だろう。それが最後にインディアナ州タイタスヴィルの一軒の家の煙突からなかに入りこんだのだ。

インディアナ州タイタスヴィルのブラッドベリ家のなかへ。

もちろんまったく別のものである可能性もあったが、トレントは種子という考えが当っているような気がしたし、ブラッドベリ家の子供たちのなかで最年長であるとはいえ、彼はまだ午後九時にペパローニ・ピッツァを食べたあとでぐっすり眠れるほど、そして自分の知覚と直感を全面的に信じるほど若かった。それに、結局のところ、なにが入りこんだかは問題ではなかった。大切なのはすでに起きたことだった。

それからもちろん、これから起きることも。

今回ワイン・セラーから出るとき、トレントはドアに錠をおろしただけでなく、鍵も持ち去った。

ルーのパーティで恐ろしいことが起きた。九時十五分前、最初の客が到着してからわずか四十五分後くらいの出来事で、あとでトレントとローリーは、ルーが、早目にばかなことをしでかしてくれたのがせめてもの救いだった——もしもあれが十時ごろだったら、五十人かそれ以上の客が居間や食堂やキッチンや奥の客間を右往左往していただろうと、彼らの母親をどなりつけるのを聞いた。

「いったいどうしたんだ？」と、妻を叱りつけるルーの声がトレントとローリーの耳に聞えた。トレントはローリーの手が冷い鼠のように自分の手のなかに滑りこむのを感じて、それをきつく握りしめた。「みんながこのことをどう噂するかわからないのか？　歴史学科で噂の種になることがわからないのか？　まったく、キャサリン——あの醜態はまるで三馬鹿大将なみだったぞ！」

母親はかぼそく、頼りない声で啜り泣くだけで、トレントはほんの一瞬だったが、心ならずも彼女に対して激しい憎しみをおぼえた。だいたいなんだってあんな男と結婚なんかしたんだ？　身から出た錆じゃないか。

彼は自分を恥じながらその考えを頭から追いだし、ローリーのほうを向いた。彼女が涙で頬を濡らしているのに気づいて愕然とした。彼女の目にうかぶ無言の悲しみが、ナイフの刃のように彼の心臓をえぐった。

「すてきなパーティだったわね？」と、彼女は掌のつけ根で頬を拭いながら低い声でいった。

「そうだな、おちびさん」彼はローリーが泣声をたてても聞えないように、彼女の顔を肩に当てて抱きしめながら答えた。「間違いなくぼくの年末の十大ニュースに入るよ」

キャサリン・エヴァンズは（もう一度キャサリン・ブラッドベリに戻ることを、今ほど強く願ったことはなかった）、みんなに嘘をついていたようだった。今回はいつもと違って一日二日ではなく、二週間前から続いている割れるような偏頭痛に悩まされていた。その間ほとんどなにも食べられず、体重が十五ポンドも減っていた。歴史学科主任のスティーヴン・クラッチマーとその夫人にカナッペをすすめているときに、とつぜん目の前が暗くなって、周囲がぐるぐる回りだした。まるで骨抜きになったように前方にくずおれて、中華風のポーク・ロールを、ミセス・クラッチマーがこの日のパーティのために新調した高価なノーマ・カマリのドレスにトレイごとぶちまけた。

ブライアンとリッサがこの騒ぎを聞きつけて、二人とも――いや、四人の子供たち全員が――パーティが始まったら一階に降りてきてはいけないと、ダディ・ルーに厳禁されていたにもかかわらず、なにが起きたのかとパジャマ姿で様子を見に降りてきた。「大学の連中は教授仲間のパーティで子供の姿を見たがらないんだ」と、ルーはその日の午後ぶっきらぼうに説明していた。「どういう態度を示せばいいかわからないんだよ」

二人は心配してひざまずく来客（ミセス・クラッチマーはそのなかにいなかった。ソースの汚れがドレスの胸にしみつく前に水で洗い流そうとして、キッチンへ駆けこんでいたからである）に囲まれて床に横たわる母親の姿を見て、継父の厳重な注意を忘れ、リッサは泣きながら、ブライアンは興奮し、逆上して大声で叫びながら、騒ぎのなかにとびこんだのだった。そしてリッサはアジア研究主任の左の腎臓を蹴とばすことに成功した。彼女よりも二つ年上で体重も三十ポンド多いブライアンは、さらにうまくやってのけた。秋期学期の客員講師で、ピンクのドレスを着て爪先がカールしたイヴニング・シューズをはいた太った女性を、暖炉のなかに押し倒したのである。彼女はもうもうと巻きあがる灰のなかに尻餅をついて茫然としていた。

「ママ！　ママー！」ブライアンは元キャサリン・ブラッドベリを揺さぶりながら叫んだ。「マミー！　目をさましてよ！」

ミセス・エヴァンズがもじもじして呻いた。

「二階へ行きなさい」と、ルーが冷くいった。「二人ともだ」

二人が従いそうもないと見ると、彼はリッサの肩に手をかけて、苦痛の悲鳴をあげるまでしめつけた。両頰の中心の、安物の口紅みたいにどぎつい赤い斑点を除いて、あとは真青になった彼の顔から、ぎらぎらした目が彼女をにらみつけた。

「いいからわたしにまかせろ」彼は話すときも開かないほどきつく嚙みしめた歯の間からいった。「おまえとブライアンは、すぐに二階へ戻って――」

「妹から手をはなせ、こいつ」と、トレントがはっきりいった。

ルーが――そして早めに到着したためにこの興味津々の余興に間に合ったパーティの客が一人残らず――居間と廊下の間のアーチ型の入口に目を向けた。トレントとローリーがそこに並んで立っていた。トレントは継父に劣らず蒼白だったが、顔は冷静で決然としていた。パーティの出席者のなかにはキャサリン・エヴァンズの最初の夫を知っている者が――多くはないが数人は——いて、のちに彼らの意見は父親と息子が瓜二つであるという点で一致した。実際のところ、まるでビル・ブラッドベリが自分の気難しい後継者と対決するために生きかえったようだったと。

「二階へ行きなさい」と、ルーがいった。「四人ともだ。心配しなくていい。なにも心配はない」

ノーマ・カマリの胸は濡れていたが、見苦しくない程度にしみを落としたミセス・クラッチマーが部屋に戻ってきていた。

「リッサから手をはなせ」と、トレントがいった。

「わたしたちのママからはなれてよ」と、ローリーがいった。

ミセス・エヴァンズが両手で頭をおさえ、茫然としてあたりを見まわしながら上体を起こしたところだった。頭痛が風船のようにはじけ飛んで、方向感覚は失われ、ぐったりとはしているものの、ついに十四日間耐えてきた苦痛からは解放されていた。彼女は自分がなにかとんでもないことをしでかして、ルーを困らせ、おそらく恥をかかせたことを知っていたが、さしあたり頭痛が消えてくれたことの喜びのほうがその心配よりも大きかった。恥しさはこれからやってくるだろう。今はひたすらゆっくり二階へあがって横になりたかった。

「この罰としてあとでお仕置きだ」ルーはショックでしんと静まりかえった居間で、四人の継子たちにいいわたした。四人それぞれの罪の内容と重さを測るかのように、四人一緒にではなく一人ずつ順ににらみつけた。「彼らの不作法をお詫びします」と、彼は客に向かっていった。

「妻がこの子たちに少し甘かったんでしょう。彼らに必要なのはイギリス人のきびしい乳母

――」

「ばか《ジャッカス》なことをいわないで、ルー」と、ミセス・クラッチマーが口を出した。たいそう大きな声だったがあまり耳に快くはなかった。むしろ彼女自身が大きな声で鳴く雄のろば《ジャッカス》のようだった。ブライアンがびっくりしてとびあがり、妹にしがみついて自分も泣きだした。「あなたの奥さんが気を失ったのよ。子供たちが心配するのは当然でしょう」

「そうですよ」と、客員講師が大きな体を苦心のすえ暖炉から引きだしながらいった。ピンクのドレスが灰で汚れ、顔は煤《すす》まみれだった。滑稽だが愛嬌のある爪先のカールした靴だけが災難を免れたようだったが、彼女はひどい目にあったことを気にとめる様子もなかった。「子供たちは母親を気にかけて当然だわ。それに夫たる者は当然妻を気にかけるべきよ」

彼女はおしまいのところで険しい視線をルー・エヴァンズに向けたが、ルーは母親を助けて階段をあがるトレントとローリーの動きを見張っていたので、その視線に気がつかなかった。リッサとブライアンが儀杖兵のようにうしろにつき従った。

パーティは続けられた。この事件は、教授仲間のパーティで起きた不愉快な事件の例にもれず、多かれ少なかれとりつくろわれた。ミセス・エヴァンズは（夫がパーティの計画を発表してから、ひと晩にせいぜい三時間しか眠っていなかった）頭が枕に触れるか触れないかに寝入ってしまい、子供たちは階下でホステス抜きで愛想を振りまくルーの大きな声を聞いた。トレントは彼がおびえた鼠のようにちょこちょこ動きまわる妻を厄介払いできて、むしろほっとしているのではないかと思った。

彼は一度も中座して妻の様子を見にこなかった。

ただの一度も。パーティが終るまでは。

最後の客を送りだしたあと、彼は重い足どりで二階へあがり、妻を起こした……そして彼女は目をさました。牧師の前で誓いを立てるという過ちを犯した日から、ほかのすべての点で夫に従順だったように、このときも夫のいいなりだった。

つぎにルーはトレントの部屋に顔を出して、子供たちの心のなかを推しはかるようににらみつけた。

「みんなここにいることはわかっていたんだ」と、彼は満足そうに小さくうなずきながらいった。「どうせ陰謀を企んでいたんだろう。おまえたちを罰してやる。覚悟しておくがいい。明日罰を与える。今夜はこれからベッドに入って、どんな罰にするかを考える。さあ、自分の部屋に戻るんだ。こそこそ歩きまわってはいかんぞ」

リッサもブライアンも〝こそこそ歩きまわる〟ことはしなかった。ベッドに入ってすぐに眠ってしまう以外にはなにもできないほど疲れきって、精神的にもくたくただったからである。だがローリーはダディ・ルーの禁止にもかかわらずトレントの部屋に戻り、継父が事もあろうに彼のパーティで倒れた母親を責める声を……そして母親がただのひと言もいいかえさずに泣く声を、心を痛めながら無言のうちに聞いた。

「ああ、トレント、わたしたちどうすればいいの?」と、ローリーは兄の肩に顔を埋ずめて押しころした声でいった。

トレントの顔は異様なまでに青ざめ、平静だった。「どうするって?」と、彼はいった。「いや、なにもしないよ」

「でも、なんとかしなくっちゃ！　トレント、このままほっとけないわ！　ママを助けてあげなくっちゃ！」

「いや、ほっとくんだ」トレントの口のまわりにかすかな、なにやら恐ろしげな微笑がうかんだ。「ぼくたちがやらなくてもこの家がやってくれる」彼は時計を見て計算した。「明日の午後三時三十四分ごろ、この家がすべてをやってくれる」

翌朝お仕置きはなかった。ルー・エヴァンズは八時からのセミナー、「ノルマン征服の影響」のことで頭がいっぱいだった。ローリーもトレントも驚きはしなかったが、心から感謝した。ルーは今夜書斎に一人ずつ呼んで、「たっぷりお仕置きをする」と通告した。こうして子供たちを脅迫すると、彼は胸を張り、書類鞄を右手でしっかり握りしめて家を出た。彼のポルシェが唸り声をあげて通りを走り去るとき、子供たちの母親はまだ眠っていた。

下の二人は抱きあってキッチンに立っていたが、ローリーにはその姿がグリム童話の挿絵のように見えた。リッサは泣いていた。ブライアンは少くとも今のところは懸命に涙をこらえていたが、顔は青ざめ、下瞼が紫色にたるんでいた。「あいつはぼくたちのお尻をぶつんだよ」と、彼はトレントにいった。「力いっぱいお尻をぶつんだよ」

「そうはさせないさ」と、トレントがいった。三人は期待をこめながらも疑わしそうに彼を見た。結局、ルーはお仕置きを約束したのだ。いかにトレントでもこの苦痛にみちた屈辱を免れることはできない。

「でも、トレント——」と、リッサがいいかけた。

「まあ聞けよ」トレントはテーブルから椅子を引きだして、下の二人の前にうしろ向きに坐った。「よく聞くんだ。ひと言も聞きもらすんじゃないよ。これは大事なことだし、失敗は許されないんだ」

二人は大きなグリーン・ブルーの目を見開いて、無言で彼をみつめた。

「学校が終ったらすぐに、二人ともまっすぐ家へ帰ってこい……ただし通りの角までだ。メイプルとウォルナットの角まで。わかったか？」

「わ、わかった」リッサが口ごもった。「でもどうしてなの、トレント？」

「心配しなくていい」トレントの目は――同じくグリーン・ブルーだった――きらきら輝いていた。しかしローリーは機嫌のよいときの輝きとは違うと思った。むしろどこか危険を感じさせる輝きだった。「そこで待つんだ。郵便ポストの横に立って待て。三時までに、遅くとも三時十五分までには戻ってこい。わかったか？」

「うん」ブライアンが代表して答えた。「わかった」

「ローリーとぼくはその前に到着しているか、おまえたちが到着したすぐあとにそこへ行く」

「そんなの無理よ、トレント」と、ローリーがいった。「三時までは学校から出られないし、そのあとバンドの練習があるわ。おまけにバスだって――」

「ぼくたちは今日は学校へ行かない」

「えっ、そうなの？」ローリーは途方に暮れた顔をした。

リッサが驚いていった。「いけないわ、トレント！　そんなの……ずる休みじゃない！」

「そろそろ時間だ」トレントはきびしい口調でいった。「二人は学校へ行く用意をしろ。いいか、忘れるなよ、メイプルとウォルナットの角に三時、ぎりぎり遅くても三時十五分だ。そして絶対に家までは帰るな」彼がブライアンとリッサを鋭い目でみつめたので、二人はおびえ、動揺して振りかえり、ふたたびおたがいを安心させるために抱きあったほどだった。ローリーでさえおびえていた。「そこでぼくたちを待つんだ。ただし絶対にこの家には戻るな」と、彼はいった。「なにがあってもだぞ」

下の二人が学校へでかけると、ローリーがトレントのシャツをつかんで、なにが起きるのか教えてくれとせがんだ。

「この家のなかで成長しているものと関係があることはわかっているけど、わたしに学校をずる休みさせて手伝わせたかったら、なんなのか教えてよ、トレント・ブラッドベリ！」

「そうかっかするなよ」トレントはローリーが握りしめたシャツを注意深く引きはなした。「落ちつけって。ママを起こしたくないんだ。ママに学校へ行けっていわれたら、なにもかもおじゃんになってしまう」

「ねえ、なんなのよ？　教えて！」

「下へ降りようよ。見せたいものがある」

彼はローリーをワイン・セラーへ連れて行った。

トレントはローリーが自分の計画に協力してくれるかどうか、百パーセントの自信はなかったが――それは彼自身の目から見ても、恐ろしいほど……なんというか、決定的な計画に思えた——彼女は同意した。もしも〝ダディ・ルー〟のお仕置きに耐えるだけのことだったら、おそらく彼女は同意しなかっただろう。しかしローリーは、気を失って居間に倒れている母親の姿を見て、トレントがそれに対する継父の冷酷な反応に感じたのと同じくらい深い怒りを感じていた。

「わかったわ」と、彼女は悲しそうにいった。「仕方ないわね」そして椅子のアームでまたたく数字を眺めていた。今その数字は

07：49：21

とあった。

ワイン・セラーはもはやワイン・セラーではなくなっていた。たしかにワインの香りはしたし、父親のワイン・ラックの歪んだ残骸に混じって緑色のガラス壜の破片が床に散らばってはいたが、今やそこは狂った人間の頭にうかぶ宇宙船《エンタープライズ》の司令塔を思わせる光景だった。ダイアルがくるくる回り、ディジタル時計の数字が明滅し、変化し、また明滅した。ライトが点滅した。

「うん」と、トレントが相槌を打った。「ぼくもそう思うよ。あいつめ、ママをあんなふうにどなりつけるなんて！」

「やめてよ、トレント」

「あいつはくそったれのど阿呆だ！」

しかしそれは口笛を吹きながら墓地を通りすぎる行為の悪口版にすぎなかったし、二人ともそのことを知っていた。さまざまな装置や計器類の奇妙な集積を眺めていると、トレントは疑念と不安でほとんど吐気をもよおしそうだった。子供のころ父親に読んでもらった本のことを、「切手食いのトロラスク」という生きものが、小さな女の子を封筒に入れて、「関係者各位」あてに郵送するマーサー・メイヤーのお話を思いだした。彼が今ルー・エヴァンズに対してやろうと提案していることは、それとほとんど同じことではなかったか？

「わたしたちがなにか手を打たないと、彼はママを殺してしまうわ」と、ローリーが声をひそめていった。

「なに？」トレントは首に痛みが走るほど急激に彼女のほうを振りむいたが、ローリーは彼を見ていなかった。彼女の視線はカウントダウンの赤い数字に吸いよせられていた。数字は彼女が学校のある日にかける眼鏡のレンズに反射していた。彼に見られていることにも気づかず、おそらく彼がそこにいることさえ忘れて、ほとんど催眠術にかかったような状態だった。

「もちろん故意にじゃないけど。彼だって悲しむかもしれないわ。少くともしばらくの間は。彼だってある意味ではママを愛していると思うし、ママも彼を愛しているから。いっておくけど——ある意味ではよ。でも彼はママをますます苦しめるわ。ママはいつも体の調子が悪くて、やがて……ある日……」

彼女はみなまでいわずにトレントを見た。その表情のなにかが、この奇妙な、刻々変化し、こそこそ振舞う家のなかのいかなるものよりもトレントをおびやかした。

「ねえ、トレント」彼女はトレントの腕をつかんだ。氷のように冷い手だった。「どうすればいいか教えて」

彼らは一緒にルーの書斎へあがって行った。トレントは必要なら部屋のなかをくまなく捜すつもりでいたが、鍵はルーの小さくて几帳面でどこか幼児的な活字体で**書斎**と書かれた封筒に入って、いちばん上のひきだしのなかで見つかった。トレントはそれをポケットに入れた。彼らは母親が起きだしたらしい二階のシャワーの音が聞えはじめると同時に、一緒に家を出た。

二人は公園で時間をつぶした。どちらも口には出さなかったが、それは生涯でいちばん長い一日だった。二度、パトロール警官の姿を見かけて公衆便所に隠れた。この大事なときにずる休みをしているところを見つかり、学校へ連れて行かれるわけにはいかなかった。

二時半に、トレントがローリーに二十五セント・コインを一枚渡して、公園の東側にある公衆電話ボックスへ連れて行った。

「どうしても？」と、彼女はいった。「ママをおどかすのはいやだわ、とくにゆうべの一件のあとでは」

「なにが起きるにせよ、これからなにかが起きたときに、ママが家のなかにいてもいいのか？」と、彼がきいた。ローリーはそれ以上逆らわずにコインを投入した。

何度ベルが鳴ってもだれも出ないので、てっきり母親が外出したものと思いこんだ。そのほうがよいのか悪いのか、いちがいにはいえなかった。ただ、心配なことだけは確かだった。外出したのだとすれば、肝心のときには家に帰っているということもありえた——

「留守みたいよ、トレント——」

「もしもし」と、ミセス・エヴァンズが睡そうな声で答えた。

「あら、いたの、ママ。留守かと思ったわ」

「一度起きたけどまた寝てしまったの」母親は恥しそうに小さく笑った。「なんだか急に眠りたりないような気がして。眠っていればゆうべの大失敗を考えなくていいから――」

「そんな、大失敗なんかじゃないわよ、ママ。だれだって好きこのんで気を失うわけじゃないんだから――」

「ローリー、なぜ電話してきたの？　あなた、だいじょうぶなの？」

「ええ、ママ……ただちょっと……」

トレントが彼女の脇腹を強く小突いた。

肩をすぼめていたローリーが（まるで背丈が低くなっていくように見えた）、あわてて背筋をのばした。「体育館で怪我をしたの。ほんの……ちょっとした怪我よ。ひどくはないわ」

「いったいなにをしたの？　まさか病院からかけているんじゃないでしょうね？」

「とんでもない」ローリーは急いで答えた。「ちょっと膝をひねっただけよ。キット先生がママに迎えにきてもらいなさいって。独りで歩けるかどうかわからないの。すごく痛いわ」

「すぐ行くわ。膝を動かしちゃだめよ。靭帯が切れているのかもしれないから。そこに看護婦さんはいるの？」

「今はいないわ。でも心配しないで、ママ。気をつけるから」

「そこは看護室なの？」

「そうよ」ローリーの顔はブライアンのレディオ・フライヤー・ワゴンのサイドと同じくらい

赤かった。

「すぐ行くから待ってて」

「ありがとう、ママ。それじゃ」

彼女は電話を切ってトレントを見た。深々と息を吸いこんで、長い、震える溜息とともに吐きだした。

「面白かったわ」と、彼女は今にも泣きだしそうな声でいった。

トレントは彼女をしっかり抱きしめた。ぼくがやるよりはるかに上出来だったよ、おちび——ローリー。ぼくが電話してもママは信じたかどうか

「ママはもう二度とわたしを信じてくれないんじゃないかしら?」と、ローリーは悲しそうにいった。

「だいじょうぶ、信じるよ」と、トレントが慰めた。「さあ、行こう」

彼らはウォルナット・ストリートが見わたせる公園の西側に回った。肌寒く、薄暗い空模様に変っていた。頭上には入道雲が立ちのぼり、ひんやりした風が吹いていた。無限に続くかに思える五分間がすぎたとき、母親のスバルが目の前を通過して、トレントとローリーが通っている——ずる休みをしなかった日には、とローリーは思った——グリーンダウン・ミドル・スクールの方角へ猛スピードで走り去った。

「すごく飛ばしてたな」と、トレントがいった。「事故かなにかにあわなきゃいいけど」

「そんな心配をしてももう手遅れよ。さあ」ローリーはトレントの手を握って、さきほどの電話ボックスへ引っぱって行った。「ルーに電話するのはあんたの役目よ、ほんとに運がいいわ」

彼はまた二十五セント投入して、財布から取りだしたカードを見ながら歴史学科の事務室の番号を押した。前の晩はほとんど一睡もしていなかったが、計画が動きだした今は冷静そのものだった……実際のところ、ほとんど冷蔵庫で冷やしたぐらい冷静だった。腕の時計を見た。三時十五分前。あと一時間足らず。西の空でかすかに雷鳴がとどろいた。

「歴史学科です」と、女性の声がいった。

「こんにちは。トレント・ブラッドベリです。継父のルイス・エヴァンズを呼んでもらえませんか？」

「エヴァンズ教授は講義中です」と、秘書が答えた。「お戻りになるのは——」

「わかってます。近代イギリス史の講義が終るのは三時半でしょう。でも、すぐに呼んでください。急用なんです、彼の奥さんのことで」それから効果を計算した間をおいてつけくわえた。「つまりぼくの母のことで」

長い沈黙が訪れ、トレントは一瞬かすかな不安に襲われた。急用であろうとなかろうと、相手は彼の頼みを断るか無視しようかと考えているようで、それはまったく予定していなかった事態だった。

「教授は隣りのオーグルソープ講堂にいます」と、ようやく彼女が答えた。「行って呼んできましょう。できるだけ早くおたくに電話するよう——」

「いや、このまま待ってます」

「でも——」

「お願いです、ぐずぐずしてないで彼を呼んでもらえませんか？」と、彼はわざととげとげしい口調でいった。それはべつに難しいことではなかった。

「わかりました」秘書の声から、機嫌をそこねたのか心配しているのかを判断するのは難しかった。「どんな用件か教えてもらえたら――」

「それはいえません」と、トレントは答えた。

相手は気を悪くしてふんと鼻を鳴らし、電話を切らずに教授を呼びに行った。

「どうなの？」と、ローリーがきいた。トイレを我慢するときのように、左右の足を踏みかえていた。

「待たされている。彼を呼びに行ったんだよ」

「こなかったらどうする？」

トレントは肩をすくめた。「そのときは失敗だ。でも彼はきっとくる。まあ見てろ」口でいうほど自信がなかったが、この計画はうまくゆくといまだに信じていた。うまくいってくれなくては困るのだ。

「時間はぎりぎりよ」

トレントはうなずいた。ぎりぎりまで遅らせた理由はローリーも知っていた。書斎のドアは厚いオーク材でできていて、たいそう頑丈だったが、二人とも錠についてはなにも知らなかった。トレントはルーがドアをあけるための時間をできるだけ短くしたかったのだ。

「彼が家へ帰る途中、角のところでブライアンとリッサを見かけたらどうなるの？」

「たぶんかんかんに腹を立てているだろうから、あの二人が竹馬に乗って、デイ・グロー蛍光塗料を塗った三角帽子をかぶっていたって気がつきやしないさ」と、トレントが答えた。

「ねえ、どうして彼は電話に出ないのよ？」と、ローリーが時計を見ながらいった。

「出るさ」と、トレントがいったとき、彼らの継父が出た。

「もしもし」

「トレントだよ、ルー。ママがあんたの書斎にいる。頭痛がぶりかえしたらしくて、また気を失ってしまったんだ。意識が戻らないんだよ。すぐに戻ってきて」

トレントは継父が最初に口に出した心配の言葉に驚かなかったが――驚くどころか、それは彼の計画の要の部分だった――それにしても受話器を握った指が白くなるほど激しい怒りを覚えた。

「書斎？　わたしの書斎だって？　書斎でいったいなにをしてたんだ？」

トレントは怒りを抑えこんで平静な声でいった。「掃除をしてたんじゃないかな」それから妻よりも仕事のほうがはるかに大切な男に向かって、とびっきりの餌を投げ与えた。「書類が部屋じゅうに散らばってるよ」

「すぐに戻る」ルーは叩きつけるようにいい、それから言葉を足した。「窓があいていたら急いでしめてくれ。嵐がやってくる」そしてそれじゃともいわずに電話を切った。

「どう？」と、電話を切ったトレントにローリーがきいた。

「戻ってくるよ」トレントは答えて、ぞっとするような笑いをうかべた。「あいつめ、ひどくかっかしていて、なんで学校へ行かないで家にいるんだともきかなかったよ。さあ、行くぞ」

彼らはメイプルとウォルナットの交差点まで走って戻った。空は真暗になり、雷がひっきりなしに鳴っていた。角のブルーの郵便ポストのところに到着したとき、メイプル・ストリートの街灯が一対ずつ点灯しはじめた。

リッサとブライアンはまだ到着していなかった。

「一緒に行きたいわ、トレント」と、ローリーがいったが、本心ではないことを顔の表情が白状していた。ひどく青ざめた顔、まだ流れていない涙のなかで泳いでいる大きすぎる目が。

「だめだ」と、トレントがいった。「ここでブライアンとリッサを待つんだ」

二人の名前を聞くと、ローリーは振りかえってウォルナット・ストリートに視線を走らせた。手に持ったランチ・ボックスをひょこひょこ躍らせながら、急いで駆けてくる二人の子供の姿が見えた。遠すぎて顔の見分けまではつかなかったが、彼女は二人だと確信してトレントにそのことを告げた。

「よし。おまえたち三人はミセス・レッドランドの生垣のかげに隠れて、ルーが通りすぎるのを待つんだ。それから家のほうへ歩いてこい。ただし絶対に家のなかに入っちゃだめだし、あの子たちも入れるなよ。家の前でぼくを待ってろ」

「わたしこわいわ、トレント」ついに涙が頬を伝わっていた。

「ぼくだってこわいよ、おちびさん」と、彼はいって、すばやく妹のおでこにキスをした。「でももうすぐなにもかも終るさ」

ローリーがなにかいう暇もなく、トレントはメイプル・ストリートに面したブラッドベリ家のほうへ駆けだして行った。走りながら腕の時計を見た。三時十二分だった。

ひっそりと静まりかえった、危険そうな家のたたずまいが彼をおびやかした。あたかもそこらじゅうに火薬がばらまかれ、彼の目には見えない人々が目に見えない導火線に点火しようとしているかのようだった。彼はワイン・セラーの時計が容赦なく秒を刻んで、数字が

00：19：06

と表示される光景を想像した。

ルーの到着が遅れたらどうなるか？

今はそれを心配している暇はなかった。

トレントは静止した、可燃性の空気のなかを通って、三階まで駆けあがった。カウントダウンがゼロに近づくにつれて、建物がかすかに動きだし、生きかえるように感じた。気のせいだと自分にいい聞かせようとしたが、心の隅ではそれらが現実であることを知っていた。

ルーの書斎に入りこんで、二つか三つのファイル・キャビネットと机のひきだしを手当りしだいにあけ、なかの書類を床に投げ散らかした。ほんの数分しかかからなかったが、ちょうど終りかけたときに通りを近づいてくるポルシェの音が聞えた。今日のポルシェのエンジンは唸っているなどという生易しいものではなかった。それは絶叫していた。

トレントは書斎から出て、今では一世紀も前のことのように思える最初の穴を壁にあけた、三階の廊下の暗がりに足を踏みだした。ポケットの鍵を手探りしたが、皺くちゃの古いランチ・チケットしか見つからなかった。

通りを走ってくるときに失くしちゃったんだ。きっとポケットからとびだしたのにちがいな

い。

私道に入ってくるポルシェの音を聞きながら、汗をかき、凍りついたようにその場に立っていた。エンジン音が止まった。運転席のドアがあいてばたんとしまった。ルーの足音が裏口へ走った。空では雷鳴が砲声のようにとどろき、目のくらむような稲妻が暗がりを切り裂き、家のなかのどこか奥深いところで強力なモーターが始動し、低いくぐもった吠え声を発したかと思うと、やがてぶうーんと唸りだした。

しまった、どうしよう？ どうしたらいいんだ？ 彼はぼくより体が大きい。彼の頭を殴ろうとすれば、たぶん――

左手を反対側のポケットに入れた。その手がぎざぎざのついた旧式な金属の鍵にさわったとき、彼の思考がとぎれた。公園ですごした長い午後のどこかで、無意識のうちに一方のポケットから反対側のポケットへ鍵を移したのにちがいない。

息をはずませ、胸だけでなく胃と喉でも心臓を激しく動悸させながら、スーツケース用のクローゼットまで廊下を後退し、なかに入りこんで、目の前のアコーデオン・ドアをほとんどしめきった。

ルーはくりかえし大声で妻の名を呼びながら、足音高く階段をあがってきた。トレントの目に、髪の毛が逆立ち（車を運転しながら髪の毛を何度も指でかきあげたにちがいなかった）、ネクタイは曲がり、広い知的な額に玉の汗がにじみ、怒りで目が細くなったルーの姿が見えてきた。

「キャサリン！」と叫びながら、廊下から書斎へ駆けこんだ。

ルーが部屋のなかに入るか入らないかに、トレントがクローゼットから出て音もなく廊下を駆け戻った。チャンスは一度しかない。万一鍵穴に鍵をさしこむときに失敗すれば……最初に鍵を回したときに錠のタンブラーが回転しなかったら……

そのどちらかが起きたときは、腕ずくで彼と戦ってやる、と考えるだけの時間はあった。彼だけを送りだせなかったら、道連れにしてぼくも一緒に行ってやる。

彼はドアに手をかけて、蝶番のひびからかすかに埃が立ちのぼるほどの勢いで力まかせにしめた。一瞬ルーの驚愕した顔が目に入った。鍵が鍵穴に入りこんだ。鍵を回すと、ルーがドアに体当りするより一瞬早くかんぬきがかかった。

「おい」と、ルーがどなった。「こいつ、なにをする気だ？　キャサリンはどこだ？　ここから出してくれ！」

ドアの把手が空しく左右に回った。やがてそれもやんで、ルーが激しくドアを叩きはじめた。

「今すぐわたしをここから出すんだトレント・ブラッドベリこっぴどく殴られないうちに！」

トレントはドアの前からゆっくりあとずさりした。背後の壁に肩がぶつかり、はっと息をのんだ。無我夢中で鍵穴から引き抜いた鍵が、指の間からこぼれて両足の間の廊下の敷物の上にぽとりと落ちた。大仕事がかたづいた反動が訪れた。まるで水中に潜っているかのようにまわりの景色がゆらゆら揺れだし、気が遠くなりそうなのを必死にこらえなくてはならなかった。

ルーを書斎に閉じこめ、偽りの電話で母親を外出させ、小さな弟と妹をミセス・レッドランドの育ちすぎた生垣のかげに安全に隠した今になって初めて、この計画が成功するとは思っていなかったことに気がついた。〝ダディ・ルー〟が書斎に閉じこめられて驚いているとしたら、トレント・ブラッドベリは茫然自失していた。

書斎のドアの把手が左右にがちゃがちゃと半回転した。

「**ここから出してくれ、ちくしょう！**」

「四時十五分前に出してやるよ、ルー」トレントはぎくしゃくした震え声でいい、小さな笑い声を洩らした。「四時十五分前にあんたがまだここにいたらだけど」

そのとき、階下から声が聞えた。「トレント、だいじょうぶなの、トレント？」

驚いたことに、ローリーの声だった。

「だいじょうぶなの、トレント？」

リッサもいる！

「ねえ、トレント！　だいじょうぶなの？」

それにブライアンも。

トレントは時計を見て、三時三十一分から三時三十二分に変ろうとしていることに愕然とした。もしもこの時計が遅れていたら？

い、い、い、い、い、い、い、

「外へ出るんだ！」彼は廊下を階段のほうへ走りながら叫んだ。「こ、この家から、か、外へ出るんだ！」

三階の廊下はタフィーのように前方にのびていて、速く走れば走るほどますます長くなっていった。ルーは激しくドアを叩き、罵声を雨あられと浴びせた。雷鳴がとどろいた。そして家の奥深くから、機械が動きだすいちだんと切迫した音が聞えてきた。

彼はようやく階段に達して、脚が追いつかないほど上体を前に傾けながら、ほとんど転げ落ちるようにして駆けおりた。手摺の柱をぐるりと回って、上を見あげながら待っている弟と妹二人のほうへ、二階から一階への階段を駆けおりた。

「外へ出ろ！」彼は三人をつかまえて、あいている玄関のドアのほうへぐいぐい押して行った。外は嵐の前ぶれですっかり暗くなっていた。「急げ！」

「トレント、なにが起きるの？」と、ブライアンがきいた。「家はどうなるの？　揺れてるよ！」

それは本当だった――床を突き抜けて立ちのぼってくる地鳴りのような震動が、トレントの眼窩のなかで眼球を揺り動かした。漆喰のかけらがぱらぱらと髪の毛に降り注いだ。

「時間がない！　外へ出るんだ！　ローリー、手を貸せ！」

トレントは両腕でブライアンを抱えた。ローリーはリッサを抱きあげて、よろめきながら外へとびだした。

雷鳴がとどろいた。稲妻が空を切り裂いた。風がいちだんと強まって、今や獣のように咆哮していた。

トレントは家の下で地震が始まる音を聞いた。ブライアンと一緒にドアから走りでるとき、およそ一時間近く残像となって目に焼きついたほど強烈に輝く青い閃光が（あとになって、失明しなくて運がよかったと思った）、幅の狭い地下室の窓から外に向かって走った。それはほとんど実体を持った光線となって芝生の上を走った。ガラスの割れる音がした。ドアを走り抜けるその瞬間に、足の下で家が持ちあがるのを感じた。

彼は玄関の階段をとびおりてローリーの腕をつかんだ。彼らはよろめきながら私道を走って、嵐の襲来とともに夜のように暗くなった通りへ逃げた。

通りから振りかえってそれが起こるのを見守った。

メイプル・ストリートの家は跳躍のために身構えるかに見えた。もはやそれはまっすぐにも不動にも見えなかった。それはホッピング・スティックに乗った漫画の登場人物のように、もじもじ体を動かすように見えた。家を起点にして、舗装された私道だけでなく周囲の地面にも大きな亀裂が走った。芝生は巨大なパイの形に引き裂かれた。緑の芝の根が黒々と地中から引き抜かれ、庭全体があぶくのようにふくれあがって、必死に家を引きとめようとするかに見えた。

トレントはいまだにルーの書斎に明りがついている三階を見あげた。ガラスの割れる音は――まだ続いていた――三階から聞えてくるものと思ったが、やがてそれは錯覚にすぎないと思いなおした。このすさまじい騒音のなかではなにも聞えるはずがなかった。ローリーが三階から聞えてくる継父の悲鳴をたしかに聞いたとトレントにいったのは、それから一年たったあとだった。

家の土台がまず砕け、ついで大きく割れ、最後に砕け散るモルタルの雲のなかでばらばらに崩れた。目のくらむような冷い青い火がほとばしった。子供たちは目を覆ってよろめきあとずさった。エンジンがけたたましい音を発した。地面が懸命に引きとめようとする最後のあがきのなかで徐々に持ちあがり……やがてたまらず手をはなした。とつぜん家があざやかな青い火に支えられて、地上一フィートの高さにうきあがった。

それは完璧な離陸だった。

屋根のてっぺんで風見鶏が狂ったように回っていた。

家ははじめゆっくりと上昇したが、やがてスピードを増した。青い火を吐きながら轟音を発して上昇するとき、玄関のドアがばたばたあいたりしまったりした。

「ぼくのおもちゃが！」と、ブライアンが恨めしそうにいい、トレントが狂ったように笑いだした。

家は三十ヤードの高さに達し、大いなる上昇にそなえて身構えるかに見えたかと思うと、やがて上空を覆いつくす黒雲のなかへ突入した。

そして視界から消えた。

二枚の屋根板が巨大な黒い木の葉のようにひらひら降ってきた。

「気をつけて、トレント！」と、その一秒か二秒後にローリーが叫んで、彼を激しく押し倒した。通りの彼らが立っていた場所に、ゴム裏の靴拭きマットがどさっと落下した。

トレントがローリーを見た。ローリーが見かえした。

「あれが頭にぶつかっていたら大怪我するところよ」と、彼女がいった。「だからわたしをおちびさんと呼ぶのはもうよしたほうがいいわ、トレント」

彼はしばらく真顔で彼女をみつめていたが、やがてくすくす笑いだした。ローリーも釣られて笑った。下の二人もそれに加わった。ブライアンがトレントの片手を取り、リッサがもう一方の手を取った。二人は彼を助けおこし、それから四人はひとかたまりになって、引き裂かれた芝生の中央の、煙の立ちのぼる地下室の穴を眺めた。近所の人々が家のなかから出てきはじめたが、ブラッドベリ家の子供たちは彼らを無視した。あるいは人々がそこにいることに気がつかなかった、というほうが正確かもしれない。

「すごい」と、ブライアンが感嘆していった。「ぼくたちの家が離陸したんだよ、トレント」

「そうだ」と、トレントが答えた。

「どこへ飛んで行くのか知らないけど、たぶんノルマン人やセクソン人のことを知りたい人々はどこにでもいるわよ」と、リッサがいった。

トレントとローリーが抱きあって、笑いと恐れの入りまじった声で叫びはじめた……大粒の雨が降りだしたのはそのときだった。

通りの向い側に住むミスター・スラタリーが彼らに近づいてきた。彼は髪の毛がほとんどなかったが、わずかに残った毛がてかてかの頭にへばりついていた。

「いったい何事だ？」と、今や間断なくとどろきわたる雷鳴に負けない大声で叫んだ。「ここでなにが起きたんだね？」

トレントは妹から手をはなしてミスター・スラタリーを見た。「本物のスペース・アドヴェンチャーですよ」と、トレントが大真面目に答え、それが引金となって四人がまたはしゃぎ声をあげた。

ミスター・スラタリーは空っぽの地下室の穴に、疑い深い、おびえたような一瞥を投げかけてから、勇気の大部分は慎重さであると判断して、自宅のほうへ戻って行った。土砂降りの雨が続いていたが、彼はブラッドベリ家の子供たちにうちで雨やどりをしたらどうかとはいわなかった。そして子供たちも雨を気にしていなかった。彼らはトレントとローリーをブライアンとリッサが両脇からはさみこむようにして、歩道の縁石に坐っていた。

ローリーがトレントに顔を近づけて耳もとで囁いた。「わたしたちは自由よ」

「それ以上だよ」と、トレントがいった。「彼女が自由になったんだ」

それから彼が両手で三人を抱いて——腕をいっぱいにのばすと、どうにか間に合った——土砂降りの雨に濡れながら歩道の縁石に腰をおろして母親の帰宅を待った。

（*The House on Maple Street*）

スティーヴン・キングによる作品解説

「かわいい子馬」

一九八〇年代初頭のこと、リチャード・バックマンはある長篇の執筆に呻吟させられていた。その長篇の題名は(まあ、もったいぶらずともいいだろう)『かわいい子馬』。主人公はクライヴ・バニングという名前のフリーランスの殺し屋で、この殺し屋がある仕事を請け負う。バニングと同様の精神構造をもつサイコパスをあつめて仲間にし、ある結婚式の席で犯罪界の大物たちをまとめて皆殺しにしろ、という仕事だった。バニングと仲間たちはこの仕事に成功し、首尾よく結婚式を血の海に変えるのだが、そのあとこの仕事の依頼主の裏切りにあい、仲間たちがひとり、またひとりとその魔手にかかって斃《たお》れていく。この作品は、みずから引き起こした血の洪水から逃げようとするバニングの奮闘を描いたものだった。

この不出来な長篇は、わたしの人生でも不幸な一時期の産物だった——それまで万事順調に進んでいた物事が、ある日いっせいに轟音をたてて崩落してきたのである。リチャード・バックマンはこの期間に死亡し、ふたつの小説の断片があとに残された。ひとつはジョージ・スタークというリチャードの筆名で書かれた『マシーンズ・ウェイ』。もうひとつが、六章まで完成していた『かわいい子馬』だ。リチャードの文芸関係の遺産管財人として、わたしは『マシーンズ・ウェイ』に手を入れて『ダーク・ハーフ』という作品に仕上げ、わたし自身の名前で公刊した（ただしバックマンに謝意を表明してはいる）。『かわいい子馬』のほうは没にした……が、ごく短い回想部分だけは捨てなかった。結婚式での襲撃の開始を待つバニングが、かつて祖父から時間には自在に変形させられる塑性があると教えられたときのことを回想するシーンだった。この回想部分を見つけたときには――これはこれで驚くほど完結しており、そのままでも充分に一篇の短篇になっていた――ごみための山のなかに咲いた一輪の薔薇を見いだした気分になった。わたしはその薔薇を引き抜いた――それも大いなる感謝の念とともに。そしてこの作品は、あのとてつもない悪運に見舞われた一年のあいだにわたしが書いた、少数のまっとうな作品のひとつになった。

「かわいい子馬」は最初高価すぎる（おまけにこれは素人の私見だが、デザインに凝りすぎた）一冊本としてホイットニー美術館から出版された。さらにそのあとで、多少は手に入れやすい（とはいえ、あいかわらず高価すぎるうえに、これは素人の私見だが、おなじくデザインに凝りすぎた）本の形で、アルフレッド・A・クノップ社から出版されもした。そしていま、この作品が磨かれ、いくぶん純粋なものとなったうえで、こうして当初からあるべき姿に――ほかのいくつかの作品よりはいくらかましで、またべつのいくつかの作品ほどはすぐれていない、たんなる短篇集の収録作のひとつという姿に――なったことで、わたしは心から満足している。

（白石朗訳）

「電話はどこから……？」

本書の何万ページも前のほうで（『ドランのキャデラック』参照）、わたしが『リプリーの信じようと信じまいと！』について語ることからはじめたのをおぼえておいでだろうか。いってみれば『電話はどこから……？』はほとんどその同類といってよい。この作品のアイデアは、ある晩一足の靴を買って家へ帰る途中に、一本の「短いテレビ・ドラマ」として頭に浮かんだ。映画のテレビ放映が重要な役割を演じているところを見ると、おそらくそれは「映像」として浮かんだのだろう。わたしはそれを、ここに収録したものとほぼ同じ形の二幕物に書きあげた。ウェスト・コーストのわたしのエージェント——映画契約を担当している——が、その週末に脚本をうけとった。つぎの週の初めに、スティーヴン・スピルバーグが当時製作中だった（まだ放映は開始されていなかった）テレビ・シリーズ、《アメージング・ストーリーズ》のためにそれを読んだ。

スピルバーグに断わられたので——われわれはもうすこしアプビートなものを考えている、と彼はいった——わたしは永年の協力者で親友のリチャード・ルビンシュタインのところへもちこんだ。彼は当時《フロム・ザ・ダークサイド》というシリーズをシンジケートを通して配給していた。リチャードがハッピー・エンディングをばかにしているとはいわないが——じっさい彼はめでたしめでたしでおわる話を好む点でだれにも劣らないと思う——悲しい結末から尻ごみしたこともなかった。なんといっても『ペット・セマタリー』を映画化させたのは彼なのだ（主要人物の死でおわるメジャーのハリウッド映画は、一九七〇年代後半以降『ペット・セマタリー』と『テルマ＆ルイーズ』の二本しかないはずである）。

リチャードは『電話は……』を読んだその日のうちに買って、一週間か二週間後に製作を開始した。それから一か月後に、このドラマは放映された……わたしの記憶ちがいでなければ、シーズン・プレミアとして。このドラマは、アイデアが生まれてから放送されるまでの最短記録をいまだに保持しているという話だ。ついでにいうとここに収めたのは第一稿で、予算の関係で二つのセットしか使わなかった最終撮影台本よりはすこし長く、きめも細かい。ストーリイ・テリングにもいろいろな形がある……ほかの作品とはちがうが、それらに劣らず効果的だという一例として、この作品を収録した。　（永井淳訳）

「十時の人々」

一九九二年の夏のこと、わたしはどうしても所在を見つけられない所番地をさがして、ボストンのダウンタウンの街なかを歩きまわっていた。やがて目的の場所にたどりつくことはできたが、そこに行きつく前にこの作品を見つけることができた。住所さがしの旅をつづけていたのは午前十時前後のことであり、あたりを歩いているうちに、大金を投じて建造された高層ビルの前には、かならず集団で群れあつまっている人々がいることに目を引かれたのである。人々のあいだには、社会学的な共通項はひとつも見あたらなかった。大工がビジネスマンと談笑し、清掃係が優美なフードつきのキャリアウーマン御用達の服に身をつつんだ女と世間話をし、メッセンジャーが重役秘書と時間つぶしにだべっていた。

　三十分ばかり、この手のグループ——さしものカート・ヴォネガットでさえ想像しなかった〝拡大家族《グランファルーン》〟——の素性を思って首をひねっていたが、ふっと合点がいった。依存症がある種のアメリカの都市生活者たちを、それまでのコーヒーブレイクからシガレットブレイクへと追いやったのだ、と。アメリカ人たちが二十世紀でももっとも驚異的な方針転換のひとつを冷静沈着に進める過程で、いまや豪勢な高層ビルはどこもかしこも全館禁煙になった——われわれが高らかなファンファーレひとつ鳴らさず、もの静かに昔ながらの悪習を追放した結果、社会学的行動の面から見れば奇妙としかいえないはぐれ者集団が生まれたのだ。そして、昔ながらの悪習をあきらめきれない人々——題名になっている〈十時の人々〉——が、そうした集団のひとつをつくっている。この作品は純粋な娯楽を目的とした作品以上のものではないが、ひとつの変化の波——一九四〇年代から五〇年代の〝差別ではなく区別〟を標榜した制度を（すくなくとも一時的にせよ）復活させた変化の波——について、それなりに興味ぶかい発言をしている作品でもあってほしいとは思っている。

（白石朗訳）

「メイプル・ストリートの家」

わたしの友人のプロデューサー、リチャード・ルビンシュタインをおぼえているだろうか？わたしにクリス・ヴァン・オールズバーグの『ハリス・バーディックの謎』（日本語版は河出書房新社刊）の最初の一部を送ってきたのは彼だった。リチャードの尖った筆蹟で書かれたメモがついていた。「君はこれが気にいると思う」とだけ書かれていたが、じっさいそれ以上の言葉は必要なかった。わたしは一目で気にいった。

その本は書名のもとになったミスター・バーディックという人物の手になるスケッチ、タイトル、キャプションなどをあつめたものとされていて——ストーリイそのものはどこにも見当たらなかった。絵とタイトルとキャプションの組みあわせは、どれをとってみても一種のロールシャッハ・テストの役目を果していて、おそらくミスター・ヴァン・オールズバーグが意図した以上に読む人／見る人の心のなかをのぞきみる手がかりになるものだった。わたしが気にいったもののひとつは、椅子を片手でもちあげて——明らかに必要とあれば棍棒代わりに使うつもりらしい——居間のカーペットの下の奇妙な生きものらしきふくらみを眺めている絵だった。「二週間たってまたおなじことが起きた」というキャプションがついていた。

執筆の動機に関するわたしの気持ちを述べれば、わたしがこの種のものに惹かれる理由が明らかになるはずである。二週間たってまたなにが起きたのか？　そのことは重要だとは思わない。われわれのもっとも恐ろしい悪夢のなかでは、夢のなかでわれわれを追いかけて、ぐっしょり汗をかき、恐ろしさで震えながら、夢でよかったとほっとさせるものには代名詞しかない。

わたしの妻のタビサも『ハリス・バーディックの謎』が気にいった。家族の一人一人が一点の絵を選んで、それにもとづく物語を書くことを提案したのは彼女だった。こうして彼女は一篇の物語を書いた。末の息子のオーエン（当時十二歳）も書いた。タビーは本のなかの最初の絵を、オーエンは中ほどの絵を、わたしはおしまいの絵を選んだ。わたしの作品はクリス・ヴァン・オールズバーグの快諾を得てここに収録した。ほかにつけくわえることといえば、すこし手を加えて子供向きにしたものを、この三、四年のあいだに小学校四、五年生に数回読んで聞かせたところ、彼らがとても喜んでくれたことだけである。彼らがいちばん気にいったのは、「意地悪な継父」を「宇宙」へ追いはらうというアイデアであることをわたしは知っている。わたし自身もこのアイデアは気にいっていた。この作品は、主として似たような作品が前にもあるという理由で、まだどこにも発表されていなかったものであり、ここに収録できてわたしとしてはとてもうれしい。妻と息子の作品も同時に収録できないことが残念でならない。

（永井淳訳）

文春文庫

メイプル・ストリートの家《いえ》

定価はカバーに
表示してあります

2006年10月10日　第1刷

著　者　スティーヴン・キング
訳　者　永《なが》井《い》　淳《じゅん》他
発行者　庄野音比古
発行所　株式会社　文藝春秋
東京都千代田区紀尾井町 3-23　〒102-8008
TEL 03・3265・1211
文藝春秋ホームページ　http://www.bunshun.co.jp
文春ウェブ文庫　http://www.bunshunplaza.com

落丁、乱丁本は、お手数ですが小社製作部宛お送り下さい。送料小社負担でお取替致します。

印刷・凸版印刷　製本・加藤製本

Printed in Japan
ISBN4-16-770536-2

文春文庫

スティーヴン・キングの本

品切の節はご容赦下さい。

スティーヴン・キング（深町眞理子訳）

シャイニング（上下）

雪に閉ざされた山中のホテルで冬期の管理人として一冬を過ごす家族を、忍び足で、徐々に取り憑いて発狂させてゆくホテルの〝霊〟。一級品の怖さに溢れるモダン・ホラーの金字塔的傑作。

キ-2-1

リチャード・バックマン実はスティーヴン・キング（真野明裕訳）

痩せゆく男

轢き殺されたジプシーの一族の呪いで事故に関係した三人の白人に次々と災いが降りかかる。鱗、膿、吹出物——人体をおそう恐怖をモダン・ホラーの大家キングが別名で発表した傑作。

キ-2-3

スティーヴン・キング（矢野浩三郎訳）

ミザリー

事故で動けなくなった作家を監禁して、自分だけのために小説を書かせようとする自称〝ナンバーワンの愛読者〟。ファン心理から生じる狂気を描いて背筋も凍るサイコ・スリラーの傑作。

キ-2-6

スティーヴン・キング（小尾芙佐訳）

IT（全四冊）

少年の日に体験したあの恐怖の正体は何だったのか？　二十七年後、薄れた記憶の彼方に引き寄せられるように故郷の町に戻り、IT（それ）と対決せんとする七人を待ち受けるものは？

キ-2-8

スティーヴン・キング（村松潔訳）

ダーク・ハーフ（上下）

ジョージ・スタークなる名で暴力小説を書く作家サド。ある日殺人現場から自分の指紋が発見された——。作家と抹殺されかけたペンネームの間で繰り広げられる壮絶な血みどろの戦い！

キ-2-12

スティーヴン・キング（吉野美恵子訳）

トミーノッカーズ（上下）

数百万年も埋もれていた巨大な〝宇宙船〟が街を、住民を脅かす……。最新の技術を駆使して作られた道具を手に、彼らが行き着く先は進化か、破滅か？　SFの枠組を超えたキング的世界。

キ-2-14

スティーヴン・キングの本

（　）内は解説者。品切の節はご容赦下さい。

ニードフル・シングス（上下）
スティーヴン・キング（芝山幹郎訳）
欲しかった品が必ず手に入る謎の骨董屋。客はみな笑顔で店を去る。邪悪な罠にかかったとはつゆ知らず……。キング作品でおなじみの町が滅びゆくさまを圧倒的破壊力で描ききる大作。
キ-2-16

ドロレス・クレイボーン
スティーヴン・キング（矢野浩三郎訳）
あのロクデナシの亭主はあたしが殺したのさ――メイン州の小島に住むドロレスの供述に隠された秘密とは何か？　彼女の罪は、そして真実は？　人間の心の闇に迫るキングの異色作。
キ-2-18

ランゴリアーズ
Four Past Midnight I
スティーヴン・キング（小尾芙佐訳）
深夜の旅客機を恐怖と驚愕が襲う。十一人を残して乗客がみな消えていたのだ！　ノンストップSFホラーの表題作。さらに盗作の不安に怯える作家の物語「秘密の窓、秘密の庭」を収録。
キ-2-19

図書館警察
Four Past Midnight II
スティーヴン・キング（白石朗訳）
借りた本を返さないと現れるという図書館警察。記憶を蝕む幼い頃のあの恐怖に立ち向かわねばならない――表題作に加え、謎のカメラが見せる異形のものを描く「サン・ドッグ」を収録。
キ-2-20

ジェラルドのゲーム
スティーヴン・キング（二宮磬訳）
季節はずれの山中の別荘、セックス遊戯にふける直前に夫が急死。両手をベッドにつながれたまま取り残されたジェシーを渇き、寒さ、妄想が襲う。キングにしか書き得ない究極の拘禁状態。
キ-2-21

ザ・スタンド（全五冊）
スティーヴン・キング（深町眞理子訳）
新型ウイルスで死滅したアメリカ。世界の未来を担う生存者たちは邪悪な者たちとの最終決戦に勝利することができるのか。巨匠が持てる力のすべてを注いだ最大、最高傑作。（風間賢二）
キ-2-22